本书为国家社会科学基金重大项目"汉唐间丝绸之路历史书写和文学书写文献资料整理与研究"（19ZDA261）
教育部哲学社会科学研究后期资助项目"丝绸之路沙漠绿洲路的变迁研究"（18JHQ050）阶段性成果

SHI ZAI SI LU

DA TANG SHI REN DE SI CHOU ZHI LU XING

诗在丝路

——大唐诗人的丝绸之路行

石云涛　莫丽芸　著

青海人民出版社

图书在版编目（CIP）数据

诗在丝路：大唐诗人的丝绸之路行 / 石云涛，莫丽芸著 . -- 西宁：青海人民出版社，2025.3
ISBN 978-7-225-06698-1

Ⅰ.①诗… Ⅱ.①石…②莫… Ⅲ.①唐诗—诗歌欣赏②诗人—生平事迹—中国—唐代 Ⅳ.①I207.22②K825.6

中国国家版本馆 CIP 数据核字 (2024) 第 024564 号

诗在丝路
—— 大唐诗人的丝绸之路行

石云涛　莫丽芸　著

出 版 人	樊原成
出版发行	青海人民出版社有限责任公司
	西宁市五四西路 71 号　邮政编码：810023　电话：(0971) 6143426 (总编室)
发行热线	(0971) 6143516 ／ 6137730
网　　址	http://www.qhrmcbs.com
印　　刷	青海雅丰彩色印刷有限责任公司
经　　销	新华书店
开　　本	890 mm × 1240 mm　1/32
印　　张	10
字　　数	250 千
版　　次	2025 年 3 月第 1 版　2025 年 3 月第 1 次印刷
书　　号	ISBN 978-7-225-06698-1
定　　价	48.00 元

版权所有　侵权必究

目 录

第一章　且向长安度一春
　　　　——丝路起点　　　　　1

1　　万国衣冠拜冕旒
6　　尽九服兮皆四邻
12　　胡音胡骑与胡妆
23　　海阔珍奇亦来献
28　　劝君更尽一杯酒

第二章　高歌一曲陇关情
　　　　——首途关陇　　　　38

38　　落木满渭水，离人怀京邑
43　　平明发咸阳，暮及陇山头
50　　陇外长亭堠，山深古塞秋
64　　平沙日未没，黯黯见临洮
71　　中夕萧关宿，边声不可闻

第三章　豪迈祁连拥古城
　　　　——穿越河西走廊　　81

82　　河西幕中多故人
93　　只将诗思入凉州
108　　君为张掖近酒泉
113　　敦煌地拓极西边
116　　孤城遥望玉门关
128　　西出阳关无故人

第四章　崆峒西极过昆仑
　　　　——西域足迹　　133

134　　蒲海晓霜凝马尾
139　　黄沙碛里客行迷
143　　交河北望天连海
152　　龟兹碛西胡雪黑

第五章　放马天山雪中草
　　　　——草原行迹　　158

158　　侧商调里唱《伊州》

163	去时雪满天山路
168	北庭数有关中使
178	受降城外月如霜

第六章 长安之西八千里
——蕃道觅踪   184

184	已报生擒吐谷浑
188	左南桥上见河州
191	塞口春生积石河
195	如何送我海西头
197	行行忽到旧河源
200	归蕃永做投河石

第七章 曾上青泥蜀道难
——南方丝路行   206

206	行尽青山到益州
224	十里花溪锦城丽
226	入界先经蜀川过
235	关塞极天唯鸟道
241	驱尽江头濯锦娘

第八章　越岭向南风景异
　　　　　——通向海上丝路　　247

248　　度岭方辞国
273　　货通师子国
278　　今到鬼门关
291　　安南千万里

第九章　西看佛树几千秋
　　　　　——法宝之路求法行　　295

295　　唐僧题诗尼莲河
300　　身毒诸国道归诚
305　　浩浩鲸波起滔浪
310　　求法他邦地角西

结　语　　　　　　　　　314

第一章　且向长安度一春
——丝路起点

作为丝绸之路地理和诗意起点的长安城,是唐朝首都和政治文化中心,也是唐朝对外开放的窗口。大唐的诗人们无不有一个长安梦,也几乎全都到过长安。在踏上丝绸之路的旅途之前,他们都已经在长安领略了外来文明和域外风情,也曾送别过去往各条丝绸之路的友人,深刻体会了长安与世界的联系,并形诸笔端。

万国衣冠拜冕旒

长安何以能成为丝绸之路起点和唐朝开放的门户?只因其时,作为帝国都城的长安,堪称世界上最为发达繁华的国际大都会。都城壮丽瑰伟,文明璀璨光耀,交通发达便利,如磁石般散发着强大吸引力。全国乃至世界各地各色人等源源涌入,或定居或往来,人文荟萃,生机勃发,当时的长安是域外人入唐的首选之地和最大聚集之地。

　　唐代是诗歌的黄金时代,诗歌成为全社会普遍爱好的文学形式和交际工具,也是令域外人仰慕中国文化的重要因素。作为丝绸之路的起点,从长安输出的不仅有物质文明,也有精神文明。唐诗作为唐人最重要的精神文明成果从长安走向域外,从域外入华的各色人等在唐诗传播方面也发挥了重要作用。

　　当时,许多国家与唐朝建立通交关系,各国使节频繁入唐,经丝绸之路来到长安的外国使节人数众多、络绎不绝。身在长安的诗人们亲见万邦来朝,使节频来,充满自豪之感。时人称为"大手笔"的张说,自武则天至唐玄宗数朝都曾为朝廷重臣,亲历唐朝全盛时期,他在《奉和圣制春中兴庆宫酺宴应制》诗中写道:"千龄逢启圣,万域共来威。"同为盛唐诗人的储光羲《送人随大夫和蕃》诗云:"西方有六国,国国愿来宾。"中唐时期诗人张祜《大唐圣功诗》歌颂唐太宗的功业:"八蛮与四夷,朝贡路交争。"晚唐时唐代虽已衰落,但诗人王贞白的《长安道》还写道:"梯航万国来,争先贡金帛。"关于长安万邦来朝最有名的诗,当属盛唐诗人王维的《和贾舍人早朝大明宫之作》:

> 绛帻鸡人报晓筹,尚衣方进翠云裘。
> 九天阊阖开宫殿,万国衣冠拜冕旒。
> 日色才临仙掌动,香烟欲傍衮龙浮。
> 朝罢须裁五色诏,珮声归向凤池头。

　　"鸡人"是朝廷举行大典时报时的官员。报时官头戴红巾、手执更筹,更衣官送上皇帝专属的翠云裘;九重皇宫打开朱红大门,万国使臣躬身朝拜唐天子;日光初照,遮阳掌扇晃动一片金灿,香烟缭绕,黄袍上绣龙飘浮。虽是应制诗,但王维笔下庄严华灿的早朝场景,尽现大唐盛景和威仪，流露昂扬和骄傲之情，令后人读来也心生向往。尤其"九天阊阖开宫殿，万国衣冠拜冕旒"一联更是载誉千载，写出了大唐盛世万国来朝的强盛场面。

自十余岁初到长安，王维的一生大部分时间都在长安和周边度过。据说王维凭借过人才艺和出众外表，先后赢得岐王和公主的青睐和推举，二十岁左右一举考中进士状元，被任命为太乐丞。此时内心充满了建功立业的激情与渴望，笔下多慷慨激昂之作。比如《少年行》的"新丰美酒斗十千，咸阳游侠多少年。相逢意气为君饮，系马高楼垂柳边。"极力摹写长安城里游侠少年意气风发的风貌和豪迈气概，这游侠少年，又何尝不是当时的王维乃至鼎盛大唐的写照？

唐朝时入华外国人有的在长安学习并参加科举考试，有的留在中国做官，有的回国效命。他们精通汉文，擅长吟诗，在唐期间与中国朋友赠答酬唱，赋诗咏怀。这些入华异域人的创作成为唐代诗坛一道风景。入华学习的以新罗人和日本人最多，也以他们汉化最深，他们的诗歌创作丰富了长安诗苑。

金云卿是新罗国最早以宾贡身份中举的，中举后在唐朝做官，曾任兖州司马，他传世有《秦楼仙》诗残句："秋月夜闲闻案曲，金风吹落玉箫声。"从诗题看当是在长安所作。新罗人金立之于敬宗宝历元年（825）随新罗王子金昕入唐，曾至长安青龙寺、清远峡山寺，《全唐诗逸》卷中存其残句七联：

烟破树头惊宿鸟，露凝苔上暗流萤。
——《秋夜望月》

山人见月宁思寝，更掬寒泉满手霜。
——《峡山寺玩月》

3

> 绀殿雨晴松色冷，禅林风起竹声余。
> ——《赠青龙寺僧》

> 风过古殿香烟散，月到前林竹露清。
> ——《宿丰德寺》

> 更有闲宵清净境，曲江澄月对心虚。
> ——《赠僧》

> 寒露已催鸿北去，火云渐散月西流。
> ——《秋夕》

> 园梅坼甲迎春笑，庭草抽心待节芳。
> ——《早春》

新罗人金可纪（一作记）在唐开成、会昌、大中年间留学长安，宾贡进士及第，隐居子午谷修道。《全唐诗逸》卷中录其《题游仙寺》诗残句："波冲乱石长如雨，风激疏松镇似秋。"

新罗人薛氏嫁中国人为妾，史载其父薛承冲在唐高宗时入华，官拜左武卫将军。薛氏15岁时父亲去世，她出家为尼，还俗后嫁唐朝名将郭元振为妾。陈子昂曾为郭氏作墓志铭，从中知薛氏乃新罗国王族后裔。在唐代人人能诗的环境里，她也能吟诗抒怀，今存《谣》一首，为其返俗之作："化云心兮思淑贞，洞寂灭兮不见人。瑶草芳兮思芬蒀，将奈何兮青春。"

日本遣唐使阿倍仲麻吕，来到唐朝后改名晁衡，十六岁留学长安，在唐朝历任校书郎、左补阙、秘书监等职。其《思归》诗云："慕义名空在，输忠孝不全。报恩无有日，归国定何年？"他一直在长安为官，这首诗作于长安无疑，表达思念故国之情。晁衡还有《衔命还国作》诗："衔命将辞国，非才忝侍臣。天中恋明主，海外忆慈亲。伏奏违金阙，骈骖去玉津。蓬莱乡路远，若木故园林。西望怀恩日，东归感义辰。平生一宝剑，留赠结交人。"

唐代入华的新罗和日本国僧人华化很深，很多人能与唐朝诗人吟诗唱和。日本僧人道慈长安元年（701）入唐留学，学业颖秀，妙通三藏，曾入宫讲经。存诗《在唐奉本国皇太子》："三宝持圣德，百灵扶仙寿。寿共日月长，德与天地久。"

日本僧人辨正于武则天长安年间（701—704）入唐，曾以善棋入临淄王李隆基藩邸，后客死于唐，存诗二首。其《在唐忆本乡》诗云："日边瞻日本，云里望云端。远游劳远国，长恨苦长安。"《与朝主人》诗云："钟鼓沸城闉，戎蕃预国亲。神明今汉主，柔远静胡尘。琴歌马上怨，杨柳曲中春。唯有关山月，偏迎北塞人。"

日本僧人空海在唐学法期间，有多首题寺诗和与唐僧赠答之作，如《青龙寺留别义操阇梨》诗："同法同门喜遇深，空随白雾忽归岑。一生一别难再见，非梦思中数数寻。"青龙寺位于长安西郊乐游原上，诗表达了与中国同学依依惜别之情。

从印度、西域入华的僧人也有能诗者。武三思有《五言和波仑师登佛授记阁》诗云："帝宅开金地，神州列宝坊。"说明诗写于长安，从名字可以判断这位波仑师应该来自域外，从此诗乃和诗可知，波仑师有诗在先，武三思和之在后，但当时胡僧作品传世者较少。唐末来中国巡礼的一位梵僧曾作《长安词》：

天长地阔杳难分，中国众生不可闻。
长安帝德承恩报，万国归投拜圣君。

汉家法用令章新，四方取则玉华吟。
文章绎络如流水，白马驮经即自临。
故来行险远寻求，谁谓明君不暂留。
修身不避关山苦，学问乃须度百秋。
谁知此地却回还，泪下沾衣不觉斑。
愿身死作中华鬼，来生得见五台山。

从题目和诗中"长安帝德""拜圣君""谁谓明君不暂留"云云，可知这位僧人是入长安后回国的，他没有在中国待太多时间就匆匆西返，不免伤感。他的心愿是到五台山拜佛参谒，但此行未果，故寄希望于来生。

尽九服兮皆四邻

域外人及其在长安的活动不仅成为唐诗的重要素材，他们的异域特征和别样风情也是激发唐朝诗人诗兴的重要媒介。唐时流寓和出入长安的域外人很多，不仅有来自葱岭以东于阗、龟兹、疏勒诸国西域人和中亚、西亚诸国的域外人，来自南亚、东南亚、东亚者亦复不少。据统计长安城一百万左右人口中，各国侨民和外籍居民占总数约百分之二。大量周边民族和异域人成为长安一道风景，构成长安胡化风气和异域风情的重要内容。

外族人入唐，有的投身军事冒险事业，立功拜将，当时称为"蕃将"。那些在战争中立功的将军入朝做官，或退居京师，在长安有府邸。他们活跃在长安，为长安平添异域风情和尚武之风。他们英勇善战的辉煌战功引起诗人的景仰并形诸歌咏。

名将高仙芝本是高丽人氏，年少即随父至安西，以父有功授游击将军。高仙芝善骑射，勇决骁果，在西域建立了辉煌的战功，官至安西副都护。后来，高仙芝从西域回到长安，久不得志。杜甫《高都护骢马行》一诗便有替他鸣不平之意：

> 安西都护胡青骢，声价欻然来向东。
> 此马临阵久无敌，与人一心成大功。
> 功成惠养随所致，飘飘远自流沙至。
> 雄姿未受伏枥恩，猛气犹思战场利。
> 腕促蹄高如暗铁，交河几蹴曾冰裂。
> 五花散作云满身，万里方看汗流血。
> 长安壮儿不敢骑，走过掣电倾城知。
> 青丝络头为君老，何由却出横门道。

这首诗自注："高仙芝开元末为安西副都护。"诗字面上咏马，实是写人。马的命运随主人的遭遇而变化，写马曲折地写出了高仙芝的境遇。诗末四句从骢马老于马厩之中，再赴边庭而不可得，映射高仙芝长期困守长安而不能重返边疆的处境。这首诗应当写于天宝十载（751）秋之后到十四载（755）之间，其时高仙芝困居长安。

哥舒翰是西突厥别部突骑施首领哥舒部落人，天宝时任河西、陇右节度使，在对吐蕃的战争中战功显赫，后病废长安。杜甫曾干谒身居长安的哥舒翰，希望得到他的援引，其《投赠哥舒开府翰二十韵》盛赞哥舒翰功名盖世："今代麒麟阁，何人第一功？"又写他归来加封之荣耀："受命边沙远，归来御席同。轩墀曾宠鹤，畋猎旧非熊。茅土加名数，山河誓始终。策行遗战伐，契合动昭融。勋业青冥上，交亲气概中。"唐军中也有出身突厥人的将军，王建《送阿史那将军安西迎旧使灵榇（一作送史将军）》云："汉家都护边头没，旧将麻衣万里迎。阴地背行山下火，风天错到碛西城。单于送葬还垂泪，部曲招魂亦道名。却入杜陵秋巷里，路人来去读铭旌。""阿史那"是突厥人姓，有时简称为"史"，这位出身突厥的将军奉朝廷之命赴安西，迎回战没西域的将军灵榇入长安，阿史那氏系将军之旧部。

唐代浑姓者有的出于铁勒族浑部。刘禹锡《浑侍中宅牡丹》："径尺千余朵，人间有此花。今朝见颜色，更不向诸家。"《送浑大夫赴丰州》："凤衔新诏降恩华，又见旌旗出浑家。故吏来辞辛属国，精兵愿逐李轻车。毡裘君长迎风驭，锦带酋豪踏雪衙。其奈明年好春日，无人唤看牡丹花。"这两首诗写的是浑瑊和他的儿子，浑氏是皋兰州（今宁夏青铜峡南）铁勒族浑部人。浑瑊曾是郭子仪部将，战功卓著，官至侍中。其子则"家承旧勋"，亦委任方面。

唐代诗人们对来自异域的长安艺人也很关注。唐代中亚昭武九姓国人把中亚宗教、乐舞带到长安，为唐代长安的宗教、艺术活动带来了新鲜内容。其中有些活跃在长安的艺人红极一时，成为诗人笔下常常歌咏的对象。刘禹锡《与歌者米嘉荣》写来自米国的歌手："唱得凉州意外声，旧人唯数米嘉荣。近来时世轻先辈，好染髭须事后生。"李白《上云乐》中的"康老胡雏"是来自康国的艺人，其特长是滑稽表演。诗写康老胡雏向天子祝寿，则其活动在长安，李白此诗亦作于长安时无疑。李颀著名的《听安万善吹觱篥歌》诗中称安万善为"凉州胡人"，凉州安姓胡人其实是来自昭武九姓国之安国人，他们定居在凉州。诗人听了胡人乐师安万善吹奏觱篥，称赞他高超的演技，同时写觱篥之声凄清，闻者心伤："枯桑老柏寒飕飗，九雏鸣凤乱啾啾。龙吟虎啸一时发，万籁百泉相与秋。忽然更作渔阳掺，黄云萧条白日暗。变调如闻杨柳春，上林繁花照眼新。"诗在描摹音乐时，不仅以鸟兽树木之声作比，同时采用通感手法，写得形象生动，富有感染力。

唐代琵琶名手多姓曹，如曹保、曹善才、曹刚三代都以善弹琵琶而著称，曹氏是从中亚曹国来到长安的琵琶师家族。曹善才即白居易《琵琶行》诗中"曲罢曾教善才服"的"善才"，是长安明星般的琵琶师，宫廷艺人。李绅《悲善才》诗说曹善才"紫髯供奉前屈膝，尽弹妙曲当春日"。刘禹锡《曹刚》写曹刚弹琵琶："大弦嘈嘈小弦清，喷雪含风意思生。一听曹刚弹薄媚，人生不合出京城。"薛逢《听曹刚弹琵琶》诗云："禁曲新翻下玉都，四弦抆触五音殊。不知天上弹多少，金凤衔花尾半无。"白居易《听曹刚琵琶兼示重莲》云："拨拨弦弦意不同，胡啼番语两玲珑。谁能截得曹刚手，插向重莲衣袖中。"都极力盛赞曹氏琵琶技艺的高妙。白居易还有《代琵琶弟子谢女师曹供奉寄新调弄谱》诗，此善琵琶之女师曹供奉，疑亦是曹刚一家。戴叔伦《赠康老人洽》、李颀《送康洽入京进乐府歌》、李端《赠康洽》诗中的康洽应来自中亚康国，他先是定居在河西走廊的酒泉，又入京献乐歌名闻长安。戴叔伦诗说他是"酒泉布衣旧才子，少小知名帝城里。一篇飞入九重门，乐府喧喧闻至尊"。李颀《送康洽入京进乐府歌》说他"朝吟左氏娇女篇，夜诵相如美人赋""新诗乐府唱堪愁，御妓应传鹡鸰楼"。李端诗说他"黄须康兄酒泉客"，"声名恒压鲍参军"，诗可比鲍照，又执戟唐廷，说明他华化很深，并入籍长安。

开元、天宝年间胡旋舞舞女被入贡唐宫，胡旋女来自中亚。元稹《胡旋女》诗云："天宝欲末胡欲乱，胡人献女能胡旋。旋得明皇不觉迷，妖胡奄到长生殿。"白居易也有《胡旋女》诗，序云："天宝末，康居国献之。"诗云："胡旋女，胡旋女。心应弦，手应鼓。弦鼓一声双袖举，回雪飘飘转蓬舞。左旋右转不知疲，千匝万周无已时。人间物类无可比，奔车轮缓旋风迟。曲终再拜谢天子，天子为之微启齿。胡旋女，出康居，徒劳东来万里余。"此康居即中亚康国。康居是汉代中国古国名，唐代时这一带属康国。

域外人在长安经商的不少，昭武九姓国粟特胡人以经商著名，长期操纵丝路贸易；波斯商人多以经商致富，在长安垄断珠宝、香药市场。安史之乱后回鹘留长安者常千人，从事丝绸转手贸易。在长安开酒店的胡人被称为"酒家胡"或"贾胡"。初唐诗人王绩《过酒家五首》其五云："有客须教饮，无钱可别沽。来时长道贳，惭愧酒家胡。"王维《过崔驸马山池》诗写豪门宴云："画楼吹笛妓，金碗酒家胡。"安史之乱后，更多回鹘人侨居长安，唐后期回鹘人恃助唐平叛有功，在长安享有特权。这些寄居长安娶妻生子的"北胡"基本上是以经商为生。

长安城里有许多当垆卖酒的胡姬，她们深目高鼻，美貌如花，身体健美，充满异域风情，成为酒肆的门面，成为社会开放的表征，成为诗人喜欢歌咏的对象。长安胡姬给人印象深刻。岑参就曾回忆长安城中"胡姬酒垆日未午，丝绳玉缸酒如乳""送君系马青门口，胡姬垆头劝君酒"。无酒不欢的李白在长安写下诸多胡姬酒肆的诗歌：

何处可为别？长安青绮门。
胡姬招素手，延客醉金樽。
——《送裴十八图南归嵩山二首》其一

胡姬貌如花，当炉笑春风。
笑春风，舞罗衣，君今不醉欲安归？
——《前有樽酒行二首》其二

双歌二胡姬，更奏远清朝。
举酒挑朔雪，从君不相饶。
——《醉后赠王历阳》

第一章　且向长安度一春——丝路起点

五陵年少金市东，银鞍白马度春风。
落花踏尽游何处，笑入胡姬酒肆中。
——《少年行二首》其二

银鞍白鼻骗，绿地障泥锦。
细雨春风花落时，挥鞭直就胡姬饮。
——《白鼻骗》

李白笔下的胡姬当垆卖酒，善于招揽顾客，酒席上为客人唱歌助兴，举杯劝饮；诗人和贵公子们喜欢到有胡姬服务的酒肆聚会。胡姬喜欢诗，风流的诗人写诗相赠，讨美女欢心。贺朝《赠酒店胡姬》云："胡姬春酒店，弦管夜锵锵。红毹铺新月，貂裘坐薄霜。玉盘初鲙鲤，金鼎正烹羊。上客无劳散，听歌乐世娘。"在饮酒听歌之余，诗人与胡姬还结下深情厚谊。

杨巨源《胡姬词》云："妍艳照江头，春风好客留。当垆知妾惯，送酒为郎羞。香渡传蕉扇，妆成上竹楼。数钱怜皓腕，非是不能留。"描写的是长安城东春明门至曲江一带，其间卖酒之胡家。"非是"的"是"指"钱"，没有钱是不留客的，这就写出了这些貌美的姑娘们的商业意识。

白居易《效陶潜体诗十六首》之十五写长安商贾的贸易活动："东邻有富翁，藏货遍五都。东京收粟帛，西市鬻金珠。朝营暮计算，昼夜不安居。"元稹《估客乐》写一位到处贩贸的商人经商至长安："经游天下遍，却到长安城。城中东西市，闻客次第迎。迎客兼说客，多财为势倾。"从这些诗中我们可以知道，长安西市多经营金银珠宝，故俗称"金市"，唐代大食和波斯商人多从事珠宝生意，中外富商大贾多在此从事商贸活动。

唐代长安已成为世界佛教中心之一，东来传法和奉使入华的僧人往往落脚长安。唐代长安活跃着不少天竺、中亚、南亚僧人。李贺《听颖师弹琴歌》云："竺僧前立当吾门，梵宫真相眉棱尊。古琴大轸长八尺，峄阳老树非桐孙。凉馆闻弦惊病客，药囊暂别龙须席。请歌直请卿相歌，奉礼官卑复何益。"这是李贺在长安任奉礼郎时写的诗，他称颖师为"竺僧"，又说他"梵官真相眉棱尊"，说明颖师来自天竺，在长安表演琴艺。

从天竺来到中国可以选择陆路和海路，从唐诗中可以知道，天竺僧人（或胡僧）入唐多是选择沿陆上丝绸之路而来。刘言史《病僧二首》其一云："竺国乡程算不回，病中衣锡遍浮埃。如今汉地诸经本，自过流沙远背来。"其二云："空林衰病卧多时，白发从成数寸丝。西行却过流沙日，枕上寥寥心独知。"这位病僧昔年度流沙而来，如今又将西过流沙而归。刘言史《送婆罗门归本国》写一位婆罗门的行程："刹利王孙字迦摄，竹锥横写叱萝叶。遥知汉地未有经，手牵白马绕天行。龟兹碛西胡雪黑，大师冻死来不得。地尽年深始到船，海里更行三十国。行多耳断金环落，冉冉悠悠不停脚。马死羚留却去时，往来应尽一生期。出漠独行人绝处，碛西天漏雨丝丝。"这位婆罗门僧试图沿陆上丝路而来，因西域沙碛路险而未成，又经历海路游历各国，然后来到中国，又要经陆上丝路回国。

胡音胡骑与胡妆

唐代长安是外来文明汇聚之地，外来文明对长安社会生活产生了巨大影响。在那个开放的时代，域外文化如一股股细流融入长安人的生活和心理，使长安社会生活呈现出多姿多彩的风貌和韵味。长安浸染在"胡风"之中，"胡风"极大地丰富了长安人的生活内容，给长安文化增添了新的活力和色彩。通过诗人的生花妙笔，这种外来元素又进入其美妙的诗篇中，让我们看到中外文化交流是如何为唐诗提供了丰富素材，而唐诗又是怎样不负使命地展示了那个时代丰富多彩的壮丽画卷，也让我们生动地感受到了长安那个国际大都市的浪漫色彩和开放气息。

唐人在服饰方面追求新奇，喜欢模仿异域人装扮，波斯、吐火罗、突厥、吐谷浑、吐蕃和回鹘的服饰都成为模仿的对象，而以中亚和波斯服饰最为流行。唐代前期妇女喜欢服用幂䍦，即以缯帛制作的方巾掩蔽全身，是仿自波斯女性的服饰。开元以后"士女皆竞衣胡服"。唐人把社会盛衰归因于胡化风气，他们反思安史之乱，认为动乱的根源跟胡风有关，服饰胡化即其表现之一。因此，元稹《法曲》诗云："自从胡骑起烟尘，毛毳腥膻满咸洛。女为胡妇学胡妆，伎进胡音务胡乐。《火凤》声沉多咽绝，《春莺》啭罢长萧索。胡音胡骑与胡妆，五十年来竞纷泊。"与服饰相关的是梳妆，唐代女性也模仿外族。白居易的诗《时世妆》批评当时流行的式样："时世流行无远近，腮不施朱面无粉。乌膏注唇唇似泥，双眉画作八字低。妍媸黑白失本态，妆成尽似含悲啼。圆鬟无鬓堆髻样，斜红不晕赭面状。……元和妆梳君记取，髻堆面赭非华风。"徐凝诗《宫中曲二首》之二也说："一日新妆抛旧样，六宫争画黑烟眉。"这种妆面形式由当时的西北少数民族传来，流行于唐代的长安妇女中。其特点是两腮不施红粉，只以黑色的膏涂在唇上，两眉画作"八字形"，头梳圆环堆髻，有悲啼之状。这种妆梳尤为当时的贵族妇女所喜尚，直至五代。

长安盛行胡乐、胡舞，从朝廷到市井流行域外传入的乐舞。吸收外来乐舞产生的新乐舞被称为"胡部新声"。不仅宫廷流行胡部新声，整个社会上都盛行胡乐。胡部新声的流行曾遭到诗人的批评。王建《凉州行》云："城头山鸡鸣角角，洛阳家家学胡乐。"洛阳与长安为唐之

13

东西都,长安何尝不是如此。元稹《和李校书新题乐府十二首》其七《立部伎》则对胡乐盛行痛加贬斥:

> 胡部新声锦筵坐,中庭汉振高音播。
> 太宗庙乐传子孙,取类群凶阵初破。
> 戢戢攒枪霜雪耀,腾腾击鼓云雷磨。
> 初疑遇敌身启行,终象由文士宪左。
> 昔日高宗常立听,曲终然后临玉座。
> 如今节将一掉头,电卷风收尽摧挫。
> 宋晋郑女歌声发,满堂会客齐喧呵。
> 珊珊珮玉动腰身,一一贯珠随咳唾。
> 顷向圜丘见郊祀,亦曾正旦亲朝贺。
> 太常雅乐备宫悬,九奏未终百寮惰。
> 滔懑难令季札辨,迟回但恐文侯卧。
> 工师尽取聋昧人,岂是先王作之过。
> 宋沈尝传天宝季,法曲胡音忽相和。
> 明年十月燕寇来,九庙千门房尘涴。
> 我闻此语叹复泣,古来邪正将谁奈?
> 奸声入耳佞入心,侏儒饱饭夷齐饿。

元稹把胡乐流行看作安史之乱的征兆,这种看法并不是他个人的观点,而是社会上相当一部分人的认识。安史之乱前长安已经盛行胡舞,安史之乱后虽受到抨击,并没有阻止胡舞的流行。长安盛行之歌舞有乐有舞,舞蹈中的阿连舞来自里海萨尔马提,拂菻舞来自拜占庭,柘枝舞和胡腾舞出于中亚石国,胡旋舞出于中亚康国,软舞曲中的《苏合香》源出印度。这些乐舞有的只能在宫廷中享用,有的流行在社会上和诗人文士的酒宴上。唐诗中不少作品写到这些外来乐舞，生动地展现了这些来自域外的乐舞场面。

刘言史《王中丞宅夜观舞胡腾》描写来自中亚的艺人在长安一位官员家里表演胡腾舞：

> 石国胡儿人见少，蹲舞尊前急如鸟。
> 织成蕃帽虚顶尖，细氎胡衫双袖小。
> 手中抛下葡萄盏，西顾忽思乡路远。
> 跳身转毂宝带鸣，弄脚缤纷锦靴软。
> 四座无言皆瞪目，横笛琵琶遍头促。
> 乱腾新毯雪朱毛，傍拂轻花下红烛。
> 酒阑舞罢丝管绝，木槿花西见残月。

诗注云："王中丞武俊也。"王武俊原名没诺干，契丹人，归顺朝廷，任成德军节度使，在长安有邸宅。诗中写到胡儿、蕃帽、细氎胡衫、胡腾舞、葡萄酒、葡萄酒盏、锦靴、横笛、琵琶等，意在渲染一种异国情调和域外风情。这种风情弥漫在长安这个国际大都市里，非常自然和谐。

李端《胡腾儿》诗云：

> 胡腾身是凉州儿，肌肤如玉鼻如锥。
> 桐布轻衫前后卷，葡萄长带一边垂。
> 帐前跪作本音语，拾襟搅袖为君舞。
> 安西旧牧收泪看，洛下词人抄曲与。
> 扬眉动目踏花毡，红汗交流珠帽偏。
> 醉却东倾又西倒，双靴柔弱满灯前。

环行急蹴皆应节，反手叉腰如却月。
丝桐忽奏一曲终，呜呜画角城头发。
胡腾儿，胡腾儿，故乡路断知不知？

凉州是胡人聚居区，从这两首诗透露的信息可以看出，舞者多为来自石国的胡人，有的落脚凉州后又进入长安，在长安官员宅中常有其表演。胡腾舞的舞姿不见直接记载，这两首诗的描写反映了这种舞蹈的特点。

胡旋舞始于唐玄宗开元、天宝年间，当时西域诸国屡献胡旋女，这种舞蹈的特点是旋转，盛唐时岑参的诗《田使君美人如莲花舞北旋歌》描写的北旋舞就是这种胡舞："此曲胡人传入汉，诸客见之惊且叹。……回裾转袖若飞雪，左旋右旋生旋风。琵琶横笛和未匝，花门山头黄云合。"据说安禄山、杨贵妃皆善胡旋舞，可能正因为此，胡旋舞最为诗人诟病。元稹和白居易都有以"胡旋女"为题的诗，除了描写其舞姿外，主要是借以批判唐代胡风盛行的社会危害。

柘枝舞在唐代社会上流行最为广泛，唐诗中咏柘枝舞者数量众多，从薛能、张祜、王建、白居易、刘禹锡的诗和沈亚之、卢肇的赋可知，从宫中到市井，从两京到外地处处可见其舞影，长安当然是最盛行的地方。王建《宫词一百首》之八十四云："玉箫改调筝移柱，催换红罗绣舞筵。未戴柘枝花帽子，两行宫监在帘前。"徐凝诗《宫中曲二首》之二："身轻入宠尽恩私，腰细偏能舞柘枝。"都是夸奖宫中善舞的宫人。张祜《感王将军柘枝妓殁》云："寂寞春风旧柘枝，舞人休唱曲休吹。鸳鸯钿带抛何处，孔雀罗衫付阿谁。画鼓不闻招节拍，锦靴空想挫腰肢。今来座上偏惆怅，曾是堂前教彻时。"善柘枝舞者称为柘枝伎，酒宴上舞柘枝助兴，这首诗就是为王将军家柘枝伎的死表达哀伤。

高丽乐舞也受到唐人的喜爱。李白《高句丽》诗咏高丽乐舞："金花折风帽,白马小迟回。翩翩舞广袖,似鸟海东来。"史载高丽人喜戴折风帽,表演时服以椎髻于后,以绛抹额,饰以金,着黄裙襦、长袖、乌皮靴,挥动宽大的衣袖。所用乐器九种,其中打击乐用腰鼓、齐鼓、担鼓等。李白诗的描写与之相符,可谓逼真而传神。

骠国王所献《骠国乐》曾轰动长安。元稹、白居易观看后都有《骠国乐》同题诗之作,有人把它看作大唐政治教化醇和的表现,有人写诗咏叹《骠国乐》的优美,有人把从骠国传来的乐舞看作致乱之由加以指摘。唐代长安龟兹乐也特别盛行,元稹《连昌宫词》写道:"逡巡大遍《凉州》彻,色色《龟兹》轰录续。"便是这种盛况的反映。

长安流行的乐舞有的是在吸收外来乐舞成分的基础上创制的。元稹《法曲》诗云:"《火凤》声沉多咽绝,《春莺》啭罢长萧索。"张祜《春莺啭》云:"内人已唱春莺啭,花下偠偠软舞来。"《火凤》的作者裴神符出身疏勒,其谱写的乐曲可能与《春莺啭》同一派别,这两支曲子可能包含有胡曲元素。元稹诗的意思是说好好的乐曲被糟蹋了。两曲曾经过出身胡族的音乐家改制,吸收了胡曲元素,为元稹所不满。

《霓裳羽衣舞》是玄宗时吸收外来乐舞的基础上而创制的,在开元、天宝年间曾盛行一时,后来成为玄宗和杨妃奢淫生活的象征为人诟病。张祜《华清宫》诗云:"天阙沉沉夜未央,碧云仙曲舞《霓裳》。一声玉笛向空尽,月满骊山宫漏长。"白居易《长恨歌》云:"渔阳鼙鼓动地来,惊破霓裳羽衣曲。"此曲舞谱早已失传,白居易《霓裳羽衣舞歌》对此曲的演唱作了详尽的描述,成为如今认识此曲的重要资料。

长安艺术家向异域艺术家学习提高了技艺。开元中李謩善吹笛,天下第一,曾师从龟兹乐师。相传李謩到越州在宴会上吹笛,众人皆称其妙,只有独孤生不发一言,与会者皆怒。李謩则以为此人可能是高手。独孤生请李謩吹《凉州曲》,曲终,独孤生说:"您的笛声很美妙,但是声调杂夷乐,您是否有龟兹人朋友啊?李謩一听大惊,独孤生从

17

笛声中竟能听出有龟兹乐的元素,说:"丈人神绝!某变不自知,本师实龟兹人也。"元稹《连昌宫词》曾咏李謩偷曲故事:"李謩擪笛傍宫墙,偷得新翻数般曲。"张祜《李謩笛》诗:"平时东幸洛阳城,天乐宫中夜彻明。无奈李謩偷曲谱,酒楼吹笛是新声。"说李謩偷听宫中的乐曲,学到了"新声"。唐代宫廷乐舞中有"龟兹乐"。显然,李謩新声吸收了龟兹乐的元素。唐代乐府中有《拨头》曲,一名《钵头》,也是来自域外的一种舞乐,张祜《容儿钵头》诗:"争走金车叱鞅牛,笑声唯是说千秋。两边角子羊门里,犹学容儿弄钵头。"显然是咏钵头舞。

在长安乐舞的域外元素中,包括不少出自域外的乐器,诸如琵琶、箜篌、觱篥、胡笳、羌笛等,唐诗写此类乐器的不胜枚举,名作迭出。又如羯鼓,源于域外和边疆民族,盛行于唐开元、天宝年间。这种鼓腰部细,两面蒙皮,用公羊皮制作,公羊称为羯,因此叫羯鼓。古代天竺、高昌、龟兹、疏勒的乐舞中都流行这种乐器。据说玄宗雅好羯鼓,其时诸大臣纷纷学习。崔道融《羯鼓》诗云:"华清宫里打撩声,供奉丝簧束手听。寂寞銮舆斜谷里,是谁翻得《雨淋铃》。"在他笔下羯鼓成为玄宗与杨妃奢淫生活的象征,诗字面上咏羯鼓,实是悲叹马嵬驿兵变和李杨悲剧。《雨淋铃》是唐玄宗逃往成都途中经骆谷时,闻雨淋銮铃,采其声而创制的乐曲。

长安的体育游戏中有不少来自西域的元素。泼寒胡戏源出拜占庭,打马球戏(波罗球戏)起源于波斯,棋弈双陆来自大食,经中亚传入长安。泼寒胡戏作为外来乐舞,十一月寒冬季节举行,人们裸露身体,互相泼水嬉戏。中亚西域皆有表演,武则天末年在长安、洛阳两京和民间各地深受大众欢迎。张说曾作有《苏摩遮》五首咏演出盛况:

其一

摩遮本出海西胡,琉璃宝服紫髯胡。

闻道皇恩遍宇宙，来将歌舞助欢娱。

其二
绣装帕额宝花冠，夷歌骑舞借人看。
自能激水成阴气，不虑今年寒不寒。

其三
腊月凝阴积帝台，豪歌击鼓送寒来。
油囊取得天河水，将添上寿万年杯。

其四
寒气宜人最可怜，故将寒水散庭前。
惟愿圣君无限寿，长取新年续旧年。

其五
昭成皇后帝家亲，荣乐诸人不比伦。
往日霜前花委地，今年雪后树逢春。

打马球戏来自波斯，传入长安始于太宗时，唐代宫廷和地方都很盛行，沈佺期、崔湜、武平一、张说、王建等都有咏打马球应制之作：

令节重邀游，分镳应彩球。
骎骤回上苑，蹀躞绕通沟。
影就红尘没，光随赭汗流。
赏阑清景暮，歌舞乐时休。
——武平一《幸梨园观打球应制》

诗在丝路——大唐诗人的丝绸之路行

> 寒食春过半，花秾鸟复娇。
> 从来禁火日，会接清明朝。
> 斗敌鸡殊胜，争球马绝调。
> ——张说《奉和圣制寒食作应制》

> 对御难争第一筹，殿前不打背身球。
> 内人唱好龟兹急，天子鞘回过玉楼。
> ——王建《宫词一百首》第十五

> 殿前铺设两边楼，寒食宫人步打球。
> 一半走来争跪拜，上棚先谢得头筹。
> ——王建《宫词一百首》第七十三

  从王建诗中可知宫中妇女亦打球，这些诗都反映了宫廷里这项活动的内容规制、热闹非凡和人们对这项活动的喜爱。不仅宫廷里盛行打球，达官贵人宅中、禁卫军军营中往往筑球场打球，以打球为乐。李廓《长安少年行》诗云："追逐轻薄伴，闲游不著绯。长拢出猎马，数换打球衣。晓日寻花去，春风带酒归。青楼无昼夜，歌舞歇时稀。"

  寻橦最初是来自域外的杂技，又称戴竿。一人头顶或肩扛长竿，有人在长竿上攀爬表演。刘晏《咏王大娘戴竿》诗即咏此种杂技："楼前百戏竞争新，唯有长竿妙入神。谁谓绮罗翻有力，犹自嫌轻更著人。"跳剑、跳丸也是来自域外的杂技，成为朝廷立部伎表演的节目。一人同时抛多个球或短剑到空中，又双手接着，不停地表演，不使其落地。白居易《立部伎》诗云："立部伎，鼓笛喧，舞双剑，跳七丸，袅巨索，掉长竿。太常部伎有等级，堂上者坐堂下立。堂上坐部笙歌清，堂下立部鼓笛鸣。笙歌一声众侧耳，鼓笛万曲无人听。立部贱，坐部贵，坐部退为立部伎,击鼓吹笙和杂戏。"其中跳丸和长竿本来都是来自西域的杂技。看着那惊险奇妙的表演,诗人不禁灵感大发,写诗咏叹。

在长安节庆习俗游戏活动中也引入了域外成分。如睿宗年间一次元宵节,夜设灯轮,高二十丈,以锦绮金玉装饰,又有五万盏灯齐燃,簇然如花树。宫女、少女、妇女千数,极尽奢华装扮,于灯轮下踏歌三日夜,"欢乐之极,未始有之。"张说《十五日夜御前口号踏歌词二首》咏之:

> 花萼楼前雨露新,长安城里太平人。
> 龙衔火树千灯艳,鸡上莲花万岁春。
> 帝宫三五戏春台,行雨流风莫妒来。
> 西域灯轮千影合,东华金阙万重开。

从诗的描写可知这种巨大的灯轮样式来自西域。张说诗歌咏的就是这次上元节盛况。

在建筑方式和居室文化方面,长安人也引入了域外文化。史料记载唐玄宗的凉殿、京兆尹王鉷的自雨亭子与拂菻国建筑形制相同,拂菻即东罗马。这种建筑通过从亭殿上方四面倾泻凉水以降温,是夏天避暑的一种方式。宫廷中建筑也有使用来自异域材料的。李白《清平调》词云:"名花倾国两相欢,常得君王带笑看。解释春风无限恨,沉香亭北倚栏杆。"沉香亭,或以沉香木装饰之亭,或以异域香木命名亭子,总之带有异域风味。唐朝人对北方游牧民族的毡帐也感兴趣,一些贵族在城市里也搭起了毡帐。唐太宗的儿子李承乾为太子时在东宫空地搭建一座毡帐自居。贵族之家出游,喜搭毡帐野餐。杜甫《丽人行》写杨氏兄妹曲江游宴:"就中云幕椒房亲,赐名大国虢与秦。……后来鞍马何逡巡,当轩下马入锦茵。"杨家奢侈的宴会不是露天举办,而是在临时搭建的"云幕"中进行。这一点从"当轩下马"也可知道,"轩"是有窗的房,此指带窗的毡帐。长安人喜用椒泥涂壁,取其香味和增加室内温暖。用椒泥涂壁过去只有皇室才能使用,所以后宫称"椒房"。韦庄《抚盈歌》云:"凤縠兮鸳绡,霞疏兮绮寮。玉庭兮春昼,金屋兮秋宵。愁瞳兮月皎,笑颊兮花娇。罗轻兮浓麝,室暖兮香椒。"写的是后宫,长安皇室之外显然也有人如此。张孜《雪诗》云:"长安大雪天,鸟雀难相觅。其中豪贵家,捣椒泥四壁。"

居室内的坐具则有胡床。李颀《赠张旭》诗云:"张公性嗜酒,豁达无所营。皓首穷草隶,时称太湖精。露顶据胡床,长叫三五声。"李贺《谢秀才有妾缟练改从于人秀才引留之不得……嘲谢贺复继四首》其四云:"寻常轻宋玉,今日嫁文鸯。戟干横龙簴,刀环倚桂窗。邀人裁半袖,端坐据胡床。"胡床,俗称马扎子,可以折叠。这种坐具起源于古埃及,东汉时已通过游牧民族传入中原,因轻便容易携带而受到喜爱,唐代更加流行。

唐人最常见的交通工具是马,骑马或以马驾车是当时较普遍的出行方式,诗人笔下常常写到来自域外的良马和马身上的佩饰。虞世南《门有车马客》诗云:"财雄重交结,戚里擅豪华。曲台临上路,高门抵狭斜。赭汗千金马,绣毂五香车。"达官贵族之家乘汗血宝马和宝盖香车终日驰逐。车马的佩饰也很重要,往往佩以银鞍、明珠、香料等,都是来自域外的奢侈品。杜甫《房兵曹胡马》诗云:"胡马大宛名,锋棱瘦骨成。竹批双耳峻,风入四蹄轻。所向无空阔,真堪托死生。骁腾有如此,万里可横行。""兵曹"即兵曹参军,是管理兵器的官职,房某是在长安做官,这首诗是杜甫年轻时在长安写的诗,这也反映出长安人喜以域外传入的良马为坐骑,就像现代人们喜欢进口车一样。《高都护骢马行》写将军高仙芝的坐骑:"安西都护胡青骢,声价欻然来向东。此马临阵久无敌,与人一心成大功。功成惠养随所致,飘飘远自流沙至。"

高仙芝晚年居长安，杜诗写于困居长安时。兵曹是基层官吏，都护是高官，从这两首诗可知唐代从高官到一般官员都可能骑用从域外输入的洋马。

海阔珍奇亦来献

唐朝首都长安是各国使节入华的终点站，经过使节入贡，各种异域奇珍输入长安。外来使节们给唐朝进贡的异域珍奇，也是唐代诗人们津津乐道的。鲍防《杂感》云："汉家海内承平久，万国戎王皆稽首。天马常衔苜蓿花，胡人岁献葡萄酒。五月荔枝初破颜，朝离象郡夕函关。雁飞不到桂阳岭，马走先过林邑山。甘泉御果垂仙阁，日暮无人香自落。远物皆重近皆轻，鸡虽有德不如鹤。"这首诗虽然包含着讽谏意味，却客观上反映了四方入贡的盛况。韦应物《骊山行》诗写开元盛世："君不见开元至化垂衣裳，厌坐明堂朝万方。……英豪共理天下晏，戎夷詟伏兵无战。时丰赋敛未告劳，海阔珍奇亦来献。"这些舶来品以其新奇容易引起诗兴，故常见诸诗人的吟咏。

通过入贡获得的域外文明首先是动物，如良马、狮子、犀牛、大象和各种奇禽异兽。观赏新奇的动物容易激发诗人的兴致，首先是天马：

圣皇至德与天齐，天马来仪自海西。
——张说《舞马千秋万岁乐府词三首》之二

入与真主言，有骑天马来。
——储光羲《献王威仪》

> 天马从东道，皇威被远戎。
> 来参八骏列，不假贰师功。
> ——周存《西戎献马》

唐代还有犀牛、大象、狮子等从异域传入长安，诗人们纷纷吟咏：

> 遐方献文犀，万里随南金。
> 大邦柔远人，以之居山林。
> ——储光羲《述韦昭应画犀牛》

> 远涉流沙万里来，毛衣破尽着尘埃。
> 摇头摆尾驯仁德，雄气宁同百兽才。
> ——崔致远《狻猊》

> 狮子摇光毛彩竖，胡腾醉舞筋骨柔。
> 大宛来献赤汗马，赞普亦奉翠茸裘。
> ——元稹《西凉伎》

从以上诗可知西域各国进献的物品主要有名马、异兽和苜蓿、葡萄酒、皮裘等异域特产。唐朝宫廷中有舞马、舞狮、舞象、舞犀牛的表演，这些来自域外的动物经过训练，伴随着音乐的节奏舞蹈，非常壮观动人。常衮《奉和圣制麟德殿燕百僚应制》写朝廷宴会："蛮夷陪作位，犀象舞成行。"李白《高句丽》诗："金花折风帽，白马小迟回。翩翩舞广袖，似鸟海东来。"白马的动作显然是经过训练的。诗用海东鸟形容高丽乐的舞姿，诗人当目睹海东鸟飞翔的姿态。"海东青"是新罗进贡唐朝的一种雕，当时又叫"白鹰"。窦巩《新罗进白鹰》云：

"御马新骑禁苑秋,白鹰来自海东头。汉皇无事须游猎,雪乱争飞锦臂韝。"立国朝鲜半岛的新罗国,当时被称为"海东",他们进贡唐朝的白鹰,当即其著名的"海东青"。海东青属大型猛禽,身高一米左右,两翅展开两米多长,驯养的海东青用作猎鹰。新罗贡鹰事史书无载,窦巩的诗有重要史料价值。林邑国多次向唐朝进献鹦鹉,鹦鹉在诗人笔下被赋予不同的意义。胡皓《同蔡孚起居咏鹦鹉》:"鹦鹉殊姿致,鸾皇得比肩。常寻金殿里,每话玉阶前。"他把鹦鹉入贡视为祥瑞,比作凤凰。白居易《红鹦鹉》诗云:"安南远进红鹦鹉,色似桃花语似人。文章辩慧皆如此,笼槛何年出得身。"他感叹鹦鹉被幽系牢笼。域外的植物,特别是奇花异果通过使节入贡唐朝,这些植物有的可供食用,有的可供观赏,受到诗人的喜爱。殷尧藩《偶题》云:"越女收龙眼,蛮儿拾象牙。长安千万里,走马送谁家。"南方的荔枝、龙眼和西域的葡萄等远方异域的奇珍异果,在大唐盛时都源源不断地输入长安,被诗人们写入诗中。

西域美酒为唐人所喜爱,唐代西域入贡的物品仍有葡萄酒。鲍防《杂感》诗写盛唐社会:"汉家海内承平久,万国戎王皆稽首。天马常衔苜蓿花,胡人岁献葡萄酒。"葡萄酒酿制方法至迟在东汉末年就从西域传入,唐代继续引进先进工艺,西域名酒及其制作方法传入长安,有西域的葡萄酒、高昌(今吐鲁番一带)的马乳葡萄酒、波斯的三勒浆、乌弋山离的龙膏酒等。唐平高昌,其地马乳葡萄酒引起太宗极大兴趣,他亲自监制,又酿出八种色泽的葡萄酒,"芳辛酷烈,味兼醍盎。既颁赐群臣,京中始识其味"。依高昌法酿制之葡萄酒及波斯法酿制之三勒浆,当俱曾流行于长安市上。唐代诗人喜饮葡萄酒,由此产生了许多歌咏葡萄酒的佳作,"葡萄美酒夜光杯,欲饮琵琶马上催""葡萄酒,金叵罗"等脍炙人口,因为饮用葡萄酒的饮器往往也是进口产品,因此唐诗中便连同这种舶来品一起歌咏。

提到长安的酒,就不得不提李白。他首次入长安,踌躇满志却几经挫败,只能过着走马斗鸡、仗剑恣意、结交挚友、酒家醉眠的日子。42岁那年被召入宫,得到的却是"翰林院供奉"伺宴赋诗的虚职,依然要借酒浇愁。给这座都城留下的种种传说里,最贴合他性情的是:"李白斗酒诗百篇,长安市上酒家眠。天子呼来不上船,自称臣是酒中仙。"李白也给在长安留下了诸多关于"酒家胡""胡姬酒肆"的诗歌。

有酒自然也有饮食。唐代长安流行胡食,当时长安人喜欢吃的油煎饼、烧饼、胡饼、抓饭等都是从西域传来的胡食。唐代街市上往往有专营胡食的商铺,胡饼最为常见。安史之乱发生,玄宗逃出长安,至咸阳集贤宫正值中午,杨国忠自集市买来胡饼以献。白居易《寄胡饼与杨万州》云:"胡麻饼样学京都,面脆油香新出炉。寄与饥馋杨大使,尝看得似辅兴无?"说明胡饼制法从长安传至外地。

长安人的食物中也使用了来自域外的佐料。唐代从西域引进了"石蜜"及制作工艺,太宗遣人出国学习制糖技术,所得蔗糖用于长安人的饮食烹饪之中,色味俱佳。寒山诗写到石蜜:"四运花自好,一朝成萎黄。醍醐与石蜜,至死不能尝。"外来调味品影响最大的是胡椒。胡椒原产于东南亚、南亚和非洲,胡椒籽粒含有挥发油、胡椒碱等。裴迪《辋川集二十首·椒园》写:"丹刺罥人衣,芳香留过客。幸堪调鼎用,愿君垂采摘。"高适《奉赠贺郎诗》云:"清酒浓如鸡,臐肫与白羊。不论空蒜酢,兼要好椒姜。"其中提到的"椒"即指来自域外的胡椒。

对于皇室贵族来说,他们追求域外物品,更感兴趣的是珠玉珍宝。从域外传入的珍贵器物通常是金银器、玛瑙碗、玻璃器等,珍贵又美观,常常引发诗人们的诗兴。顾况《李供奉弹箜篌歌》写李供奉从天子和王侯将相那里获得丰厚报酬:"银器胡瓶马上驮,瑞锦轻罗满车送。"其中的银器和胡瓶都是来自域外的器物。杜甫《韦讽录事宅观曹将军画马图》写朝廷赐画家曹霸:"内府殷红马脑碗,婕妤传诏才人索。"

马脑碗即玛瑙碗，来自域外。古代玻璃器从西域传入十分珍贵。杜甫《丽人行》写杨氏兄妹郊游野宴，"紫驼之峰出翠釜，水精之盘行素鳞"。水精盘就是玻璃盘。杜甫《喜闻盗贼蕃寇总退口号五首》其四云："勃律天西采玉河，坚昆碧碗最来多。旧随汉使千堆宝，少答胡王万匹罗。"碧碗即玻璃碗，来自坚昆，坚昆是西北草原民族，即现代吉尔吉斯族的祖先。温庭筠《春江花月夜词》写贵族生活："漏转霞高沧海西，玻璃枕上闻天鸡。"

来自域外的珍珠、玳瑁、琥珀、象牙、犀角、翠羽等被用于装饰。杜甫《郑驸马宅宴洞中》写皇亲贵族生活："春酒杯浓琥珀薄，冰浆碗碧玛瑙寒。"《丽人行》描写杨氏姐妹的服饰、饮食十分细致，其中不乏来自域外的器皿和珠宝装饰，用金银线镶绣着孔雀和麒麟的华丽衣裳，犀箸是用犀牛角制成的筷子，犀牛角来自海外；紫驼之峰即贵族食品中的"驼峰炙"；水精即水晶，玻璃器是来自域外的食器。卢照邻的《行路难》写长安贵族之家："珊瑚叶上鸳鸯鸟，凤凰巢里雏鹓儿。……金貂有时换美酒，玉麈但摇莫计钱。"韦应物《长安道》诗写贵族之家："归来甲第拱皇居，朱门峨峨临九衢。中有流苏合欢之宝帐，一百二十凤凰罗列含明珠。下有锦铺翠被之粲烂，博山吐香五云散。丽人绮阁情飘飘，头上鸳钗双翠翘。低鬟曳袖回春雪，聚黛一声愁碧霄。山珍海错弃藩篱，烹犊炰羔如折葵。"其中银鞍、珊瑚叶、金貂、玉麈、明珠、翠被、翠翘、聚黛、博山吐香、山珍海错等，吃的用的都是带"洋味"的珍奇物品。

用香是皇室贵族奢侈生活的表现，香料大多来自域外。用于熏染和悬佩之香常为诗人歌咏。沉香、檀香产于东南亚和南亚，李白《杨叛儿》诗云："博山炉中沉香火，双烟一气凌紫霞。"《清平调三首》其三写杨贵妃："名花倾国两相欢，长得君王带笑看。解释春风无限恨，沉香亭北倚阑干。"和凝《宫词百首》其八："红泥椒殿缀珠珰，帐蹙金龙窣地长。红兽慢然天色暖，凤炉时复爇沈香。"白居易《渭村退居寄礼部崔侍郎翰林钱舍人诗一百韵》写自己曾与钱氏在朝廷共事："对秉鹅毛笔，俱含鸡舌香。"鸡舌香即丁香，产于东南亚，上朝靠近皇帝者含在口中，可以遮掩口臭。东汉时大臣刁存口臭，汉桓帝赐给他鸡舌香，让他含在口中，后接近皇帝的尚书省郎官都要口含鸡舌香。所以，后来就用口含鸡舌香代指郎官。白居易和崔某曾同朝任郎官，所以说"俱含鸡舌香"。阎德隐《薛王花烛行》写王宫陈设："合欢锦带蒲萄花，连理香裙石榴色。金炉半夜起氛氲，翡翠被重苏合熏。"苏合香产于非洲、南亚和西亚，贵族之家用来熏被褥，增加香味。

出行时的宝马香车往往用来自域外的珠宝和香料美化装饰。韦应物《长安道》写贵族之家春游："春雨依微春尚早，长安贵游爱芳草。宝马横来下建章，香车却转避驰道。"其中宝马香车都是达官贵族的交通工具，也是其身份的象征，称香车即用香木造车或以香料熏染。

劝君更尽一杯酒

长安集中了最多的文士。在京为官者，赴京赶考者，投献诗文待荐者……数不胜数。对诗人们来说，寄托了青云之志和希望际遇的帝都，是他们共同的无尽眷恋。在长安，他们很容易遇到知音，彼此相识结交、相知相契，随之而来的，也有依依不舍的离别。而自长安去往被视作"边塞""绝域"的丝绸之路，离别的思绪显得尤为浓烈。

离别长安去往边塞，诗人们所写诗歌以骆宾王从军出塞的《西行别东台详正学士》最具代表性：

意气坐相亲，关河别故人。

第一章　且向长安度一春——丝路起点

> 客似秦川上，歌疑易水滨。
> 塞荒行辨玉，台远尚名轮。
> 泄井怀边将，寻源重汉臣。
> 上苑梅花早，御沟杨柳新。
> 只应持此曲，别作边城春。

从诗的描写来看，诗人是在长安告别同僚，远赴西域，要经过玉门关到庭州轮台。"塞荒"二句用了拆字互文法，把"玉塞"和"轮台"两组词拆开，用"荒""远"形容从长安赴玉塞和轮台的路程之遥，意思是将要行经玉门关，前往轮台任职，那都是荒远之地。这种修辞方法意在加深读者对"荒远"的印象。"上苑"二句既是写景，同时交代了送别的地点，"上苑"即上林苑，皇家禁苑，"御沟"即宫城的护城河，都表明是在长安送别。写景之中又包含着送别时演唱的乐曲，在饯别的宴会上演奏了《梅花落》和《折杨柳》曲，边地没有春天，诗人说自己将带上这乐曲，权作边城的春天，这两支曲子都表达离别之情。这就是初唐诗人，虽远往荒远的西域，却并不伤感。李峤的《送骆奉礼从军》大约写在这次送别的活动中，"玉塞边烽举，金坛庙略申。……希君勒石返，歌舞入城闉"。盼望他边塞立功，早日回朝。

离别时，身在长安送别的诗占据绝大多数，以王维著名的《送元二使安西》为代表作："渭城朝雨浥轻尘，客舍青青柳色新。劝君更尽一杯酒，西出阳关无故人。"这首脍炙人口的送别诗是为送别友人赴西域而作。《送刘司直赴安西》也是送人至安西都护府而写：

> 绝域阳关道，胡沙与塞尘。
> 三春时有雁，万里少行人。
> 苜蓿随天马，蒲桃逐汉臣。

当令外国惧，不敢觅和亲。

唐代的安西都护府设在龟兹城，在今新疆库车。这首送别诗先写友人赴边塞路途遥远，寂寞荒凉，环境恶劣；第三联联系汉代历史想象描绘了丝绸之路上的特异风光，感情基调开始转向；最后一联以出塞建功立业、宣扬国威收尾，满溢昂扬之情。王维还有《送宇文三赴河西充行军司马》，此外杜甫也有《送从弟亚赴河西判官》，晚唐曹唐有《送康祭酒赴轮台》诗云"灞水桥边酒一杯，送君千里赴轮台"，是唐代诗人在长安送人去往西域边塞大量诗歌的代表作。

送人去往北方草原丝绸之路的，则有马戴《送和北虏使》云："日入流沙际，阴生瀚海边。"雍陶《送于中丞使北蕃》："朔将引双旌，山遥碛雪平。经年通国信，计日得蕃情。野次依泉宿，沙中望火行。远雕秋有力，寒马夜无声。看猎临胡帐，思乡见汉城。来春拥边骑，新草满归程。""北虏""北蕃"指北方草原民族回鹘。送人去往吐蕃的郎士元《送杨中丞和蕃》诗写："锦车登陇日，边草正萋萋。旧好寻君长，新愁听鼓鼙。河源飞鸟外，雪岭大荒西。汉垒今犹在，遥知路不迷。"称扬和鼓励使节们不辞路途艰辛遥远，去往吐蕃完成使命，而诗中也都提及蕃道沿途地名如陇山、河源、雪岭等。

十七岁应试及第授朝散郎，又因文名大噪得被推荐到沛王府的王勃，在长安为友人送别时，写下了著名的《杜少府之任蜀州》："城阙辅三秦，风烟望五津。与君离别意，同是宦游人。海内存知己，天涯若比邻。无为在歧路，儿女共沾巾。"蜀州即成都，成都是南方丝绸之路的起点。他送别的这位杜少府要去往的是蜀地，通往西南丝绸之路。这首诗一改送别诗的悱恻之意、惜别之情，伤别的低沉气息一扫而空，代之以无比振奋的鼓励之语、洒脱之态，令人耳目一新，让人顿觉心怀之大、天地之宽。"海内存知己，天涯若比邻"更是千古传诵的名句。

此外卢照邻《送郑司仓入蜀》云："离人丹水北,游客锦城东。"王维《送严秀才还蜀》云："别路经花县,还乡入锦城。"张籍《送客游蜀》云："行尽青山到益州,锦城楼下二江流。杜家曾向此中住,为到浣花溪水头。"都是送人赴蜀地的代表性诗作,诗中多赞美当时与扬州并称"扬一益二",因蜀锦得名"锦官城""锦城"美称以及古蜀国厚重历史沉淀的成都。而西南更遥远之地,如位于今云南的巂州,陈子昂有《送魏兵曹使巂州得登字》云："阳山淫雾雨,之子慎攀登。……勿以王阳道,迢递畏崚嶒。"写其偏远落后和途中道路的艰险。

其遥远有过之无不及的岭南以及海外,也常有人从长安出发,远赴其地,在长安的诗人也多有送别之作。白居易有《送客春游岭南二十韵》：

> 已讶游何远，仍嗟别太频。
> 离容君蹙促，赠语我殷勤。
> 迢递天南面，苍茫海北漘。
> 诃陵国分界，交趾郡为邻。
> 蓊郁三光晦，温暾四气匀。
> 阴晴变寒暑，昏晓错星辰。
> 瘴地难为老，蛮陬不易驯。
> 土民稀白首，洞主尽黄巾。
> 战舰犹惊浪，戎车未息尘。
> 红旗围卉服，紫绶裹文身。
> 面苦桄榔裹，浆酸橄榄新。
> 牙樯迎海舶，铜鼓赛江神。
> 不冻贪泉暖，无霜毒草春。
> 云烟蟒蛇气，刀剑鳄鱼鳞。

路足羁栖客,官多谪逐臣。
天黄生飓母,雨黑长枫人。
回使先传语,征轩早返轮。
须防杯里蛊,莫爱橐中珍。
北与南殊俗,身将货孰亲。
尝闻君子诫,忧道不忧贫。

这首诗题注云:"因(叙)岭南方物以谕之,并拟微之送崔十二之作。"可知诗题中的"客"即崔十二。这位崔十二似是一位经商者,经岭南将赴海外,"诃陵"在今印度尼西亚,交趾在今越南。所以诗写到岭南各种风物,同时写到航海的风险,告诫将游岭南的这位朋友不要贪财,要珍惜生命。在谈到岭南地方特色时提到两点:一是"路足羁栖客,官多谪逐臣";二是"牙墙迎海舶,铜鼓赛江神"。"海舶"即来自域外的或出海归来的商船。元稹的《和乐天送客游岭南二十韵》则写道:"我自离乡久,君那度岭频。一杯魂惨淡,万里路艰辛。江馆连沙市,泷船泊水滨。骑田回北顾,铜柱指南邻。"特写岭南的路途艰辛遥远。

韩愈一生两次被贬到岭南,对南方沿海地区有亲身体验。长庆三年(823),郑权以尚书左仆射、岭南节度使出镇广州,韩愈写《送郑尚书赴南海》云:

番禺军府盛,欲说暂停杯。
盖海旗幢出,连天观阁开。
衙时龙户集,上日马人来。
风静鹦鹉去,官廉蚌蛤回。
货通师子国,乐奏武王台。

第一章 且向长安度一春——丝路起点

事事皆殊异，无嫌屈大才。

诗反映了韩愈对南海风土人情、物产习俗十分熟悉。其中与海外贸易直接相关的是"风静鹢鹛去，官廉蚌蛤回""货通师子国，乐奏武王台"，"官廉蚌蛤回"借用"合浦珠还"的故事赞美郑权。

王建也有《送郑权尚书赴南海》诗："戍头龙脑铺，关口象牙堆。敕设熏炉出，蛮辞咒节开。市喧山贼破，金贱海船来。白氎家家织，红蕉处处栽。"这首诗反映了广州对外贸易的状况，市场上摆放的是"龙脑""象牙"等来自海外的商品。因为有来自海外的香料，所以处处可见燃香的熏炉，这里人语言与中原不通，交流用语是"蛮辞"，交易用的是黄金。诗中对南海的外来物品丰富、海外贸易繁盛以及当地民俗风景等描写细致。张籍《送郑尚书出镇南海》诗也主要写当时南海的繁华："蛮声喧夜市，海色浸潮台。"

比南海更远的位于今广西、海南和越南境内的地方，在长安的诗人们也都提到。有诗人从长安被贬到这些地方，并留写了不少诗篇，如初唐诗人沈佺期、宋之问；也有将军远征至此地，留下了诗篇如晚唐的高骈。详见本书第八章，引不赘述。诗人们也写到那些远赴其地的人们的行踪。元稹《思归乐》诗中的赵工部曾两次到交州任都护："君看赵工部，八十支体轻。交州二十载，一到长安城。长安不须臾，复作交州行。交州又累岁，移镇广与荆。归朝新天子，济济为上卿。肌肤无瘴色，饮食康且宁。"交州龙编是安南都护府所在地，辖今越南北部。这位赵工部长期在气候恶劣的极南之地度过几十载，却依然身体康健，殊为难得。

爱州在今越南境内。晚唐齐己《送迁客》云："天涯即爱州，谪去莫多愁。……瘴昏铜柱黑，草赤火山秋。应想尧阴下，当时獬豸头。"起首即点名此地"天涯"之遥，而獬豸是神话传说中的神兽，俗称独角兽，据说能辨是非曲直，能识善恶忠奸，因此成为司法公正的象征。唐代御史台官员把獬豸角作为冠饰。这位迁客原先是御史台官员，故云"当时獬豸头"。这个典故包含着这位迁客是因为正直敢言触犯了权贵被贬的，因此有赞扬之意。

安南的高僧曾被召入长安宫廷，当其返乡时诗人们写诗送行。贾岛《送安南惟鉴法师》诗云：

> 讲经春殿里，花绕御床飞。
> 南海几回渡，旧山临老归。
> 潮摇蛮草落，月湿岛松微。
> 空水既如彼，往来消息稀。

诗前两句说惟鉴法师曾在宫内讲经，竟然讲得天女散花。三、四句扣题写其南归，最后写眷恋之情。贯休《送僧之安南》云：

> 安南千万里，师去趣何长。
> 鬓有沃州雪，心为异国香。
> 退牙山象恶，过海布帆荒。
> 早作归吴计，无忘父母乡。

这些诗昭示着从中原地区到安南也是一条宗教文化传播之路。海上丝路是中国与东南亚和南亚佛教交流的重要通道，交州和广州则是域外佛教进入中国的门户。

身在长安见证万国遣使来朝的诗人们，在相识的使臣完成使命后回国之际，往往会写诗送行，特别是给来自汉字文化圈内东亚国家诸如朝鲜半岛的新罗国和日本的使节。如使节往还最为频繁的新罗，其国使节归国时，唐朝君臣朋友往往写诗送行，有时送行的诗竟多达数百首。张籍《送金少卿副使归新罗》云："云岛茫茫天畔微，向东万里一帆飞。久为侍子承恩重，今佐使臣衔命归。通海便应将国信，到家犹自著朝衣。从前此去人无数，光彩如君定是稀。"金氏是以侍子身份入唐，被授以少卿之职，既奉命出使，又归国省亲，因此他身兼二任。陶翰《送金卿归新罗》诗写："奉义朝中国，殊恩及远臣。……礼乐夷风变，衣冠汉制新。"此金卿与金少卿可能为同一人。孟郊《奉同朝贤送新罗使》云："森淼望远国，一萍秋海中。恩传日月外，梦在波涛东。……送行数百首，各以铿奇工。冗隶窃抽韵，孤属思将同。""波涛东"即新罗国，新罗国被称为"海东国"。

　　日本遣唐使多次入唐，他们到长安访问，留唐学习，有的学成返回日本，有的留在长安应举做官，与诗人们多有往还。日本遣唐使晁衡留在长安多年，跟唐朝诗人李白、王维、储光羲等建立了深厚友谊，彼此间诗歌唱和自不待说。他离开长安回日本时，王维写《送秘书晁监还日本国》：

积水不可极，安知沧海东。
九州何处远，万里若乘空。
向国唯看日，归帆但信风。
鳌身映天黑，鱼眼射波红。
乡树扶桑外，主人孤岛中。
别离方异域，音信若为通。

　　日本远在大海以东尽头，与中国相隔"万里"。朝向日本只看到太阳升起，盼归航只能等待信风。海中大鳌身影与漆黑的夜空相映，鱼眼闪光把黑暗中的波浪都照红了。故乡的树木在扶桑国，而你家住孤岛中。我们分别之后就要天各一方，怎么才能够互通音信呢！诗中饱含诚挚深沉的离情和忧思,诗中关于海上航行危险的描写,渲染了可怖的气氛,表现了对远行的朋友的担心和牵挂。

晁衡归国途中船遇风暴,李白闻讯以为他死于海难,悲痛难禁,写下著名的《哭晁卿衡》诗,表达痛悼之情:"日本晁卿辞帝都,征帆一片绕蓬壶。明月不归沉碧海,白云愁色满苍梧。"写日本友人晁衡辞别长安归国,乘帆远去飘过蓬莱。一去不归如明月沉碧海,白云为此也带哀愁笼罩青山。晁衡在长安陪读皇太子时,李白也在京城任官,"翰林待诏"的身份令他有志难申,深感苦闷,晁衡是他长安岁月里的亮色之一,这首诗有着李白一贯清新飘逸的风格,但又饱含深情。

长安是唐朝出使外国的使节启行之地,当朋友同僚奉命出使异域时,诗人们往往写诗送行。这类诗也以送人出使新罗和日本者为多。如钱起《送陆珽侍御使新罗》云:"受命辞云陛,倾城送使臣。……始觉儒风远,殊方礼乐新。"陆珽是钱起的同乡,当他奉命出使新罗离长安时,钱起为他写诗送行。"倾城送使臣"说明当时送行的人数之多。钱起还有另一首《重送陆侍御使日本》云:"万里三韩国,行人满目愁。辞天使星远,临水涧霜秋。……定知怀魏阙,回首海西头。"题目中"日本"一本作"日东",当作"日东",指新罗国,即诗中所谓"三韩"。因为是离开长安故曰"辞天","怀魏阙"就是怀念长安。唐时称新罗为"海东国",在新罗思念故国,故云"回首海西头"。顾况有《送从兄使新罗》长诗,祝愿从兄出使不辱使命,回国后因功升迁:"封侯万里外,未肯后班超。"

来自域外或出身胡族的僧人在长安传译佛经,与诗人们唱和。当他们归国时,诗人们喜欢以诗相送,唐诗中有一些送新罗国僧人归国的诗,如张乔《送僧雅觉归海东》、姚鹄《送僧归新罗》、孙逖《送新罗法师还国》等,这些诗大多赞美新罗僧人的不畏艰险入华求法,赞扬他们的佛学修养,表达对他们行程的关切,祝愿他们回国后有所成就。

身在长安的诗人也曾送别来自遥远印度的僧人归国。李洞《送三藏归西天国》云："十万里程多少碛,沙中弹舌授降龙。五天到日应头白,月落长安半夜钟。"这位三藏法师是从长安启程回印度,所以才把他归国的时间跟长安对照,说自己身在长安,深夜难眠,思念归国远行的僧友。崔涂《送僧归天竺》诗云:"忽忆曾栖处,千峰近沃州。别来秦树老,归去海门秋。汲带寒汀月,禅邻贾客舟。"这位来自天竺的僧人经南方海路入华,此沃州当指沃洲山,在今浙江新昌县东南三十六里处,他曾在此修行。诗人与其在长安相别,故云"别来秦树老";归天竺仍经海路,故云"归去海门秋"。又如刘言史《送婆罗门归本国》诗:"刹利王孙字迦摄,竹锥横写叱萝叶。遥知汉地未有经,手牵白马牵天行。龟兹碛西胡雪黑,大师冻死来不得。地尽年深始到船,海里更行三十国。行多耳断金环落,冉冉悠悠不停脚。马经留却去时,往来应尽一生期。出漠独行人绝处,碛西天漏雨丝丝。"这位婆罗门僧从海路入华,又经西域大漠回国,历经艰险,只为传经到中国。

第二章　高歌一曲陇关情
——首途关陇

西出长安，走上丝绸之路，最先踏上的这条路叫"关陇道"，连接着长安和武威。"关"指长安所在的关中地区，"陇"为陇山，即今甘肃六盘山。"关陇"和引申而出的"陇头""陇上"，以及此地"渭水""渭城""陇西""秦州""临洮""萧关"等地理意象，也出现在唐代诗人的笔下。

落木满渭水，离人怀京邑

从长安西行远赴西域的行人，要经过渭水，渭水之上有桥称渭桥，过了渭水就到了渭城。渭城即咸阳故城，在长安西北渭水北岸。渭桥上留下了无数诗人的身影。

第二章 高歌一曲陇关情——首途关陇

"初唐四杰"之一的卢照邻,自幼即在江南随饱学大儒学习,博学而有妙笔的美名,在赴长安后即声闻京城,先后得朝廷重臣来济和邓王李元裕赏识和礼遇,邓王更不惜以"司马相如"视之。有学者考证,卢照邻在邓王府中,曾随其前往西北边地,亲临塞外。后来卢照邻调任益州新都(今四川成都附近)尉。不管是去往西北,还是入蜀,渭桥乃是必经之处。卢照邻的《晚渡渭桥寄示京邑游好》写道:

> 我行背城阙,驱马独悠悠。
> 寥落百年事,徘徊万里忧。
> 途遥日向夕,时晚鬓将秋。
> 滔滔俯东逝,耿耿泣西浮。
> 长虹掩钓浦,落雁下星洲。
> 草变黄山曲,花飞清渭流。
> 迸水惊愁鹭,腾沙起狎鸥。
> 一赴清泥道,空思玄灞游。

从诗的内容和情绪来看,诗人应是离开京城赴蜀任职,"清泥"即蜀道上的青泥岭,李白《蜀道难》中云:"青泥何盘盘,百步九折萦岩峦。"诗写自己驱马离开京城,"悠悠"既是行步之缓,更是眷恋不舍之情。感慨人生百年,充满万里愁绪。前途遥远,夕阳西下,而人生也已进入鬓发斑白的年龄。年华如流水东逝,如何能不悲泣?在渭桥眺望,渭水景色宜人,令人眷恋。踏上去往蜀中的道路,以后和友人游赏长安,只能在梦里了。

赴西域的人都要经过渭桥。李白《塞下曲六首》其三云:"骏马似风飙,鸣鞭出渭桥。弯弓辞汉月,插羽破天骄。"写的远行征战的将士,又何尝不是李白的亲身体验呢?李白也不知道多少次途经渭桥,所以写远征的将士，首途就是"出渭桥"。

渭桥之下是日夜奔流的渭水，过渭桥时诗人眼见的景物：从渭桥向渭水上游望去，一条大河远远流来；再向下游望去，一条大河又缓缓流向远方。过渭水远行的诗人不能不对渭水留下深刻印象。而对于远行伤悲的诗人来说，渭水流淌的不仅仅是河水，还有行人的眼泪。

著名的边塞诗人岑参，早年间外出漫游返回长安时，写过一首《入关先寄秦中故人》："秦山数点似青黛，渭上一条如白练。京师故人不可见，寄将两眼看飞燕。"诗题中的"关"据考证当指陇关。岑参天宝十载从西域东返长安，六七月间过陇山，诗写在此时。秦山数点仿佛美女描眉的青黛，渭水一条如同洁白绢帛，故人远在京师想见而不得，抬眼寄望空中飞燕传达思念。诗人未到长安，长安故人尚未见面，诗人先写诗寄送他们，表达他对朋友们的思念。

约摸三十岁进士及第的岑参，熬过三年守选期满后，只获授右内率府兵曹参军，是个负责看守兵器的九品小官。祖上显赫、志向远大的岑参自然心下不甘。两年后，岑参得任安西四镇节度使高仙芝的掌书记，随即于749年出塞，751年返回长安。754年，岑参应封常清之邀入其幕府，再次出塞，赴北庭任安西北庭节度判官。第一次出塞去往西域的岑参途经渭水时，作《西过渭州见渭水思秦川》一诗："渭水东流去，何时到雍州。凭添两行泪，寄向故园流。"雍州是隋朝的京兆郡，唐初改为雍州，治所在长安。唐代开元元年，又把雍州改为京兆府。诗中用雍州指代长安，与诗题"秦川"所指一致。渭水东流不息，何时流到长安呢？请将我的两行思乡泪带着奔向故乡。渭水东流，人却西行；渭水终能流到长安，而自己却不知何时归家。这明显的反差，引出下两句诗的情感喷涌：就让热泪寄托的思念随渭水流到故园吧。

有离别就有送别，唐时人们从长安出发西行，亲友送至渭城分手。春季时分，渭水相送，折柳赠别，这个自古以来的传统进入诗篇，已经成为一个著名的意象。盛唐诗人王维的《送元二使安西》是最著名的酒筵送别诗:"渭城朝雨浥轻尘,客舍青青柳色新。劝君更尽一杯酒,西出阳关无故人。"在王维诗中有画的笔法下,渭城的春雨柳色和离别的愁绪眷恋浓淡相衬,配上一曲离歌《渭城曲》,离思更浓。这首诗被谱上曲子后成了饯别名曲《阳关曲》,又名《阳关三叠》。"渭城一曲动千古",诗中春雨、柳色意象频频化用在后世诗词中,如"渭城柳色关何事,自是离人作许悲"(宋·黄庭坚)、"玉关去路心如铁,把酒何妨听渭城"(宋·陆游)、"渭城丝雨劝离杯"(宋·晏几道)、"更无别计相宽慰,故遣阳关劝一杯(唐·白居易)"、"一曲阳关情几许,知君欲向秦川去"(宋·苏轼)、"醉里不辞金盏满,阳关一曲肠千断"(宋·冯延巳)、"短亭休唱阳关,柳丝惹尽行人怨"(元·白朴)等。

"斗酒诗百篇"的大诗人李白在渭城送客,酒自然少不得。他的《送别》诗云:"斗酒渭城边,垆头醉不眠。梨花千树雪,杨叶万条烟。惜别倾壶醑,临分赠马鞭。看君颍上去,新月到应圆。"无须劝君饮,李白的送别酒筵是"斗酒"至醉,让人醉而不眠的是离别之意。梨花如雪,杨柳如烟,正如离愁别绪弥漫,依依惜别间,饮尽了壶中的美酒,送上策马长鞭,想象着友人到达目的地时,如今新月弯弯也该变圆了。离情寄寓洒脱之中,李白手笔当如是。

从长安经渭城西行至陇山的道路,在唐前期呈现繁华热闹景象,行人不绝于途。唐时渭城有驿站,称咸阳驿,西去沿线驿站连属,兴平驿、马嵬驿、武功驿……过安戎关后到达陇右,再向前便是河西走廊,通往阳关、玉门关。安史之乱后,陇山以西被吐蕃占据,这一带长期受到侵扰,不复昔日繁盛。许浑《咸阳城东楼》写道:

一上高城万里愁,蒹葭杨柳似汀洲。
溪云初起日沉阁,山雨欲来风满楼。

> 鸟下绿芜秦苑夕，蝉鸣黄叶汉宫秋。
> 行人莫问当年事，故国东来渭水流。

许浑是江南人。在渭水之滨登楼所见蒹葭苍苍、杨柳成行，与家乡景象相似，不禁乡愁翻涌。然而让诗人心情如此沉重的还不是乡思，此时的唐王朝已是江河日下，而诗人眼前的云起日落、山雨欲来、宫苑秋深，不正是国家每况愈下的写照吗？初盛唐诗人从渭城出发远行西域，心中难免离愁别绪，却并不悲观沉重，远行正是国家强盛局面的需要。如今诗人在渭城登楼远眺，最深的感触是今非昔比，即所谓"莫问当年事"。"万里"之愁既指家乡路途遥远，也包含着辽阔国土的沦丧。深沉的家国之痛，催生了千古名句"溪云初起日沉阁，山雨欲来风满楼"。后世诗评有所谓"许浑千首湿"之说，意即他的诗总是离不开"水""雨"建构诗境，似在讥讽其失之开阔。而"水""雨"在这两句诗中的组合，却是意境阔大深远。

比许浑时代更晚的诗人韦庄，在渭城写下的《登咸阳县楼望雨》，是其代表作：

> 乱云如兽出山前，细雨和风满渭川。
> 尽日空蒙无所见，雁行斜去字联联。

韦庄所在的时代，前逢黄巢农民大起义，后继藩镇割据大混战，国势衰微，生民涂炭。亲历战乱辗转，直至六十岁方中进士的韦庄，忧时伤乱是其诗歌的重要题材。这首《登咸阳县楼望雨》，首句的"乱云如兽"是时局之乱的形象描绘，云头急剧翻涌之后，雨虽是细雨，风虽是和风，但远望一片空蒙，终日无所见，透露出的心态正是当时朝野上下不知衰败的帝国何去何从的迷茫无措。在渭城这个离别之地，诗人抬眼看雁阵远去，心中的离痛，是在送别大唐的昔日荣光。

平明发咸阳，暮及陇山头

　　自长安西去往关陇大道必经陇山。一般广义陇山指六盘山脉，狭义陇山又叫关山，古称陇坻、陇坂、陇首等。大致南北向纵贯今甘肃华亭、张家川和陕西陇县、陈仓区境内，绵延百里，亦是渭河与泾河的分水岭。因常在诗歌里作为思乡离别或丝路征战意象，陇山积淀了丰富的文化意义，堪称丝绸之路第一山，也可以说是中国第一诗山。陇山在唐诗里多以"陇头"出现，又常与"水"组合成的"陇头水"。唐代李吉甫所编纂的《元和郡县图志》说："陇上有水，东西分流。"唐后期的宪宗有着"中兴之君"之誉，李吉甫在其朝中两度出任宰相。当然，陇山水分流东西是古已有之，北朝乐府有《陇头歌辞三首》，其一曰："陇头流水，鸣声呜咽。遥望秦川，心肝断绝。"此后用这个乐府题名写的诗常抒写边戍征战愁思，到后来又成为一个固定的意象。之所以如此，正因为这里是西出中原之后的必经之地。

　　初唐时期，因一首《咏鹅》而负神童之誉的骆宾王，半生郁郁不得志。一朝寻得机会，抱着破釜沉舟的心境，随军去往西域，以期建功立业。关于骆宾王从军西域一事，多年来一直成谜，只因史料文献缺乏直接记载，而各种考证也都无法自圆其说。清人陈熙晋《骆临海集笺注》认为，骆宾王参加的是咸亨元年（670）薛仁贵、郭待封征讨吐蕃的战争。这一说法后被否定。有学者根据20世纪70年代先后发现的《阿史那忠碑》和《阿史那忠墓志》，考证当时唐朝除了派薛仁贵大军出讨吐蕃，还派阿史那忠作为西域道安抚大使兼行军大总管，前往西域地

43

区开展安抚工作，骆宾王即随阿史那忠军队前往西域。还有学者认为，骆宾王唯一可能参加的只有调露元年（679）裴行俭征讨西突厥的战争。无论如何，骆宾王到过西域，并留下诸多诗迹是确凿无疑的。其中《边夜有怀》诗提及越陇远行：

> 汉地行逾远，燕山去不穷。
> 城荒犹筑怨，碣毁尚铭功。
> 古戍烟尘满，边庭人事空。
> 夜关明陇月，秋塞急胡风。
> 倚伏良难定，荣枯岂易通。
> 旅魂劳泛梗，离恨断征蓬。
> 苏武封犹薄，崔駰宦不工。
> 惟馀北叟意，欲寄南飞鸿。

这里的"关"是指陇山大震关，位于今天的甘肃清水县和陕西陇县之间的陇山东坡。大震关因汉武帝翻越陇山时雷震惊马而得名，也亲眼见证了许多重大历史事件，张骞通西域，玄奘赴天竺取经，文成公主入藏和亲，都经过关陇道。初盛唐时期，西出陇右取道此地者诗人众多，除了骆宾王前往西域，岑参赴安西都护府、王维赴张掖、高适赴武威、杜甫至秦州，都经过此地。

骆宾王夜宿大震关，眼前迥异于中原的自然景物，叠加厚重的历史意蕴，在诗人心里引发了复杂的情绪。汉地广袤遥远，燕山远去天际。长城荒凉，如积筑怨愤；碣碑残毁，依然铭刻战功。戍楼古老，烽烟尘满；边庭荒凉，人事两空。如此荒凉空旷的边关塞外，此时明月当空，北风呼啸，怎能不让人思绪万千、感慨万千？福祸之相依，总是难以测定；盛衰与穷达，又岂能通晓？羁旅困扰漂泊旅人，离愁断人肝肠。回望历史,苏武牧羊,不辱使命而封赏稀少;崔骃耿直,不善逢迎而辞官归隐。这祸福难料的复杂心情,也只能寄托给南飞鸿雁。此时出塞的骆宾王已年近半百,在边塞月夜的荒凉凄寒中,思乡愁绪也占据了内心,追想历史人物遭际,联想自己半生坎坷,或许对此番赴边立功的决心不免有了些许犹疑。

诗人储光羲于726年应举进士及第,至731年辞官归乡,中间曾先后任冯翊(今陕西韩城)、汜水(今陕西渭南)县尉。他的这首《陇头水送别》应是在这两任上送人出征至陇山而写:"相送陇山头,东西陇水流。从来心胆盛,今日为君愁。暗雪迷征路,寒云隐戍楼。唯余旌旆影,相逐去悠悠。"诗歌用语平实,写送人至此地,只听到笼罩陇山的流水呜咽声。自己向来心气大、胆气足,此刻却不禁替朋友发起愁来,只因前路边塞雪暗征途,云遮戍楼,万般艰辛。队伍出发西行,唯有旗帜的影子飘忽着跟随而去。"悠悠"的是军旗影子,更是诗人和前行队伍的眷恋心情。

唐玄宗开元二十五年(737)春,河西节度副大使崔希逸大破吐蕃军。时任监察御史的王维奉命出使凉州,在那里被名将崔希逸辟为幕府节度判官。有人说,王维的这一出行使命,实际上是朝中有人将他排挤出朝廷。此次出塞途中所作的诗歌中,隐约可以窥见他个人遭际感伤之意,如《陇头吟》一诗:

> 长安少年游侠客,夜上戍楼看太白。
> 陇头明月迥临关,陇上行人夜吹笛。
> 关西老将不胜愁,驻马听之双泪流。
> 身经大小百余战,麾下偏裨万户侯。
> 苏武才为典属国,节旄落尽海西头。

诗歌借一位少年侠客为叙述主角。来自长安的少年侠客豪气干云，夜登戍楼察看"太白"星象，因为太白星的显现预示着有战争。他心里充满了赴边立功的豪情，然而俯瞰之下，陇山明月高照边关，陇关行人夜吹羌笛，让关西地区过来老将不胜悲愁，驻马倾听笛声，不禁老泪纵横。这位老将，身经大小百余次战斗，部下偏将都被封为万户之侯，自己却仍苦守边关。再想想，当年苏武被困匈奴，持节牧羊十九年，归汉后也不过就做了个典属国的闲散官，节上旄头徒然落尽北海西头。诗歌到此戛然而止，然而言外之意昭然：今日之长安少年，安知不是将来的关西老将？而今日之关西老将，又何尝不是当日长安少年！诗中低徊概叹之意之绵长，是王维离开长安不久时真实心境。这时距离他到达萧关，写出"大漠孤烟直，长河落日圆"的豪迈之情，还有一段地理和心理的距离。

为期三年的第一次出塞，岑参曾写下"功名只向马上取，真是英雄一丈夫"的诗句，表达借征战立功的豪情。初次渡过陇山所写《初过陇山途中呈宇文判官》一诗前八句写道："一驿过一驿，驿骑如星流。平明发咸阳，暮及陇山头。陇水不可听，呜咽令人愁。沙尘扑马汗，雾露凝貂裘。"在诗人笔下，经过陇山的驿道十分繁忙，驿站一个接一个，驿骑疾驰犹如流星一般迅捷，早上才从长安出发，晚上就到了陇山之巅。驿站如此繁忙，来往之人自然也少不了，思乡之情难禁。所以诗人描绘陇山之水不忍细听，只因其如泣如诉发人愁绪。接着笔锋一转，写到马儿汗流浃背风尘仆仆，晨雾露水打湿将领的衣衫，引出后面的诗句，描述一位从遥远的北庭都护府回京的将领，从他的口中听闻边庭的极致苦寒艰辛，由此发出"万里奉王事，一身无所求。也知塞垣苦，岂为妻子谋"的悲壮豪情之语。最后八句回到了眼前陇山之景和自己的心境："山口月欲出，先照关城楼。溪流与松风，静夜相飕飗。别家赖归梦，山塞多离忧。与子且携手，不愁前路修。"眼前所见是山口月升，所闻是溪流与松风，此时此景，离家之思只能寄托给梦境，而关山塞外的是离别忧愁。不过，诗人没有停留在低落的情绪里，结句发出与将士们携手共行，何愁前方征途漫漫的昂扬声调。这次经过陇山，岑参还写下《经陇头分水》一诗："陇水何年有，潺潺逼路旁。东西流不歇，曾断几人肠。""分水"指陇坻之上的分水岭，陇头水流潺潺，自古就是离别之悲声，至今依然令人断肠。在豪情壮志之余，第一次离家远赴边塞，心情终究还是有些忧伤。

第二次出塞，岑参写下的诗歌里，《赴北庭度陇思家》是关于经过陇山的记录："西向轮台万里余，也知乡信日应疏。陇山鹦鹉能言语，为报家人数寄书。"朝西奔赴轮台的路要以万里计数，前途漫漫，沙漠戈壁，荒芜遥远，深知家乡音信只会一天比一天少。如何安放这深切的思乡之情呢？听说陇山盛产鹦鹉，善学人言，不妨幻想一下，让鹦鹉飞去告诉家人：一定要多多来信啊。可实际上这是不可能的。诗句戛然而止，万般愁绪却蔓延开来。

753年，高适赴任河西节度使哥舒翰幕府任掌书记，途中登陇山作《登陇》一诗：

> 登陇远行客，陇上分流水。
> 流水无尽期，行人未云已。
> 浅才登一命，孤剑通万里。
> 岂不思故乡？从来感知己。

哥舒翰在当时名重一时，威震吐蕃，西北边民写《哥舒歌》称赞他："北斗七星高，哥舒夜带刀。至今窥牧马，不敢过临洮。"作为武将，他喜文重义，颇得当时文士好感，此诗所抒发情感与此有关。唐代将军幕府僚佐是节度使聘请的，彼此互称"知己"。诗人写登陇山所见，

47

望流水之不竭而叹人生颠簸无常,接着抒发为报知遇之恩而离别家乡远赴边地。此时的高适已经过知天命之年,两次科考落第,多年以宋中(今河南商丘一带)为中心漫游,也曾游历燕赵慷慨悲歌之地,写出《燕歌行》等使他诗名远播的诗歌,甚至因诗名得以举荐而应举中第。然而随之得到的封丘县尉,让他痛感"拜迎长官心欲碎,鞭挞黎庶令人悲"而很快辞去。就在此时,他等来了期待半生的机会:入陇右节度使哥舒翰幕府中任左骁卫兵曹兼掌书记。哥舒翰是备受唐玄宗重用、名望极高的一代名将,对与自己际遇相似、抱负一致的高适颇为器重。高适更是抱着"一朝感推荐,万里从英髦"的一腔激情,即刻奔赴河西哥舒翰驻军之地。正如他的挚友杜甫诗中所描述的那样:"高生跨鞍马,有似幽并儿。"已过而立之年的高适依然敏捷矫健,勇武如同边地少年,且将才已显。为此,杜甫表达对高适前程远大的祈愿:"十年出幕府,自可持旌麾。此行既特达,足以慰所思。"而这一祈愿在高适今后的人生际遇里竟完全应验了,高适后来担任淮南节度使,成为一道大军区长官。后来又入朝任散骑常侍,正如《旧唐书·高适传》所写:"有唐以来,诗人之达者,唯适而已。"而高适的字正是"达夫"。陇头见证了一代诗人达者人生辉煌大幕的拉开。

陇山上有分水岭。自古陇与蜀关系密切,成语所谓"得陇望蜀"。通常所说的"蜀道"指自秦入川之道。往返长安与蜀中,如选择祁山道,也要越过陇山。诗人吴融《分水岭》中说:"两派潺湲不暂停,岭头长泻别离情。南随去马通巴栈,北逐归人达渭城。"摹写陇山分水岭蕴含的离别之意,更点出此地南通巴蜀北至渭城的要塞地位。卢照邻调任益州新都(今四川成都附近)尉,往返于长安与蜀中之间,有《早度分水岭》一诗道:

丁年游蜀道,斑鬓向长安。

第二章　高歌一曲陇关情——首途关陇

徒费周王粟，空弹汉吏冠。

马蹄穿欲尽，貂裘敝转寒。

层冰横九折，积石凌七盘。

重溪既下漱，峻峰亦上干。

陇头闻戍鼓，岭外咽飞湍。

瑟瑟松风急，苍苍山月圆。

传语后来者，斯路诚独难。

卢照邻是在高宗乾封三年（668）初入蜀的。诗人借写个人遭际感叹岁月蹉跎，接着写蜀道险阻、边声悲怆，最后再点明行路艰难，实则表达世事难测、仕途艰辛的感慨，真切沉郁。《入秦川界》一诗则描述了从蜀中回来，越过陇山进入秦川所见春景："陇阪长无极，苍山望不穷。石径萦疑断，回流映似空。花开绿野雾，莺啭紫岩风。春芳勿遽尽，留赏故人同。"《陇头水》一诗也说："陇阪高无极，征人一望乡。关河别去水，沙塞断归肠。"都写出了诗人经行陇道的感受。

中唐诗人王涯曾先后在剑南西川（治在今四川成都）、剑南东川（治在今四川三台）和山南西道（治在陕西汉中）任节度使。这首《陇上行》当是从长安赴剑南节度使任所作："负羽到边州，鸣笳度陇头。云黄知塞近，草白见边秋。"将士身背羽箭，远来边州，在激越悲壮的胡笳声中越过陇山。行军枯燥寂寥，不知光阴流逝，唯有抬头望见天上云变黄了，才知道离边塞越来越近了；看到地上草都枯萎变白了，才知道边地秋天已至。这黯淡的黄云，寂寥的白草，恼人的秋意，都只因心中愁郁，正是"以我观物，故物皆著我之色彩"。诗歌似是借边塞主题抒发征人离乡戍边愁思，但从黄云、白草的描述来看，诗人是曾经亲临此地并亲见其秋景。

晚唐诗人崔涂于僖宗文德元年（888）高中进士，之后壮游并客居

49

巴蜀。他写有《陇上逢江南故人》一诗，从诗题上看，是诗人行至陇山与江南故人相遇时所写。诗曰："三声戍角边城暮，万里乡心塞草春。莫学少年轻远别，陇关西少向东人。"戍边军营的声声号角响起，边城暮色降临；人在万里之外，思乡之情犹如塞上春草丛生。诗人自叹年迈，不应轻易远行。所以他说：千万不要学少年人不把远别当回事，陇关西行的人很少能再东返故乡。诗歌抒发了亲临边塞深感荒凉，老大远行，思乡不已的真切情感。

陇外长亭堠，山深古塞秋

越过陇山就是陇西地面。陇西又叫陇右，古人以西为右，故称陇山以西为陇右，从中原关内视角又称为"陇外"。陇右作为地理范围有广义和狭义之分，广义指陇山以西的地区，即今黄河以南、青海湖以东至陇山的地区。这一地带大体包括秦州（今甘肃秦安）、渭州（今甘肃陇西）、武州（今甘肃武都）、兰州（今甘肃兰州）、河州（今甘肃临夏）、岷州（今甘肃岷县）、洮州（今甘肃临潭）、叠州（今甘肃迭部）、宕州（今甘肃宕昌）、临州（今甘肃临洮）、成州（今甘肃成县）、鄯州（今青海乐都）、廓州（今青海化隆）等州。狭义通常指"陇西郡"，最早为秦朝所置，唐朝曾改称渭州，有时又称陇西郡。唐诗里的"陇西"有时是广义，有时是狭义，视具体描写而定。唐诗中提到地名喜用旧称，有古雅意味，故写到陇西郡也大多以"陇西"称之。

来到陇西、陇右或陇外，诗人们的思想情感随着政治形势、边防局势和时代精神的变动而变化，他们的诗作在情感特征和艺术风格等方面也随之变化。初盛唐时代国力强盛，陇右、河西以至西域，疆域万里，陇右成为全国最富庶的地区，如《资治通鉴·唐纪》记载："是时中国强盛，自安远门西尽唐境万二千里，闾阎相望，桑麻翳野，天下称富庶者无如陇右。"这里描述的富庶景象主要是陇山以西的河湟地区。唐代诗人喜用汉乐府旧题《陇西行》作诗，虽然继承了该诗题"辛苦征战，佳人怨思"的传统，却表现出初盛唐积极进取、昂扬有为的精神。如王维《陇西行》："十里一走马，五里一扬鞭。都护军书至，匈奴围酒泉。关山正飞雪，烽戍断无烟。"犹如特写镜头一般，截取一幅壮阔的关山飞雪远戍图，边关战况的紧急与紧张气氛扑面而来。

初盛唐时期，唐人从中原地区特别是都城长安出发西行的人越来越多，很多人经过陇西之地前往河西、蜀中、西域和中亚甚至更远的地方，陇西是实实在在的经行之地。唐高宗、武则天时期的诗人员半千有《陇右途中遭非语》一诗，是其行经陇右途中遭诽谤所写，借写古之先贤的遭遇抒发自己的悲愤，表达高洁情怀。员半千在唐代历史上以连中八科制举、身为第一位武状元、深受女皇武则天青睐而著名。传说其才高气傲，"半千"这个名字的由来，是因其师赞其为"五百年一出的贤才"。员半千因用兵对策得高宗赏识，史书记载，到武则天朝，"仍充宣慰吐蕃使"，并在辞行时被武则天留下，认为以他的才能出使边塞是大材小用了。这个"仍"字，表明他在高宗朝已任宣慰吐蕃使，因而去往吐蕃宣慰也是一定的。这首诗应是员半千在出使吐蕃行经陇右时所写。他表达了清者自清，不因为诽谤小人而多虑的心情："出游非怀璧，何忧乎忌人。正须自保爱，振衣出世尘。"

陇山道上亭堠相望，古塞苍凉，诗人们亲临其境，所以印象深刻。正如盛唐诗人崔国辅《渭水西别李崙》一诗所描写的："陇右长亭堠，山阴古塞秋。不知呜咽水，何事向西流？"此时的唐王朝正值鼎盛，边疆辽远，陇山作为边塞与中原的要塞，亭堠相连，自是一番繁盛热闹，颇受瞩目。

及至安史之乱发生，陇右一带受到特别关注。先是唐肃宗从灵武进军长安时，途经此地并驻扎在凤翔（今陕西宝鸡一带），成为行在之所，全国的目光聚焦于此。在这兵荒马乱中，杜甫风尘仆仆地来到凤翔。当年杜甫困顿长安，好不容易混上一个右卫率府胄曹参军的小官，从长安回到奉先县接老婆孩子，这时安史之乱爆发了，长安沦陷。他把家人安排在鄜州羌村，得知肃宗在灵武即位，就想投奔新的朝廷，可惜被叛军抓获，拘禁在长安。至德二载（757）四月，当得知肃宗已经统军到凤翔，冒险从长安逃出，穿过乱军到凤翔投奔肃宗，被肃宗任命为左拾遗。他的《述怀》诗写出了他赴凤翔时的狼狈和心情：

去年潼关破，妻子隔绝久。
今夏草木长，脱身得西走。
麻鞋见天子，衣袖露两肘。
朝廷愍生还，亲故伤老丑。
涕泪受拾遗，流离主恩厚。
柴门虽得去，未忍即开口。
寄书问三川，不知家在否。
比闻同罹祸，杀戮到鸡狗。
山中漏茅屋，谁复依户牖？
摧颓苍松根，地冷骨未朽。
几人全性命？尽室岂相偶？
嵚岑猛虎场，郁结回我首。
自寄一封书，今已十月后。
反畏消息来，寸心亦何有？
汉运初中兴，生平老耽酒。
沉思欢会处，恐作穷独叟。

第二章　高歌一曲陇关情——首途关陇

他侥幸从叛军占领的长安逃出，不在乎家人状况，直奔肃宗所在的凤翔，投奔朝廷，要为平叛尽自己的绵薄之力。当时他穿着麻鞋，风尘仆仆地赶到凤翔，见到肃宗时，衣冠不整，衣袖破烂，露出两肘。须知他一路行程，正是初唐时人们赴西域时走的路。杜甫《送韦十六评事充同谷郡防御判官》诗还写出了当时的战争形势："銮舆驻凤翔，同谷为咽喉。西扼弱水道，南镇枹罕陬。"为对付安史叛军，陇右、河西和安西四镇兵马被抽调进入中原参与平叛，吐蕃趁机占领陇右、河西，并与唐军在陇右一带对峙，战争常常发生在陇州、泾州、邠州、原州、渭州、凤翔，因此凤翔成为军事重地和抗击吐蕃的前线。正如白居易诗言"平时安西万里疆，今日边防在凤翔"。

安史之乱中，关中发生严重饥荒，连担任华州司功参军的杜甫也不能养活家人，只好携家人逃离兵荒马乱之地，赴相对安定的蜀中投亲靠友。759年立秋以后，杜甫携带家人，投奔在秦州为官的族侄杜佐。秦州是陇右东部一个大州。唐时，自关中翻越陇山经由秦州是通往西域的一条主要通道。但是由于陇山高峻，往往被视为畏途。杜甫走的就是这条回旋曲折的古道。据统计，杜甫在陇右半年，创作的诗歌数量一百二十首，这个数字超过了他困守长安十年所流传下来的诗歌总和（一百一十余首）。杜甫的陇右行充满艰难险阻，沿途目睹、亲身感受民生多艰，极大激发了他的灵感，锻造了诗人圣魂，赋予其人格和诗艺臻于至善至美之境。国家和诗人之不幸，却成为陇右山水之幸。

秦州是从长安西去翻越陇山后第一大重镇。玄奘西去印度取经，需途经秦州，当时有位叫孝达的秦州僧人在长安学习《涅槃经》，学成要返回秦州家乡，听说玄奘取经计划，就一同前往秦州。杜甫在秦州先后住了三个月，先是住在城东南五十里的东柯谷，即今甘肃天水市北道区街子乡八槐村的柳家河（曾名子美村），后移居城中。杜甫在此写下的《秦州杂诗二十首》，以及后来由陇入蜀的十二首纪行诗，描写了秦州的见闻，反映了秦州在地理和交通方面的重要位置以及当时的政治形势。

秦州有驿道通往西域。杜甫《秦州杂诗二十首》中有"州图领同谷，驿道出流沙"句。写于秦州的《东楼》也说"万里流沙道，西行过此门"。所谓"流沙道"即指通西域之驿道。"东楼"乃秦州城上之城楼，从中原地区往西域者从此入城，过秦州赴西域。中原地区赴西域的使节路经此地，西域的天马入贡中原也经过这里。《秦州杂诗二十首》其五云："南使宜天马，由来万匹强。"其八云："闻道寻源使，从天此路回。牵牛去几许，宛马至今来。"因为是交通要道，驿道上驿亭相望，驿使络绎不绝。其九云："临池好驿亭……喧呼阅使星。"大道上有驿亭，往来此道的使节奔波道途竟如流星，可见交通的繁忙。其十五："羌童看渭水，使客向河源。烟火军中幕，牛羊岭上村。"使星、使客都是指奉命出行的朝廷使臣。

杜甫在秦州写的诗记录了当时此地的动荡形势。这里本属内地，但因吐蕃的进逼，已成边境。《秦州杂诗二十首》其四云："鼓角缘边郡，川原欲夜时。"其六云："城上胡笳奏，山边汉节归。防河赴沧海，奉诏发金微。士苦形骸黑，旌疏鸟兽稀。"其七云："无风云出塞，不夜月临关。……烟尘独长望，衰飒正摧颜。"在这"边郡"处处闻鼓角之声，往来于西域和中原的使节、士兵络绎不绝，不断传来战争的消息。国家的局势令诗人不安，关于战争的消息令他生厌。其十一云："蓟门谁自北，汉将独征西。不意书生耳，临衰厌鼓鼙。"其十八云："警急烽常报，传闻檄屡飞。西戎外甥国，何得迕天威。"其十九："凤林戈未息，鱼海路常难。候火云烽峻，悬军幕井干。"称这里是"边郡"，到处闻"鼓角""胡笳"，时时见烽火报警，看到出征的将士和往返的国使，反映出其时山雨欲来风满楼的动荡局面。

秦州的自然风物和历史文化也进入杜甫的笔下。《秦州杂诗二十首》

写到秦州的南郭寺、北流泉、东柯谷、仇池穴等,这里的一花一木和飞鸟昆虫都引起杜甫的诗兴。如：

其十二
山头南郭寺,水号北流泉。
老树空庭得,清渠一邑传。
秋花危石底,晚景卧钟边。
俯仰悲身世,溪风为飒然。

其十三
传道东柯谷,深藏数十家。
对门藤盖瓦,映竹水穿沙。
瘦地翻宜粟,阳坡可种瓜。
船人近相报,但恐失桃花。

其十四
万古仇池穴,潜通小有天。
神鱼人不见,福地语真传。
近接西南境,长怀十九泉。
何时一茅屋,送老白云边。

其十六
东柯好崖谷,不与众峰群。
落日邀双鸟,晴天养片云。
野人矜险绝,水竹会平分。

采药吾将老,儿童未遣闻。

其十七
边秋阴易久,不复辨晨光。
檐雨乱淋幔,山云低度墙。
鸬鹚窥浅井,蚯蚓上深堂。
车马何萧索,门前百草长。

其二十
唐尧真自圣,野老复何知。
晒药能无妇,应门幸有儿。
藏书闻禹穴,读记忆仇池。
为报鸳行旧,鹪鹩在一枝。

杜甫的诗还写到秦州著名的历史古迹隗嚣宫。这是西汉末年雄据天水的隗嚣的避暑宫,在麦积山后崖。隗嚣出身陇右大族,以知书通经而闻名陇上,后来趁汉末之乱,占领平襄(今甘肃通渭县),割据一方。东汉建立,隗嚣在天水自称西州大将军,声势日大,割据陇右。光武帝御驾亲征,隗嚣被困冀城(今甘谷县城),忧愤而死。杜甫《秦州杂诗二十首》其二云:

秦州山北寺,胜迹隗嚣宫。
苔藓山门古,丹青野殿空。
月明垂叶露,云逐渡溪风。
清渭无情极,愁时独向东。

第二章 高歌一曲陇关情——首途关陇

隗嚣宫建筑尚存,但此地后来陷于吐蕃,令来到此地诗人伤感。晚唐时诗人许棠也来到了秦州并亲临隗嚣宫。许棠虽然久困考场、落魄潦倒,但在当时诗名极盛,有"日月所到处,姓名无不知"之誉,更因两首洞庭湖诗广为传颂而被称为"许洞庭"。他在此写下《隗嚣宫晚望》一诗:"西顾伊兰近,方惊滞极边。水随空谷转,山向夕阳偏。碛鸟多依地,胡云不满天。秋风动衰草,只觉犬羊膻。"末句实写此地为游牧民族占领,社会生活胡风弥漫。许棠还有《成纪书事二首》,也是写来到秦州看到隗嚣宫的心情:

其一

东吴远别客西秦,怀旧伤时暗洒巾。
满野多成无主冢,防边半是异乡人。
山河再阔千余里,城市曾经一百春。
闲与将军议戎事,伊兰犹未绝胡尘。

其二

蹉跎远入犬羊中,荏苒将成白首翁。
三楚田园归未得,五原歧路去无穷。
天垂大野雕盘草,月落孤城角啸风。
难问开元向前事,依稀犹认隗嚣宫。

诗歌表达的是山河沦丧的悲痛。他笔下的隗嚣宫成了历史变迁的见证。这一带为羌人放牧之地,来到此地就是"远入犬羊中"。看到隗嚣宫,令诗人想到历史的变迁,想到开元盛世,但诗人说"难问"开元事,只因今非昔比令人伤感。

秦州于763年没于吐蕃,直到唐宣宗时唐朝收复河湟之地,许棠来到秦州,有《题秦州城》诗写失地回归的喜悦:"圣泽滋遐徼,河堤四向通。大荒收房帐,遗土复秦风。乱烧迷归路,遥山似梦中。此时怀感切,极目思无穷。"可惜唐朝后期,唐廷衰败无可收拾,河湟之地虽得而复失,通往域外的丝绸之路并未复通。

秦州是佛教传播的重要通道,麦积山石窟寺是重要见证。麦积山是西秦岭山脉小陇山系一座孤峰,又名麦积崖,地处今甘肃天水东南五十千米的麦积区麦积山乡南侧。石窟始建于后秦,大兴于北魏,西魏文帝元宝炬皇后乙弗氏死,在这里开凿麦积崖为龛而葬。北周保定、天和年间,秦州大都督李允信在此为亡父建七佛阁,请文学家庾信撰《秦州天水郡麦积崖佛龛铭并序》,隋文帝仁寿元年(601)在麦积山建塔"敕葬神尼舍利"。后经唐、五代、宋、元、明、清不断开凿扩建,成为著名石窟群之一。杜甫路经秦州时有《山寺》诗:

野寺残僧少,山园细路高。
麝香眠石竹,鹦鹉啄金桃。
乱石通人过,悬崖置屋牢。
上方重阁晚,百里见秋毫。

这些描写跟麦积山石窟形状极其吻合,仇兆鳌注引王仁裕《玉堂闲话》说,据杜诗描写,这首诗写的就是麦积山石窟寺,"麦积山,梯空架险而上,其间千房万室,悬空蹑虚。即'悬崖置屋牢'也"。杜甫至此一定被麦积山石窟的奇特所吸引,因此写诗赋咏,但其时可能这里的佛事并不兴盛,此后我们没有看到其他诗人的吟事。直到唐末五代,麦积山石窟寺才又受到诗人的关注。可止是唐末五代之际洛京长寿寺僧人,约唐昭宗天祐初前后在世,他的《寄积麦山会如长老》一诗云:"默然如大道,尘世不相关。青桧行时静,白云禅处闲。贫高一生行,病长十年颜。夏满期游寺，寻山又下山。"王仁裕生于880年，911年登上麦积山时，大唐已宣告落幕，进入五代时期，他写有《题麦积山天堂》诗："蹑尽悬空万仞梯，等闲身共白云齐。檐前下视群山小，堂上平分落日低。绝顶路危人少到，古岩松健鹤频栖。天边为要留名姓，拂石殷勤手自题。"可止和王仁裕的诗是唐末五代麦积山石窟兴盛的见证。

杜甫带着家人赴成都，除了夫人和孩子之外，还有一位最小的弟弟。他弟兄五人，杜甫是老大，另有三位弟弟分别流落在今河南、山东等地，那里正是战乱最严重的地区。因此他一路上特别牵挂几位弟弟。乾元二年，在秦州他写了《月夜忆舍弟》一诗："戍鼓断人行，边秋一雁声。露从今夜白，月是故乡明。有弟皆分散，无家问死生。寄书长不达，况乃未休兵。"这是一首五言律诗，内容写思念离散中的弟弟。从"露从今夜白"可知，这首诗写在二十四节气中的白露这一天。他眼望高悬天空的一轮明月，心飞向了远方。前四句侧重写景，紧扣题目中的"月夜"二字。一二句从听闻来写，听到戍鼓，知道已经宵禁，路人已无行人，在边境地区听到一雁的叫声。"一雁"是孤雁，这正是离散亲人的写照。三四句着重从眼见来写，看到白露，知道已是深秋；眼望明月，想到月圆我家不圆。写景之中寄寓了对离散亲人的思念。后四句侧重抒情，虽然有弟兄五人，却因战乱而分别。而且战乱中兄弟离散，居无定处，连了解一下大家的处境都无处打听，因为根本不知道其家在何处。最后两句写愁苦情绪难解，兄弟们杳无音信，生死未卜，已令人难堪，何况战乱未休，来日未知，愁思正不知何日得解。三四句是脍炙人口的名句，露水并不是从哪一天开始才变白，月亮也不是哪一地特别明，是因为思乡，才感知秋露的洁白，才感到故乡月明，无理而情深，把"白露""明月"两词拆开，用倒装的句式显得奇崛警醒，让读者感受到他强烈的思乡之情。诗人既思家，又忧国，格调沉郁哀伤，真挚感人。

杜甫在秦州停留三个月后赶赴同谷县，后又由此入蜀。《发同谷县》诗题注曰："乾元二年十二月一日自陇右赴剑南纪行。"同谷县位于今甘肃康县,因两水注于一谷而得名。此时的杜甫在战乱中奔波求生,到达同谷时已是穷愁绝境,无奈在同谷县南山的飞龙峡搭建起一间茅草屋惨淡度日。偏值隆冬时节,大雪封山,一家人饥寒交迫,陷入绝境。杜甫化悲为歌,写了血泪之作《乾元中寓居同谷县作歌七首》:

有客有客字子美,白头乱发垂过耳。
岁拾橡栗随狙公,天寒日暮山谷里。
中原无书归不得,手脚冻皴皮肉死。
呜呼一歌兮歌已哀,悲风为我从天来!

长镵长镵白木柄,我生托子以为命!
黄精无苗山雪盛,短衣数挽不掩胫。
此时与子空归来,男呻女吟四壁静。
呜呼二歌兮歌始放,闾里为我色惆怅!

有弟有弟在远方,三人各瘦何人强?
生别展转不相见,胡尘暗天道路长。
东飞鸳鹅后鹙鸧,安得送我置汝旁!
呜呼三歌兮歌三发,汝归何处收兄骨?

有妹有妹在钟离,良人早殁诸孤痴。
长淮浪高蛟龙怒,十年不见来何时?
扁舟欲往箭满眼,杳杳南国多旌旗。
呜呼四歌兮歌四奏,林猿为我啼清昼!

第二章 高歌一曲陇关情——首途关陇

四山多风溪水急，寒雨飒飒枯树湿。
黄蒿古城云不开，白狐跳梁黄狐立。
我生何为在穷谷？中夜起坐万感集！
呜呼五歌兮歌正长，魂招不来归故乡！

南有龙兮在山湫，古木巃嵷枝相樛。
木叶黄落龙正蛰，蝮蛇东来水上游。
我行怪此安敢出，拔剑欲斩且复休。
呜呼六歌兮歌思迟，溪壑为我回春姿！

男儿生不成名身已老，三年饥走荒山道。
长安卿相多少年，富贵应须致身早。
山中儒生旧相识，但话宿昔伤怀抱。
呜呼七歌兮悄终曲，仰视皇天白日速！

这组诗的风格与杜甫广为人知的"沉郁顿挫"大相径庭，其激越悲情、直白奔涌，融合并突破了屈原等前人诗歌艺术表现手法，从内容和形式上，都对杜甫后期思想升华和诗风形成有重要影响。

凤翔在安史之乱后多年仍为战争前线，唐朝在此与吐蕃隔陇山对峙。韩愈于793年去往凤翔干谒凤翔尹、凤翔陇州都防御观察使邢君牙，希望能得到邢君牙的赏识，谋取一官半职。其间作《岐山下》云："谁谓我有耳，不闻凤凰鸣。竭来岐山下，日暮边鸿惊。"岐山在凤翔境内，位于岐山县东北十里，又名天柱山。"边鸿"之说，也表明此地已被视为边境。中唐诗人李涉曾来到陇右，有《题连云堡》诗，曰："由来天地有关扃，断堑连山接杳冥。一出纵知边上事，满朝谁信语堪听。"连云堡在泾州西界，787年失陷，被吐蕃人占领，令唐朝处于极大的被动

61

局面。从此诗来看，李涉到过连云堡，因为到了此地，对边防和战争有了更多的感悟。他想把自己的感悟告知朝廷，又说朝廷并没有人愿意听信自己的意见。至于这些感悟具体是什么，只能默默地留在心里了。

关于李涉其人，有一则唐代人爱诗且犹尊当时著名诗人的美谈。李涉曾任太常博士，七言绝句《井栏砂宿遇夜客》自注："涉尝过九江，至皖口，遇盗。问何人，从者曰：'李博士也。'其豪首曰：'若是李涉博士，不用剽夺，久闻诗名，愿题一篇足矣。'涉遂赠诗云云。"李涉行经九江皖口遇盗贼，被告知此人是李博士后，盗贼提出不再夺其钱物，而愿求诗一篇。李涉写诗赠予，诗曰："暮雨萧萧江上村，绿林豪客夜知闻。他时不用逃名姓，世上如今半是君。"江边村庄，夜雨潇潇，半夜遭遇的盗贼竟然也知道我的名字。以后再遇盗贼的时候根本不用隐姓埋名，因为如今这世上多半都是这样爱诗尊才的绿林好汉啊。李涉的名动当时是实至名归。严羽《沧浪诗话·诗评》说："大历以后，我所深取者：李长吉、柳子厚、刘言史、权德舆、李涉、李益耳。"辛文房的《唐才子传》称"涉工为诗，词意卓荦，不群世俗。长篇叙事，如行云流水，无可牵制，才名一时钦动"。

安史之乱后，陇右是与吐蕃对峙的前沿，诗人钱起来到此地，看到的是前线将士紧张地修筑城池工事的活动。他的《同王员外陇城绝句》诗写他在此地的见闻："三军版筑脱金刀，黎庶翻惭将士劳。不忆新城连嶂起，唯惊画角入云高。"在诗人笔下，唐军将士忙碌着修筑城墙，比百姓的劳作还辛苦。令人震惊不安的还不是高高的城墙，而是响彻入云的画角。陇城即陇州城，在今陇县，地处渭北高原西部边缘地区，因地处陇山东坡而得名。唐军在这里与吐蕃隔陇山对峙，这里一直保持高度的警戒。白居易《西凉伎》"平时安西万里疆，今日边防在凤翔"二句自注："今蕃汉使往来，悉在陇州交易也。"这也可见安史之乱后陇州在丝路贸易中的重要地位。

第二章 高歌一曲陇关情——首途关陇

钱起为"大历十才子"之一。唐玄宗年间中进士，应试时所作《省试湘灵鼓瑟》一诗的末二句"曲终人不见，江上数峰青"最为世人称赏传诵。钱起曾于安史之乱后任蓝田县尉，与隐居在蓝田的王维诗歌酬唱，得王维称赏。应该就是在蓝田尉任上，钱起去往陇右并写下以上这首诗。他还在陇右送别韦姓朋友，写有《陇右送韦三还京》诗："春风起东道，握手望京关。柳色从乡至，莺声送客还。嘶骖顾近驿，归路出他山。举目情难尽，羁离失志间。"在一派春光明媚中送朋友入京，却情感忧伤，这忧伤更多的是对国家前途的担忧和远离家乡的漂泊之感。

晚唐时诗人们来到陇西，陇西的政治局势在他们的诗中也得到深刻反映。因为与吐蕃军对峙，这里始终保持着紧张的局面。晚唐诗人许棠《陇州旅中书事寄李中丞》写道："三伏客吟过，长安未拟还。蛩声秋不动，燕别思仍闲。乱叶随寒雨，孤蟾起暮关。经时高岭外，来往筛旌间。"许棠路经陇州，所到之处军旗飘飘，一派紧张气氛。马戴也有《陇上独望》诗曰："斜日挂边树，萧萧独望间。阴云藏汉垒，飞火照胡山。陇首行人绝，河源夕鸟还。谁为立勋者，可惜宝刀闲。"许棠曾投奔河东节度大同军使府掌书记马戴，二人一见如故、意气相投，还有着一段流传后世的美谈：因长期耽于仕考，许棠对家人未免挂怀亏欠，但又不便流露。而马戴除饮酒论诗外也一概不问。一天马戴取出一封家书给许棠，许棠方知马戴专程派人到许家周济银两衣物。马戴待下属与挚友之义，被赞为颇有高贤遗风。这次他们应是同赴陇州，所写是同一主题。马戴的律诗很受推崇，严羽《沧浪诗话》说其在晚唐诸人之上。与马戴交游甚得的诗人姚合有《题凤翔西郭新亭》诗："西郭尘埃外，新亭制度奇。地形当要处，人力是闲时。……宴赏军容静，登临妓乐随。鱼龙听弦管，凫鹤识旌旗。"诗歌主题是赞颂该亭的形制、周围的环境等，似是主帅宴赏将士的宴席上所作诗。但诗中也点出凤翔为军事要地，战士们时刻严阵以待和军旗猎猎的备战景象。

唐末战乱，这一带更是陷入兵荒马乱之中。曾在渭城写下《登咸阳县楼望雨》的韦庄，还有《即事中元甲子》一诗：

> 三秦流血已成川，塞上黄云战马闲。
> 只有赢兵填渭水，终无奇事出商山。
> 田园已没红尘内，弟侄相逢白刃间。
> 惆怅翠华犹未返，泪痕空滴剑文斑。

三秦大地血流成河，诗反映了黄巢之乱后京畿之地的悲惨景象。吴融有《岐州安西门》诗曰："安西门外彻安西，一百年前断鼓鼙。"吴融生于唐宣宗大中四年（850），从诗题来看，他曾亲身登临岐州安西门，诗就是城楼上有感而发。他生在晚唐后期，一个较前期更为混乱、矛盾、黑暗的时代，他死后三年，曾经盛极一时的大唐帝国也就走入历史了，因此，吴融可以说是整个大唐帝国走向灭亡的见证者之一。

平沙日未没，黯黯见临洮

按唐时地理书记载，从秦州西北行四十里则至临洮。临洮以境内有洮水得名，自古为陇右重镇和丝绸之路要道。唐代有时称临洮郡，有时称洮州。唐诗中称地名喜用旧称，洮州隋时称临洮郡，故唐诗中多称临洮，而很少称洮州。在唐代边塞诗里，临洮是很常见的一个边塞意象。盛唐边塞诗人王昌龄笔下的临洮最是典型，如《从军行七首》其五云：

第二章 高歌一曲陇关情——首途关陇

> 大漠风尘日色昏，红旗半卷出辕门。
> 前军夜战洮河北，已报生擒吐谷浑。

塞北沙漠，狂风大作，飞沙走石，天色昏暗。接到前线紧急战报后大军迅速出击，迎着狂风飞沙，红旗只能半卷着向前急行军。先头部队已经于昨夜在洮河北岸和敌人激战，现在捷报传来，大获全胜，连敌酋也被生擒。诗的前两句将沙场气氛渲染得惊心动魄，大军士气威力势不可挡，后两句却急转直下：这支大军行至中途，战争却已告捷，潜台词是"只因前锋军队也是这般勇猛无畏、一往无前"。气氛一起一落、描写一正面一侧面，构思之巧，令人赞叹。《塞下曲四首》其二云："饮马渡秋水，水寒风似刀。平沙日未没，黯黯见临洮。昔日长城战，咸言意气高。黄尘足今古，白骨乱蓬蒿。"牵马饮水，塞外的秋天已是水寒刺骨、秋风如刀。抬头远望，暮色苍茫，广袤的沙漠一望无际，天边落日未尽，临洮城远远地隐现在暮色中一片昏黄中。为何要特意提到临洮呢？原来，当年唐军在这一带曾经取得重大胜利，都说当时戍边战士的意气高涨。只是眼前临洮一带黄尘弥漫，战死者的白骨杂乱地弃在蓬蒿间，从古到今，都是如此。前一首诗的痛快杀敌、慷慨激昂是真的，在日落苍茫的氛围里，反思战争的残酷悲凉。武为止戈，然而征战自古难休，白骨荒草，怎么不令人忧思万千？

在"七绝圣手"王昌龄的笔下，临洮获得了千古意蕴。王昌龄出身世族大家琅琊王氏，奈何家族式微，几代未有为官，家境贫寒。他早年间在家乡躬耕读书，三十岁前后开始漫游四方，足迹曾西至陇右的泾州、萧关、临洮而后入河西走廊，直出玉门关外，足迹很可能远涉西域的碎叶。从诗中来看，临洮肯定是他的经行之处。第一首诗中所说的"昔日长城战"发生在公元714年，距离王昌龄弱冠还有四年。他到达临洮时，这次战争还令人记忆犹新，感触也就更加深沉。

在唐前期与吐蕃的军事对抗中，洮水流域为必争之地，临洮是唐与吐蕃交战的前线，故在唐前期诗人的笔下，临洮常常与对吐蕃的战争有关，成为边塞和前线意象。王勃《陇西行十首》其七曰："烽火照临洮，榆塞马萧萧。"高适《送白少府送兵之陇右》曰："践更登陇首，远别指临洮。为问关山事，何如州县劳。"白少府送新兵到前线，目的地就是临洮。

初盛唐时人们追求建功立业，才志之士远赴边地投身幕府寻找出路。与吐蕃人对峙的临洮一带是施展才华的舞台，因此成为志向远大士人追求梦想的地方。高适《送蹇秀才赴临洮》云：

怅望日千里，如何今二毛。
犹思阳谷去，莫厌陇山高。
倚马见雄笔，随身唯宝刀。
料君终自致，勋业在临洮。

蹇秀才其人诗名不传，想来也是科考不顺，便欲往边塞战场争取功名。高适全诗鼓励蹇秀才勇往直前，没有流露出一点离愁别绪。据考证，此诗作于天宝十一载（752）秋天，与高适本人入哥舒翰陇右河西幕府应在同一时候。一首送别诗让他写得如此高昂奋进，与他自己也要奔赴边塞建功立业有关。高适入哥舒翰陇右河西幕府，赴临洮拜谒主将，寄诗予其幕府同僚的《自武威赴临洮谒大夫不及因书即事寄河西陇右幕下诸公》一诗云："浩荡去乡县，飘飖瞻节旄。扬鞭发武威，落日至临洮。"诗以功业相期许，决心效命边塞，也表明诗人是亲践其地。诗歌用了很大篇幅描写唐军凯旋时献俘的场面，以此歌颂哥舒翰的战功。作为幕僚，高适的诗中多次写到这位战功卓著的主帅，多加恭维和赞美。

第二章　高歌一曲陇关情——首途关陇

临洮是东来西往的行人路经之地，内地的人们赴河西和西域，从河西和西域返中原，常常路经临洮，两次出塞的岑参当然也不例外。岑参于749年第一次出塞，赴安西担任高仙芝幕府掌书记。751年，高仙芝获授武威太守、河西节度使，岑参又赶往武威。不久，高仙芝因怛罗斯之败回朝，岑参随之东归，经临洮返回长安。此时此地，他写下的《临洮客舍留别祁四》诗云：

> 无事向边外，至今仍不归。
> 三年绝乡信，六月未春衣。
> 客舍洮水聒，孤城胡雁飞。
> 心知别君后，开口笑应稀。

祁四即祁乐，是盛唐时期著名的画家，画名颇盛，与杜甫交好，得杜甫写诗称赏："岂但祁岳与郑虔，笔迹远过杨契丹。"（《奉先刘少府新画山水障歌》）。郑虔也是唐代著名画家，曾把自己的诗与画献给唐玄宗，唐玄宗在其卷尾题写"郑虔三绝"，因而知名。杨契丹则是隋朝著名画家。岑参和祁乐交情也不浅。此时祁乐是在临洮军中，两人边塞相见分外亲近，面临分别又愁思满腹。岑参此诗的口吻也颇为不同。本来三年前的出塞就为的是"功名马上取"，现在却说"无事向边外，至今仍不归"。随高仙芝战败返朝，不会得到什么功名，的确是"无为"。在挚友面前，明显个人的小情绪取代了豪情壮志。接下来写塞外的寒冷、孤清，渲染了与友人分别的愁绪，对彼此情谊的深厚更是直抒胸臆，毫无保留。《元和郡县图志》卷三九记载，临洮治所在临潭县，当时"其城东西北三面并枕洮水"，与岑参所写的地理位置吻合。

大约一两年后，身在长安的岑参还写了一首《送祁乐归河东》的诗。此时祁乐应是从边塞归京，并从京城回老家河东。在诗中诗人描述好友祁乐当年因不被朝廷重用而投笔从戎:"往年诣骊山,献赋温泉宫。天子不召见,挥鞭遂从戎。"呼应了之前在临洮的相遇。岑参此次在临洮还游览了当地的龙兴寺,有《临洮龙兴寺玄上人院同咏青木香丛》一诗:

> 移根自远方,种得在僧房。
> 六月花新吐,三春叶已长。
> 抽茎高锡杖,引影到绳床。
> 只为能除疾,倾心向药王。

题中龙兴寺址所居何处,已无从考证。青木香,是经丝绸之路从域外传入中国的植物,有药用价值。它是菊科草本植物木香的别名,原产印度,入药有行气止痛、健脾消食之功效。至今在洮州地区尤其是洮河沿岸还有青木香大量生长。如前一首诗所写,当时是农历六月,虽然边地天气仍带寒意,但也是花初开叶已绿的美好时节了。从题中的"同咏",可以猜测这是一个带有应酬性质的场合,诗也是和诗,低落的情绪在"移根自远方"中略有流露。

岑参第二次出塞经行临洮是在天宝十三载(754)夏秋间,与上次来正好时隔三年。此次出塞,是赴北庭封常清幕中任职。《发临洮将赴北庭留别》一诗说:"闻说轮台路,连年见雪飞。春风曾不到,汉使亦该稀。白草通疏勒,青山过武威。勤王敢道远,私向梦中归。"此次要去的北庭路途遥远,早就听闻那里自然环境加倍苦寒、中原人罕至,难免心生畏怯。然而,为了"勤王"的伟大理想,甘愿忍受路途遥远,而回归中原只能是偷偷在梦中实现了。从北庭返中原的人士亦路经临洮。岑参在临洮还遇到了从西域返回长安的赵仙舟,其《临洮泛舟赵仙舟自北庭罢使还京》云:

第二章　高歌一曲陇关情——首途关陇

> 白发轮台使，边功竟不成。
> 云沙万里地，孤负一书生。
> 池上风回舫，桥西雨过城。
> 醉眠乡梦罢，东望羡归程。

对于把毕生献给边疆，而又未能在边地建功立业的赵仙舟，岑参寄寓了无限的同情和理解。两人在临洮泛舟河上，风刮船旋，风雨交加，是赵仙舟失意的写照，也难免令岑参对自己的前途和结局产生怅惘。最后两句，岑参说羡慕赵仙舟能实现归乡的梦想，其实也是对赵的安慰：虽未有边功，好在能顺利返乡。

宝应元年（762）吐蕃东侵，临洮于第二年陷于吐蕃。因事出使吐蕃或身陷吐蕃的人也常在临洮惜别。吕温于贞元十九年（803）得王叔文推荐任左拾遗，贞元二十年（804）夏以侍御史为入蕃副使出使吐蕃，在吐蕃滞留经年。其《临洮送袁七书记归朝》云："忆年十五在江湄，闻说平凉且半疑。岂料殷勤洮水上，却将家信托袁师。"诗题注云："时袁生作僧，蕃人呼为袁师。"诗中"袁师"即袁同直，原为浑瑊掌书记，贞元三年陷身吐蕃后为僧，故被蕃人称为"袁师"。诗歌回忆当年年少时，听闻"平凉会盟"一事（即吐蕃借口在甘肃平凉与唐军结盟，实则意欲除掉唐朝大将浑瑊。会盟以浑瑊独自逃脱，副使及唐朝将士多人被俘获告终，致使唐蕃关系恶化，此后三十余年未再盟和），震惊且难以置信。谁料十七年后，自己却身为入蕃副使，身处临洮为袁师送行，并请他带回家书。对吕温而言，行役辛苦还是次要的，重要的是此次出使正值唐蕃关系破裂之际，成功的可能性不大，很可能是劳而无功，因而对前路也充满疑虑，也就倍添思乡愁绪。

吕温其人并无著名诗作流传，因而诗名不显，但与吕温同时代的柳宗元、刘禹锡、元稹等人，都曾给他以极高的评价，因他既是唐代中期一位有成就的文学家，又是王叔文政治革新集团的重要人物。吕温为学刻苦，才学深厚，二十二岁应河南府试为贡士之冠，二十六岁进士及第，次年中博学宏词科，授集贤殿校书郎，三十一岁得王叔文推荐任左拾遗，是王叔文革新派的重要成员。次年即与张荐出使吐蕃，在吐蕃滞留经年。805 年，王叔文主导永贞革新，短短一百天就宣告失败，参与者皆遭清算，包括柳宗元、刘禹锡在内的八人俱被贬为州司马，此即著名的"二王八司马事件"。吕温因奉使吐蕃而幸免遭贬。吕温颇具仁者之心，后期在地方为官常忧民生，犹悯农事。据说李绅著名的《悯农》诗，就是为吕温所称赏而盛传于世的。

晚唐李昌符有《登临洮望萧关》一诗：

渐觉风沙暗，萧关欲到时。
儿童能探火，妇女解缝旗。
川少衔鱼鹭，林多带箭麋。
暂来戎马地，不敢苦吟诗。

诗中写亲临萧关看到的边地景象：儿童学会从烽火中探军情，妇女能缝军旗，因称此地为"戎马地"。晚唐史料记载的李昌符有两位：一位是膳部郎中，有诗集流传于世；一位曾在唐昭宗时任凤翔节度使，因为叛变而被诛杀。这首诗的作者应是前者，因其为陇西成纪（今甘肃秦安）人，出入陇右是常事。李昌符工诗，与张乔、许棠等合称"咸通十哲"。关于李昌符还有一则轶事：多次应进士举不中，万般愁闷之下李昌符想出一个奇招：他写了五十首《婢仆诗》，送给朝中著名公卿阅看。这五十首诗专写身为奴婢仆人所不应做的事情，如"春娘爱上酒家楼，不怕归迟总不忧。推道那家娘子卧，且留教住待梳头"。这些诗在当时极其离经叛道，因而广为盛传，据说听闻的老妪骂声沸腾，都想当面掌掴李昌符。然而这一奇招还是生效了，李昌符得登进士第，并累官至膳部员外郎、郎中。

当然，另一位作为凤翔节度使的李昌符，也是有可能写出此诗的。另外，《全唐诗》收在朱庆馀集下题为《望萧关》的诗也是同一首，朱庆馀还有《自萧关望临洮》一诗，与此形成呼应。因此，这首诗的作者有待考证。

中夕萧关宿，边声不可闻

唐玄宗开元二十五年（737）春，王维奉命出使凉州，慰问与吐蕃作战获胜的崔希逸大军，到达萧关时心态已经适应了边塞环境。如果说，在陇山时他的心情还带着初出边塞，感怀个人遭际的低徊之意，到了萧关时眼前所见的边塞是景致浩瀚苍茫，是与心中昂扬的沙场征战精神相得益彰的，于是写下这首著名的《使至塞上》：

> 单车欲问边，属国过居延。
> 征蓬出汉塞，归雁入胡天。
> 大漠孤烟直，长河落日圆。
> 萧关逢候骑，都护在燕然。

轻车简从，边关劳军，去处是西北边塞。这一去，犹如蓬草随风，大雁北归。只见沙漠无边，一道孤烟直上云霄；黄河蜿蜒，一轮落日尤显浑圆。行至萧关，得遇侦察骑兵，告知战场已经向前推进，主帅人依然在胜利的前线，不禁神往这支胜利之师的勃勃军威。这首五言律诗节奏轻快，"大漠孤烟直，长河落日圆"一联，画面栩栩如生，尽显王维"诗中有画"的诗歌特色，是描写沙漠景致的千古名句，被王国维誉为"千古壮观"。这两句首先是用字之奇。大漠之中，有烟"孤"且"直"，令人称奇。宋人陆佃《埤雅》记载："古之烽火，用狼粪，取其烟直而聚，虽风吹之不斜。"清人赵殿成说："亲见其景者，始知'直'字之佳。"《红楼梦》书中，黛玉教香菱学诗，让她去大量读诗。香菱谈自己读诗的感受说："据我看来，诗的好处，有口里说不出来的意思，想去却是逼真的；有似乎无理的，想去却是有理有情的。……我看他《塞上》一首，内一联云：'大漠孤烟直，长河落日圆。'想来烟如何直？日自然是圆的。这'直'字似无理，'圆'字似太俗。……若说再找两个字换这两个，竟再找不出两个字来。"这是曹雪芹本人对王维此诗此联的赏评，在书中借香菱之口宣之。

萧关是古代西北边地著名关隘，为关中四大关隘之一。从长安出发西北行进入河西走廊，原州是要道之一，萧关就位于原州境内。萧关故址历史上屡有变迁，秦代萧关遗址位于甘肃庆阳环县城北，汉代萧关位于今宁夏固原东南，亦为唐萧关，处于三关口以北、古瓦亭峡以南的险要峡谷中，有泾水相伴。李吉甫《元和郡县图志》云："萧关故城，在县东南三十里。《汉书》文帝十四年，匈奴入萧关，杀北地都尉，是也。"萧关处于丝绸之路从长安至武威的要道上，自古就是从关中通往塞外、西域的咽喉要道和军事重镇。从萧关出东南可直驱中原；北过黄河直至广阔的草原，与丝绸之路草原路连接；向西通向河西走廊和西域。秦汉帝王出巡、汉唐文士出塞往往与萧关结缘，萧关在中国文化史上具有重要意义，也是唐诗中常见的边塞意象。

在人们观念中，出萧关便到了塞外，便有漂泊之感。《敦煌诗集残卷》有佚名（一作胡皓）诗《答徐四箫（萧）关别醉后见投》云："萧关城南陇入云,萧关城北海生荒。咄嗟塞外同为客,满酌杯中一送君。"徐四当是从萧关外往更远的地方去,因此诗人在萧关外客中送客,倍感忧伤。胡皓曾在玄宗开元三年为秘书丞兼昭文馆学士,在当时颇有诗名,但史料缺失。《全唐诗》存诗六首,《全唐诗外编》补诗七首。诗中有三首关于蜀地景物,一首关于当时川陕交通要道的大散关,可以推测他曾往返于关中和蜀地之间。这首于萧关所作的诗,也有可能是在出蜀途中所作。

随着唐朝对突厥的用兵和军事上的胜利,唐朝势力进入更远的西域,萧关则成了内地,成为远赴边地的路经之地。所以萧关一带被称为"塞上"。骆宾王《早秋出塞寄东台详正学士》云:

> 促驾逾三水,长驱望五原。
> 天阶分斗极,地理接楼烦。
> 溪月明关陇,戎云聚塞垣。
> 山川殊物候,风壤异凉暄。
> ……………

"三水"即关内道安乐州三水县,在今宁夏同心县。"五原",古县名,位于今内蒙古自治区西部。从长安出发经这条路线必经萧关,诗题中"出塞"即出萧关。王维《使至塞上》云:"萧关逢候骑,都护在燕然。"诗中的萧关就是诗题中的"塞上"。萧关是一个岔路口,南下河源,西入河西,北通草原,东通长安。王维在萧关道上遇到的是奏捷的候骑,诗歌热情歌颂唐朝边防军取得的重大胜利。

唐前期萧关道是行人常常经行之道。岑参《胡笳歌送颜真卿使赴河陇》云:"凉秋八月萧关道,北风吹断天山草。"王昌龄《塞下曲》(四首)其一云:"蝉鸣空桑林,八月萧关道。出塞复入塞,处处黄芦草。

从来幽并儿，皆向沙场老。莫学游侠儿，矜夸紫骝好。"岑参和王昌龄都是实际经行于萧关的行人。在王昌龄笔下，那些幽并少年胸怀大志向，奔波于萧关道上，出塞入塞成为日常生活。盛唐诗人陶翰有《出萧关怀古》一诗：

> 驱马击长剑，行役至萧关。
> 悠悠五原上，永眺关河前。
> 北虏三十万，此中常控弦。
> 秦城亘宇宙，汉帝理旌旃。
> 刁斗鸣不息，羽书日夜传。
> 五军计莫就，三策议空全。
> 大漠横万里，萧条绝人烟。
> 孤城当瀚海，落日照祁连。
> 怆矣苦寒奏，怀哉式微篇。
> 更悲秦楼月，夜夜出胡天。

诗以驱马仗剑、到达萧关，五原苍茫、远眺关河为起始，带出以下四联对历史上征战不休的回忆。接着落笔远处塞上风光，大漠萧条、孤城落日，引发诗人心中为征夫将士而发的深切悲凉。陶翰于唐玄宗开元十八年（730）进士及第，第二年中博学宏词科，天宝元年（742）又中拔萃科，授华阴丞，历仕太常博士、礼部员外郎。他用五言古诗写就的边塞诸作慷慨悲壮，备受称赏。这首诗是他去往边塞经过萧关所写，诗中"孤城当瀚海，落日照祁连"可与王维的"大漠孤烟直，长河落日圆"相媲美。殷璠在《河岳英灵集》里收陶翰诗十一首，并评价说："历代词人，诗笔双美者鲜矣，今陶生实谓兼之。既多兴象，复备风骨。"上诗中"更悲秦楼月，夜夜出胡天"，很是当得起这一句评价。因赏识白居易而出名的顾况,则将陶翰与王昌龄、綦毋潜相提并论。

萧关道上奔波着来自西域的胡人,因为原州处于丝绸之路要道上,因此成为胡人聚居之地。考古发现自北朝至隋唐时期墓葬中出土不少来自域外的器物产品,并有来自域外的胡人墓葬。颜真卿出使陇右,岑参在长安为之送行,写下著名的《胡笳歌送颜真卿使赴河陇》:

> 君不闻胡笳声最悲,紫髯绿眼胡人吹。
> 吹之一曲犹未了,愁杀楼兰征戍儿!
> 凉秋八月萧关道,北风吹断天山草。
> 昆仑山南月欲斜,胡人向月吹胡笳。
> 胡笳怨兮将送君,秦山遥望陇山云。
> 边城夜夜多愁梦,向月胡笳谁喜闻!

写下这首诗时,岑参还在长安。他想象着颜真卿路经萧关道,会听到胡儿夜吹胡笳。而就在第二年,岑参迎来第一次出塞,行经萧关的时候,再读这首诗,应该也会为自己的想象而叹服。而此后,萧关在他的诗里就是亲历其地切身体会的深刻印象了。

安史之乱中萧关外大片国土陷于吐蕃,萧关又成为抗击吐蕃的前线边关,唐军驻守,形势紧张。许棠《送李左丞巡边》云:

> 狂戎侵内地,左辖去萧关。
> 走马冲边雪,鸣鞭动塞山。
> 风收枯草定,月满广沙闲。
> 西绕河兰匝,应多隔岁还。

许棠之前在渭水、秦州、陇州都留下了诗迹，此时的他已身在萧关。"边雪""塞山"都意在说明萧关一带成为边境。耿湋来到陇右，路过汉代时皇帝祭天地五帝的台地，想到这里是抵抗吐蕃的前线，有感而作《旅次汉故畤》诗云：

> 我行过汉畤，寥落见孤城。
> 邑里经多难，儿童识五兵。
> 广川桑遍绿，丛薄雉连鸣。
> 惆怅萧关道，终军愿请缨。

畤是古代祭祀天地和五帝的固定处所，就是祭坛。此"汉故畤"当在今凤翔，称为雍畤。在凤翔雍山上考古发现一处秦汉时期的国家祭天遗址，是祭祀天地和黑帝的固定场所，这样的地方称为"畤"，就是皇家祭天台。当年这里是多么繁盛，而如今只能看到冷落的"孤城"。这里经过连年的战乱，连儿童都知道拿起武器打仗。失地的百姓向往唐朝收复失地，奔波在萧关道上的行人路经此地，看到沦陷区的人民，连儿童都想为国效力，让诗人感到如果朝廷有心收复失地，民心可用。萧关一带的战事为诗人所关注，他们为唐军的胜利而欢欣鼓舞。

大历二年（767）路嗣恭破吐蕃于灵州，杜甫听说官军深入萧关、陇右，喜不自禁，其《喜闻盗贼蕃寇总退口号五首》其一云：

> 萧关陇水入官军，青海黄河卷塞云。
> 北极转愁龙虎气，西戎休纵犬羊群。

诗人欢喜欣悦之情溢于言表。耿湋还有《上将行》诗：

第二章 高歌一曲陇关情——首途关陇

> 萧关扫定犬羊群，闭阁层城白日曛。
> 枥上骅骝嘶鼓角，门前老将识风云。
> 旌旗四面寒山映，丝管千家静夜闻。
> 谁道古来多简册，功臣唯有卫将军。

萧关边塞上，进犯敌军被消灭；落日余晖下，边关城楼已关闭。槽中战马嘶叫，与军中战鼓号角声响成一片；门前一白发老将军，正看着天上的风起云涌。军中彩旗四处飘舞，映照着萧瑟的山川；城中夜深之时，仍有千家万户响起了丝竹管弦之声。谁说从古到今，这么多的史书，仅仅记了西汉长平侯卫青大将军一个人的大名。耿湋是大历十才子之一，但关于他的文字资料极少，现可知的是他于宝应二年（763）进士及第，之后约三四年的时间任盩厔（今陕西周至）县尉。在此期间，他有可能到过陇右，这首诗应是实写。

安史之乱以后，原州、萧关一带一直处于唐与吐蕃的对峙中。晚唐顾非熊《出塞即事二首》其二云：

> 贺兰山便是戎疆，此去萧关路几荒。
> 无限城池非汉界，几多人物在胡乡。
> 诸侯持节望吾土，男子生身负我唐。
> 回望风光成异域，谁能献计复河湟。

诗写萧关城池失陷，道路荒芜，反映了国土沦为吐蕃统治的痛苦现实，表达了忧国忧民的心情。顾非熊是顾况之子，自小聪颖，过目成诵。传说其性情滑稽、喜好辩论，为性格所累，连续三十年科举考试都名落孙山。至845年放榜仍未上榜，久闻其诗名的皇帝未免嗔怪，看了他的应试文章后，追加放榜，顾非熊终于及第。困于科考的三十年间，顾非熊当是四处漫游,足迹也曾到达陇右。

由于吐蕃的入侵,造成通过萧关入西域的道路断绝。姚合《送少府田中丞入西蕃》云:"萧关路绝久,石堠亦为尘。护塞空兵帐,和戎在使臣。风沙去国远,雨雪换衣频。若问凉州事,凉州多汉人。""久"说明自从陇右、河西陷入吐蕃,萧关道早就关闭,只有双方使节还在利用此道往还。朱庆馀《自萧关望临洮》云:

> 玉关西路出临洮,风卷边沙入马毛。
> 寺寺院中无竹树,家家壁上有弓刀。
> 惟怜战士垂金甲,不尚游人著白袍。
> 日暮独吟秋色里,平原一望戍楼高。

诗歌记录了临洮陷于吐蕃,临洮成为前线、战场和失地的史实。朱庆馀是晚唐时人,宝历二年(826)进士,官至秘书省校书郎,其人其名,因一首进士科举前呈现给张籍的行卷诗《近试上张籍水部》而闻名。诗曰:"洞房昨夜停红烛,待晓堂前拜舅姑。妆罢低声问夫婿,画眉深浅入时无?"借写闺中新妇摹写诗人面临事关人生前途之考不安和期待,细腻婉转,巧思动人。据说张籍读后大为赞赏,写诗回答说:"越女新妆出镜心,自知明艳更沉吟。齐纨未足时人贵,一曲菱歌敌万金。"这让朱庆馀声名大震。朱庆馀生平在史料中记载极少,这首诗说明他曾经到过陇右地区,在萧关写下这首诗。

唐宣宗时(846—859)朝廷收复"七关三州",沙洲张议潮起义驱逐了吐蕃人在河西陇右的势力,萧关形势发生了变化。朝廷恢复了对河西陇右的治理,按照朝廷与归义军政权的协议,朝廷任命从事赴河西任职,唐朝重新向河西、陇右选派官员,萧关又成为中原通向河西的道路。李昌符《送人游边》云:"愁指萧关外,风沙入远程。马行初有迹，雨落竟无声。地理全归汉，天威不在兵。西京逢故老，暗喜复时平。"反映了当时的局势，萧关外的土地又回归唐朝，行人已经可以到此一游了。晚唐王贞白《晓发萧关》云：

> 早发长风里，边城曙色间。
> 数鸿寒背碛，片月落临关。
> 陇上明星没，沙中夜探还。
> 归程不可问，几日到家山。

萧关过去是赴西域的经行之地，现在又成为边地，被称为"边城"，去萧关被称为"还边""巡边"。这首诗表明诗人是到过萧关的。王贞白于昭宗乾宁二年（895）登进士第，七年后才得任校书郎。后因宦官作乱，昭宗去往凤翔，王贞白便退居著书，不复仕进。王贞白笃志在作诗，播名当时。《唐才子传》称其诗"清润典雅"。王贞白曾写《御沟水》一诗，自认为冠绝，其中一联是"此波涵帝泽，无处濯尘缨"。当他把这首诗给诗僧贯休看时，贯休把其中的"波"字改为"中"字，让王贞白叹服不已，与贯休结为至交。

与王贞白同年登第的张蠙也有《过萧关》一诗："出得萧关北，儒衣不称身。陇狐（一作猿）来试客，沙鹘下欺人。晓戍残烽火，晴原起猎尘。边戎莫相忌，非是霍家亲。"诗人把萧关外的非汉族族群称为"边戎"。张蠙与许裳、张乔等合称"咸通十哲"，以登单于台写"白日地中出，黄河天上来"两句而知名。乾宁二年（895）登进士第，授校书郎，历任栎阳尉、犀浦令。唐代栎阳位于今陕西临潼，犀浦位于今四川成都。张蠙在这两次任上，都有可能去过萧关。唐代灭亡后王建在成都建前蜀，任张蠙为膳部员外郎、金堂令。前蜀后主王衍游大慈寺时见到张蠙的壁间题诗，甚是欣赏，想要召他入宫掌管诰令书写，但为宦官朱光嗣所阻。

唐末五代诗人于武陵《秋夜达萧关》云："扰扰浮梁路，人忙月自闲。去年为塞客，今夜宿萧关。辞国几经岁，望乡空见山。不知江叶下，又作布衣还。"这些诗写到萧关，既写实，又是象征，其中的萧关意象包含着追求立功关塞而理想落空的意蕴。关于于武陵的记载甚少，各史料记载也不统一，唯独记载其"往来商洛、巴蜀间"，这当是他曾经经过萧关的原因。于武陵在当时也颇有诗名，尤其擅长五律。辛文房在《唐才子传》称其"兴趣飘逸多感。每终篇一意，策名当时"。

同为唐末五代人的杨夔有《宁州道中》诗云："城枕萧关路，胡兵日夕临。唯凭一炬火，以慰万人心。春老雪犹重，沙寒草不深。如何驱匹马，向此独闲吟。"萧关道上的宁州时时遭到吐蕃人的侵扰，当平安火燃起时才让人稍有安定之感。杨夔是唐末五代时人，终身不仕。传说杨夔工诗善赋，以颇有气势的《冗书》驰名士大夫间。《冗书》已不得见，唯有与之唱和的郑谷有《赠杨夔二首》诗曰："散赋《冗书》高且奇，百篇仍有百篇诗。江湖休洒春风泪，十轴香于一桂枝。时无韩柳道难穷，也觉天公不至公。看取年年金榜上，几人才气似扬雄。"除极力称赏《冗书》之外，更是将杨夔比作汉代著名辞赋家扬雄，赞其才学非金榜题名者能及。

第三章　豪迈祁连拥古城
——穿越河西走廊

　　走出关陇道，大唐诗人们的脚步踏上了河西走廊。这是中原通往西域的咽喉地带。初盛唐时期，唐朝大力开拓和经营西域，丝绸之路进入黄金时代，地处要道的河西路交通异常繁忙。使节、商旅、僧人、文士……络绎不绝，往来于西域与中原之间。安史之乱后，河西陷于吐蕃，通过河西走廊赴西域的丝绸之路被阻断。到唐宣宗时，朝廷收复"七关三州"，张议潮起义驱逐吐蕃人，河西更是作为战争意象频频出现在唐诗中。"凉州""张掖""酒泉""敦煌""玉门关""阳关"，一个个耳熟能详、意蕴悠长的地名和意象，见证了大唐诗人的足迹，也进入了他们的诗篇。

河西幕中多故人

【史地小知识】

唐睿宗景云二年(711),朝廷因为陇右道疆域辽阔,管辖不便,于是将黄河以西地区分出。陇坻以西为陇右道,黄河以西为河西道,并置河西节度使,治所设在凉州。河西道所辖州府包括:凉州、沙州、瓜州、甘州、肃州、伊州、西州、庭州以及安西都护府(治所在龟兹),辖地相当于今天的甘肃黄河以西和新疆地区,直至中亚。唐初,唐朝采取一系列策略对河西进行治理,增兵设防,屯田储粮,养马屯牧,发展贸易,经济逐渐恢复,成为唐朝经营西域的基地。唐玄宗时沿边设置大军区,河西节度便是其一,安史之乱发生,吐蕃乘机东进,河西为吐蕃所有,河西节度使撤销。到唐末吐蕃内乱,敦煌一带发生张议潮起义,驱逐吐蕃驻军,一度收复河西一带的唐朝故土,朝廷遣兵戍守凉州,后来因黄巢之乱而隔绝,其西为甘州回鹘所有。

初唐诗人崔融写有《塞上寄内》一诗:

旅魂惊塞北,归望断河西。
春风若可寄,暂为绕兰闺。

崔融才高出众、文采华美,在当时无出其右者,名列初唐"文章四友"之一。曾在武则天册封嵩山时,因进献《启母庙碑》《朝觐碑》等名文备受称赏,得授著作郎、起居舍人、内供奉直至中书舍人等要职。崔融曾两次从军边塞。一次是在垂拱四年(688),作为安息道行军大总管韦待价的掌书记从军西北边塞,时年36岁。令作为旅人的诗人"惊"

的，或是塞外的景物，或是征戍艰苦，抑或二者兼有，因此思归之念分外强烈。遥望故乡，与中原地区之间隔着长长的河西走廊，只能把对家人的思念寄托给春风传递。

于天宝十一载（752）秋天投奔哥舒翰幕府的高适，越过陇山之后，先赶到河西节度使治所武威，得知哥舒翰因战事已从武威赶至临洮，高适又经武威郡的烽火台百丈峰，过昌松县奔赴临洮，但依然没能见到哥舒翰，最终是在陇右节度使驻地鄯州西平郡（今青海省海东市乐都区）见到了。哥舒翰身兼陇右、河西两道节度使，所以他活动在两地之间。这一次，高适在河西地段没少奔波，且内心情感激荡，途中写了《登百丈峰二首》《入昌松东界山行》，最后以一首长诗《自武威赴临洮谒大夫不及因书即事寄河西陇右幕下诸公》进行了总体抒发：

浩荡去乡县，飘飘瞻节旄。
扬鞭发武威，落日至临洮。
主人未相识，客子心忉忉。
顾见征战归，始知士马豪。
戈鋋耀崖谷，声气如风涛。
隐轸戎旅间，功业竟相褒。
献状陈首级，飨军烹太牢。
俘囚驱面缚，长幼随颠毛。
毡裘何蒙茸，血食本膻臊。
汉将乃儿戏，秦人空自劳。
立马眺洪河，惊风吹白蒿。
云屯寒色苦，雪合群山高。
远戍际天末，边烽连贼壕。
我本江海游，逝将心利逃。

> 一朝感推荐，万里从英髦。
> 飞鸣盖殊伦，俯仰忝诸曹。
> 燕颔知有待，龙泉惟所操。
> 相士惭入幕，怀贤愿同袍。
> 清论挥麈尾，乘酣持蟹螯。
> 此行岂易酬，深意方郁陶。
> 微效傥不遂，终然辞佩刀。

诗的前六句写自己长途奔波追随哥舒翰而不得见，接着抒发在武威和临洮前线所见所闻：唐军凯旋，军威盛极；边塞苦寒，征战未休。再回笔写自己奔赴边塞，除了报答知遇之恩，还想实现建功立业的理想，并表达若负此愿便退隐山林的决心。高适正式入幕后，颇得哥舒翰重视。当年冬天他跟随哥舒翰入朝，第二年四五月之交又返回了河西。身在河西节度使驻地凉州的高适，写有《河西送李十七》一诗：

> 边城多远别，此去莫徒然。
> 问礼知才子，登科及少年。
> 出门看落日，驱马向秋天。
> 高价人争重，行当早著鞭。

在初盛唐广大士人追求立功边塞的风气中，常有文士投身河西节度使幕府效命，高适如此，这位李十七也是其中一位。当时，他要从河西返回京城参加科考，高适的送别诗首先点明身处边塞，远别是常事，这一去必然不是徒劳。接着赞颂李十七年少有才，科场有为。再将笔触带到前路风景，预示前途美好，引出结句的祝福。高适的送别诗是一大特色，如前一章提到的《送騫秀才赴临洮》，也多为人所称赏。

第三章 豪迈祁连拥古城——穿越河西走廊

两度出塞的岑参对河西的记录和描述更多更细致，写河西地区的自然环境和社会风情，也写自己的见闻和感受。《河西春暮忆秦中》诗云：

> 渭北春已老，河西人未归。
> 边城细草出，客馆梨花飞。
> 别后乡梦数，昨来家信稀。
> 凉州三月半，犹未脱寒衣。

当时是天宝十载（751）的春天。岑参自749年第一次出塞，沿丝绸之路西出阳关，经敦煌、罗布泊，过吐鲁番，赴安西担任高仙芝幕府掌书记。751年，因高仙芝获授武威太守兼河西节度使，岑参又随之返回武威。算起来，这已经是他在边塞的第三个年头了。河西苦寒之地，春天到来如此之晚，难免令人倍加思乡。"渭北"指代长安，那里的春天都已经要过去了吧。"老"字似乎不宜用来形容春天，但杂糅了诗人对岁月流逝、年华老去而前途依然渺茫，以及远离故土、归期难料的悲怆，显得无比贴切。眼前的景致：细草出芽、梨花飘飞，看起来跟中原的春天别无二致，只是此地是边城。离别家乡数度梦回，可家书稀少，思念全然无处安放。怪只怪这偏远苦寒的凉州，都阳春时节了，依然无法脱掉冬天的衣服。此时此刻，只怕是身寒心更寒吧。

晚唐诗人许棠《边城晚望》把河西称为"河外"：

> 广漠杳无穷，孤城四面空。
> 马行高碛上，日堕迥沙中。
> 逼晓人移帐，当川树列风。
> 迢迢河外路，知直去崆峒。

之前许棠在渭城、秦州、陇州、萧关等地都留下明确到过该地的足迹和诗作，这里的"边城"，算起来应该就是河西道上的凉州（武威）了。在此地远眺，沙漠无穷无尽，城外四面空旷。驱马行走在高高的沙碛高地，看着落日仿佛远远地沉进了沙堆中。在这样的荒凉之地，行军异常不易，但河西路直通崆峒山，在那里有沙场征战立功的豪情万丈。河西是连接内地与西域以及北方草原的中间路段，这条道路位于黄河以西，从内地看是在黄河以外，故被称为"河外路"。

"祁连"是古匈奴语，意思是"天山"，寓意祁连山高入云天。祁连山位于青海东北部与甘肃西部，由多条西北东南向的平行山脉组成，绵延近一千千米，因位于河西走廊南侧，又称南山。这里汉初为匈奴控制，霍去病进军祁连山取得重大胜利，因此祁连山很早就成为古代诗歌中喜用的战争胜利的意象。初唐骆宾王所写《军中行路难（同辛常伯作）》其二诗中也提到了祁连山：

君不见玉关尘色暗边庭，铜鞮杂虏寇长城。
天子按剑征馀勇，将军受脤事横行。
七德龙韬开玉帐，千里鼍鼓叠金钲。
阴山苦雾埋高垒，交河孤月照连营。
连营去去无穷极，拥旆遥遥过绝国。
阵云朝结晦天山，寒沙夕涨迷疏勒。
龙鳞水上开鱼贯，马首山前振雕翼。
长驱万里詟祁连，分麾三命武功宣。
百发乌号遥碎柳，七尺龙文迥照莲。
春来秋去移灰琯，兰闺柳市芳尘断。
雁门迢递尺书稀，鸳被相思双带缓。
行路难，行路难，誓令氛祲静皋兰。

第三章 豪迈祁连拥古城——穿越河西走廊

但使封侯龙额贵,讵随中妇凤楼寒。

诗题中的"辛常伯"其人,生平资料一概全无,只因一首名为《军中行路难(与骆宾王同作)》的诗留名,并由此推知是与骆宾王同时期人。而实际上,"常伯"也并非人名,因为据《旧唐书》职官志的记载,唐高宗龙朔二年(662)曾改百司及官名,其中尚书为太常伯,侍郎为少常伯。"辛常伯"即职位为太常伯或少常伯的辛姓者。骆宾王《军中行路难(同辛常伯作)》明显写的是西北边塞征战,玉关、阴山、交河、天山、疏勒、祁连等西域地名,与骆宾王去往西域时行经地点和路线都相吻合。而《军中行路难(与骆宾王同作)》描写的是从蜀地至姚州(今云南姚安)行军的经历,与骆宾王之后的经历也是吻合的。那么,这位辛常伯是至少这两个时期都与骆宾王同行。

与辛常伯一样,生平无可考据、只留下了一首诗的虞羽客,其诗《结客少年场行》中也提到"祁连":

> 幽并侠少年,金络控连钱。
> 窃符方救赵,击筑正怀燕。
> 轻生辞凤阙,挥袂上祁连。
> 陆离横宝剑,出没骛征游。
> 蒙轮恒顾敌,超乘忽争先。
> 摧枯逾百战,拓地远三千。
> 骨都魂已散,楼兰首复传。
> 龙城含晓雾,瀚海接遥天。
> 歌吹金微返,振旅玉门旋。
> 烽火今已息,非复照甘泉。

87

诗中多用典故，如"窃符救赵""击筑怀燕"，乍看是一首利用边塞意象抒发壮志的边塞诗。但从楼兰、龙城、瀚海、金微、玉门的描述来看，作者也是有可能亲身到过陇右、河西边地的。初唐卢照邻所写的《关山月》一诗也曾提到祁连：

> 塞垣通碣石，虏障抵祁连。
> 相思在万里，明月正孤悬。
> 影移金岫北，光断玉门前。
> 寄书谢中妇，时看鸿雁天。

卢照邻在任邓王府典签期间，曾奉邓王之命出使西北边塞。当时，弘文馆学士孟利贞恰巧要南下，两人此去分别万里，卢照邻即作《西使兼送孟学士南游》诗送别。诗的开头写道："地道巴陵北，天山弱水东。相看万余里，共倚一征蓬。"两人一个去往蜀中，一个去往天山，各自漂泊在外，恰如飘飞的蓬草，道出自己和友人的羁旅之愁。有人认为出使西域一事在卢照邻其他的作品中未见提及，可能只是最初任命，而后追改，最后未能成行。从这首《关山月》来看，边地意象始终都很典型，没有很个人化的体验，难以料定卢照邻是否亲身到过边塞。

两次亲临西北边塞的岑参，笔下的祁连山则确凿无疑是实写之景。《过酒泉忆杜陵别业》诗说：

> 昨夜宿祁连，今朝过酒泉。
> 黄沙西际海，白草北连天。
> 愁里难消日，归期尚隔年。
> 阳关万里梦，知处杜陵田。

第三章　豪迈祁连拥古城——穿越河西走廊

杜陵在长安郊区的乐游原，更为人熟知的是晚唐时李商隐《登乐游原》一诗所说"夕阳无限好，只是近黄昏"。"别业"指住宅之外另置的休闲游玩之住处。岑参的杜陵别业疑即是高冠草堂。岑参二十岁时随兄长到长安求仕未果，与兄长隐居长安西部的高冠峪中，十年后才中进士，只被授予右内率府兵曹参军的低微官职。他于是写下《初授官题高冠草堂》一诗，结句"只缘五斗米，辜负一渔竿"表达了出仕的无奈和惭愧，更多的是对隐居生活的留恋。出塞求取功名，与当初的隐居岁月更是形成了鲜明对比。边塞的苦寒艰辛，让他加倍忆念高冠草堂，以及兄长家人。

祁连山与酒泉的距离不远，抬眼望去，只见黄沙漫漫，一直延伸到西边与大漠相接；白草茫茫往北边蔓延，在地平线处与天际相连。思乡之愁令人度日如年，而归期得以年计算；在远隔万里的边塞，梦中回到的是杜陵旧地。

祁连是经河西赴西域必经之地，不少人屡次往返于此道。唐玄宗天宝十载（751）六月，高仙芝正在安西率师西征，李副使（名不详）因公从姑臧（今甘肃武威）出发赶赴碛西（即安西都护府）军中，当时身在武威的岑参《送李副使赴碛西官军》诗云：

　　火山六月应更热，赤亭道口行人绝。
　　知君惯度祁连城，岂能愁见轮台月。
　　脱鞍暂入酒家垆，送君万里西击胡。
　　功名只向马上取，真是英雄一丈夫。

这一年七八月间，唐军在高仙芝率领下，越过葱岭，征讨中亚石国。在怛罗斯与大食（阿拉伯）的军队相遇，兵戎相见。因葛逻禄人的叛变，唐军大败。这就是著名的"怛罗斯之战"。这位李副使就是奉命参与高

89

仙芝的部队西征，岑参跟许多唐朝人一样，对胜利充满期待，所以送行时鼓励李副使马上获取功名。祁连城名称来自祁连山，在今甘肃张掖西南。诗中"惯度"二字说明李副使不知道多少次经过祁连山往返于内地与西域。此时的岑参已到过安西又回到武威，而李副使要送军队奔赴安西。借由这首诗，初次出塞的岑参发出了堪为盛唐边塞诗高昂之音的"功名只向马上取，真是英雄一丈夫"。

【史地小知识】

> 燕支山位于今甘肃省张掖市山丹县东南五十多千米处，东西绵延一百多千米，南北横跨二十多千米，松柏常青，水草丰美，冬温夏凉，气候湿润，特别适合于畜牧。燕支山也写作焉支山、焉脂山、燕脂山、胭脂山等，为匈奴语音译。燕支山产胭脂草，能做妇女化妆的颜料。霍去病兵出临洮，越燕支山，大破匈奴。匈奴人歌曰："失我燕支山，使我嫁妇无颜色。"这个故事被唐代诗人反复吟咏，成为歌咏战争胜利和将军战功的常用典故。

唐玄宗开元年间名臣名将崔希逸有《燕支行营》二绝句，其一写道：

> 天平四塞尽黄砂，塞冷三春少物华。
> 忽见天山飞下雪，疑是前庭有落花。

诗中天山代指燕支山，诗写其地严寒，突出其自然环境的恶劣，但诗笔又不乏闲庭信步的自信洒脱，将天山飞雪比作前庭落花。这和崔希逸本人的骄人战功有关。开元二十四年（736）秋，崔希逸以右散骑常侍知河西节度使，第二年袭击吐蕃，在青海西大破之。唐玄宗命右拾遗王维以监察御史的身份出塞宣慰，才有了《使至塞上》一诗中

"大漠孤烟直,长河落日圆"的神来之笔。开元二十六年(738)三月,吐蕃进犯河西,被崔希逸大军击破。崔希逸笔下的燕支山是实写之景。其绝句其二写道:

> 阳乌黯黯映山平,阴兔微微光渐生。
> 戍楼往往云间没,烽火时时碛里明。

日落西山,月亮东升,眼见暮色中山上处处戍楼耸立,沙碛里定时燃起报警或报平安的烽火,突出边地军情的紧张和形势的严峻,也从侧面烘托了唐军严阵以待、不畏强敌的坚定从容。

燕支山是经过河西走廊赴西域和北方草原的行人经行之地,也是他们必然亲眼所见的景物,自然进入诗人的吟咏,成为实写之景。诗人称经过燕支山赴西域的道路为"燕支道"。高适出塞即赶赴武威,听闻哥舒翰已赴临洮作战,作《登百丈峰二首》,其一说:

> 朝登百丈峰,遥望燕支道。
> 汉垒青冥间,胡天白如扫。
> 忆昔霍将军,连年此征讨。
> 匈奴终不灭,寒山徒草草。
> 唯见鸿雁飞,令人伤怀抱!

诗人回忆自己来时登百丈峰遥望燕支道所见所感,此时的他长途奔波追随名将哥舒翰,内心沙场征战、建功立业的豪情正炽热。

在唐前期士人积极追求立功边塞的社会风气中,燕支山成为远赴边塞人的途经之地,成为志士用武之地。岑参第一次出塞的以诗纪行,陇山、陇水、渭川之后,就是燕支。其诗《过燕支寄杜位》写道:

燕支山西酒泉道，北风吹沙卷白草。
长安遥在日光边，忆君不见令人老。

诗中写从燕支山往西就是酒泉道。诗题的"过"字，加上一个"道"字，道出征途漫长。而眼下天气是北风劲吹，眼前所见是边地特有的白草随风翻卷。北风凛凛，黄沙漫漫，白草茫茫，身处如此荒凉苦寒又陌生的边地，令人倍加思念的长安遥远得如同在天边，尤其再想起老友，思念催人苍老。诗题中的杜位是杜甫的堂弟，岑参在长安还写过《送杜位下第归陆浑别业》《郊行寄杜位》，猜测杜位应是曾与岑参一起应举，且二人关系亲近，以至岑参初出边塞不久就怀念至深并寄诗给他。

岑参二次出塞回京后，在《送张献心充副使归河西杂句》诗中写道："花门南，燕支北，张掖城头碛云黑，送君一去天外忆。"这位张副使奔赴河西作战抗敌，让岑参回想起自己赴西域时经过燕支山下的河西走廊。张献心归河西要到张掖去，其地正在燕支山北。实写的同时，也利用了燕支山胜利抗击外敌的典故，表达了对张献心的祝福和思念。

敦煌文书 P.3619《唐诗丛钞》收有萧沼失题诗，写道：

生年一半在燕支，容颜砂场日夜衰。
萧关不隔乡园梦，瀚海长愁征战期。

据资料考证，萧沼（或作治）与岑参同时，从岑参《天山雪歌送萧治归京》一诗可知，萧沼曾在西域与岑参同事。从诗的后两句看，此诗当作于西域。人在西域，身不能过萧关归乡，但梦魂却能飞越关山。虽然梦中获得一时满足，但人仍在西域征战。

第三章 豪迈祁连拥古城——穿越河西走廊

【史地小知识】

　　汉武帝时从匈奴手中夺取河西走廊，在这里先后置武威、张掖、酒泉、敦煌等郡，是为"河西四郡"。这里又是中原地区与西北民族争夺极为激烈的地区。唐朝夺取西域后，河西走廊的交通变得十分繁忙，为了维护河西地区的安定和丝路的畅通，唐朝与吐蕃长期在这里交战，河西四郡依旧保持着丝路要道的重要地位，并受到诗人的特别关注。唐代前期地方行政实行州县二级制，州郡属同一级别，河西四郡有时分别称为凉州、甘州、肃州、沙州，并曾于酒泉与敦煌间置瓜州。唐沿边置大军区藩镇时，皆隶属于河西节度使。安史之乱后，其地皆先后陷于吐蕃。

只将诗思入凉州

　　凉州城是进入河西走廊第一大站。从汉代以来凉州城既是州治所在，又是武威郡、姑臧县治所，古诗里写到"凉州""武威""姑臧"皆指此城。唐代该地有时称凉州，有时称武威郡。提到"凉州"和"武威"这两个名称的唐诗数量都不少。武威为汉代著名郡城，其中寄寓着深厚的历史意蕴，诗人借之抒写边思，而凉州一称几乎全是实指。

　　唐朝前期凉州是河西地区政治、经济和文化中心，因此成为一座繁荣富庶的都市和东西方文化交流的中心，"凉州为河西都会，襟带西蕃、葱右诸国，商侣往来，无有停绝"（《大慈恩寺三藏法师传》）。"凉州馆"是接待东往西来行旅的馆驿，岑参两次出塞，往来中原和西域之间都曾住宿这里。第二次出塞时经过凉州，在凉州馆中与众位节度使僚属夜晚聚会，岑参写下《凉州馆中与诸判官夜集》：

93

弯弯月出挂城头，城头月出照凉州。
凉州七里十万家，胡人半解弹琵琶。
琵琶一曲肠堪断，风萧萧兮夜漫漫。
河西幕中多故人，故人别来三五春。
花门楼前见秋草，岂能贫贱相看老。
一生大笑能几回，斗酒相逢须醉倒。

这首诗写得颇为轻快，用语浅近而情真。天宝年间，凉州全部（包括所领五县）人口二万二千四百多户，十二万二百人十二口，诗中说"七里十万家"是夸张，用以渲染凉州的繁华面貌。凉州"玉门远控，金城遐阻，人兼北狄，俗杂西戎"（唐高宗《册乔师望凉州刺史文》）。唐前期凉州是丝绸之路重镇和繁华的国际都会，从西域归来的行旅和入华的胡人往往路经此地，有的驻足流连，有的定居于此。作为国际都会，凉州充满异域风情，这里不仅是西来的"胡人"聚居之地，世风民情中也有不少外来的成分。在岑参笔下，这里有大量胡人聚居，据他所见，这些胡人大都会弹琵琶，琵琶特有的悲凉曲调令人心生悲凄，尤其在风声萧萧的漫漫长夜。不过，因为之前曾经来过，在凉州还有着之前的这么多故人，分别数载，再见分外相亲。"花门楼"是凉州客栈的名称，此时是秋季，只见草已渐枯，光阴飞逝，而你我必不会困于贫贱至老。一生中能这么开怀大笑的时候能有几回呢？相逢举杯必须不醉不归啊。"花门楼"这个名字说明凉州有回纥人开的客栈。回纥地面有地名称"花门山堡"，所以用"花门"代指回纥。岑参还有一首诗《戏问花门酒家翁》题注云："在凉州。"诗云："老人七十仍沽酒，千壶百瓮花门口。"写的是一位当垆卖酒的回纥老人。又有一首诗《与独孤渐道别长句兼呈严八侍御》，其中有"花门将军善胡歌"的句子，花门将军即回纥将军。岑参和诸判官就是在这家回纥人开的客栈里举行夜宴的。

元稹有《西凉伎》诗对凉州陷落吐蕃前的描写,极为生动地再现了当地富庶繁华和开放的景象:

> 吾闻昔日西凉州,人烟扑地桑柘稠。
> 蒲萄酒熟恣行乐,红艳青旗朱粉楼。
> 楼下当垆称卓女,楼头伴客名莫愁。
> 乡人不识离别苦,更卒多为沉滞游。
> 哥舒开府设高宴,八珍九酝当前头。
> 前头百戏竞撩乱,丸剑跳踯霜雪浮。
> 师子摇光毛彩竖,胡腾醉舞筋骨柔。
> 大宛来献赤汗马,赞普亦奉翠茸裘。
> …………

人烟稠密、树木葱茏,酒客姬女、恣意行乐,佳酿珍味、歌舞百戏,令人想到富贵温柔之乡的江南。当地人不知愁滋味,外地人乐不思蜀流连忘返。在河西节度使哥舒翰的宴会上,饮的是葡萄酒,表演的杂技大多是来自域外的节目,如跳丸、弄剑、狮子舞、胡腾舞,还有前来贡献的大宛、吐蕃使节从此地经过,前往都城长安。处处体现出凉州丝路名城多元文化交汇的都市风貌。

岑参二次出塞在武威短暂停留,只留诗一首。而第一次出塞赴安西担任高仙芝幕府掌书记的第三年,因高仙芝获授武威太守兼河西节度使,岑参又随之返回武威,在武威待的时间不短,留下的诗就多了。《登凉州尹台寺》一诗写道:

> 胡地三月半,梨花今始开。
> 因从老僧饭,更上夫人台。

> 清唱云不去，弹弦风飒来。
> 应须一倒载，还似山公回。

这首诗有题注"是沮渠蒙尹夫人台"。"沮渠蒙"应为"沮渠蒙逊"，为匈奴人，魏晋南北朝时期北凉君主，后来灭西凉。"尹夫人"为十六国时期杰出的女政治家，协助李暠建立西凉，曾阻止其子攻打沮渠蒙逊。沮渠蒙逊灭西凉后，尹夫人和家人被掳到凉州，沮渠蒙逊以礼相待，又为她的刚烈折服，不但没有杀她，还特地为她建造了一座"夫人台"，供其居住。岑参诗歌先写了此地阳春过半梨花始开的新奇景色，说自己赴僧人之约，来到尹夫人台上。之后两句借用典故写席上音乐弹奏之美妙，当此情景，就该像晋代山公一样，尽兴大醉，倒载而归。虽然不无借酒浇愁之意，但可见岑参在凉州的生活颇为开怀，饮酒是其乐趣之一。接下来的这首《戏问花门酒家翁》也为明证：

> 老人七十仍沽酒，千壶百瓮花门口。
> 道旁榆荚仍似钱，摘来沽酒君肯否？

就在岑参下榻的凉州馆驿门口，日常有回纥人七十老翁卖酒。岑参肯定是没少光顾他的生意，跟老翁也很熟了。也许是此时囊中羞涩，他忍不住跟老人调侃：路边榆钱果实还正盛，跟铜钱最相似了，我摘些来跟您换酒可不可以呢？估计老人会呵呵笑着，说不定就真的白给他沽上一次酒呢。

当然，思乡愁绪和前程悲叹还是少不了的。《武威春暮闻宇文判官西使还已到晋昌》写道："片云过城头，黄鹂上戍楼。塞花飘客泪，边柳挂乡愁。白发悲明镜，青春换敝裘。君从万里使，闻已到瓜州。"这位宇文判官，在岑参出塞越过陇山时就曾写诗相赠（《初过陇山途中呈宇文判官》),他与岑参同是高仙芝属下,天宝十载(751)随高仙芝入朝,又受命前往安西,岑参得知他已到瓜州的消息,写下此诗。诗中先着笔眼前景色:城头的云朵、戍楼的黄鹂,直接引出思乡愁绪;边塞的花楼都沾满了旅人的泪和愁,进而悲伤自己的境遇;镜中已见白发,而青春年岁历经塞外风沙,换来的不过是一袭破旧裘衣,言外之意是年华空过,功名和前程却仍无着落。眼看故人返回长安,却再度出使西域为沙场功名而奋斗,诗人百感交集。同时还写下上一节提到的《河西春暮忆秦中》一诗,用"凉州三月半,犹未脱寒衣"来表达身处边地的忧思。

在凉州,岑参还常常送别同僚奔赴西域。《武威送刘单判官赴安西行营便呈高开府》长诗写道:

热海亘铁门,火山赫金方。
白草磨天涯,湖沙莽茫茫。
夫子佐戎幕,其锋利如霜。
中岁学兵符,不能守文章。
功业须及时,立身有行藏。
男儿感忠义,万里忘越乡。
孟夏边候迟,胡国草木长。
马疾过飞鸟,大穷超夕阳。
都护新出师,五月发军装。
甲兵二百万,错落黄金光。
扬旗拂昆仑,伐鼓震蒲昌。
太白引官军,天威临大荒。
西望云似蛇,戎夷知丧亡。
浑驱大宛马,系取楼兰王。

> 曾到交河城，风土断人肠。
> 寒驿远如点，边烽互相望。
> 赤亭多飘风，鼓怒不可当。
> 有时无人行，沙石乱飘扬。
> 夜静天萧条，鬼哭夹道旁。
> 地上多髑髅，皆是古战场。
> 置酒高馆夕，边城月苍苍。
> 军中宰肥牛，堂上罗羽觞。
> 红泪金烛盘，娇歌艳新妆。
> 望君仰青冥，短翮难可翔。
> 苍然西郊道，握手何慨慷。

诗人在武威送刘单赴安西行营，写诗送行并同时呈给高仙芝。刘单于天宝二年（743）科考登第，后入高仙芝幕府。高仙芝征讨小勃律回来后，曾令刘单草拟告捷书。岑参此诗中写到的"热海""铁门关""白草""火山""胡国""昆仑""蒲昌""交河""赤亭"等都是西域景物和意象，这些多是岑参在返回凉州之前往安西所亲见。他诗中描述身在西域的唐军将士取得战争的胜利，其中不乏想象，但都建立在亲身经验的基础之上。当高仙芝率军远征石国，刘单又参与其中。其中的"天威"两个字，既是高仙芝军中的一支部队的名字——天威军，又语意双关，形容唐军的浩大声势。岑参预祝高仙芝大军出征获胜，"浑驱大宛马，系取楼兰王"。

岑参在武威所写的另一首送人赴西域的诗是《武威送刘判官赴碛西行军》：

> 火山五月行人少，看君马去疾如鸟。

第三章　豪迈祁连拥古城——穿越河西走廊

都护行营太白西,角声一动胡天晓。

这位"刘判官",有人认为就是上一首诗中的刘单。碛西即莫贺延碛之西,过了莫贺延碛便是西域。那里最典型的地标就是"火山"了,到了夏季便少行人,而刘单判官为军情义无反顾地疾驰而去,迅如飞鸟。他去的行营位于西方,军号伴随胡地的清晨响彻云霄,多么振奋人心啊!刚说了"火山五月"难以前行而刘单判官一往无前,一个月后岑参又在武威送别一位副使奔赴同样的地点了,这就是上一节中提到的《送李副使赴碛西官军》,诗中有"火山六月应更热,赤亭道口行人绝",诗中依然提及火山,但这时候已当六月仲夏,更是其热难耐。这位李副使往来河西、西域已是常事,对西域边地的环境早已习以为常,也不以为愁了。岑参邀请他暂脱马鞍到酒肆中痛饮一杯,之后就要奔赴万里西去抗敌了。对此,岑参发出对李副使的赞美,也是对自己的期许——"功名只向马上取,真是英雄一丈夫"。

在凉州送人归京,则是另一种情绪了。《送韦侍御先归京(得宽字)》诗说:

闻欲朝龙阙,应须拂豸冠。
风霜随马去,炎暑为君寒。
客泪题书落,乡愁对酒宽。
先凭报亲友,后月到长安。

豸冠,獬豸冠的简称,古代御史等执法官吏戴的帽子。獬豸是传说中的一种神兽,相传獬豸性忠,能辨曲直,头上有一角,见人相斗,就用角触邪恶无理者,所以将象征獬豸角的装饰制于冠上,御史台官员负责检举违法官员,戴这种帽子寓意抵触腐败官员。侍御史是御史台官员。从诗题看，是在送别酒筵上大家写诗，岑参拈得了"宽"字韵。韦侍御要返京入朝面君，必该先掸掸御史戴的帽子去去灰尘。等到驰马归去，马儿还带着边地的风霜，而京中酷暑也因此而变得凉快了吧。身为边地客旅，忍不住在写家书时落泪，思乡的愁绪也在饮酒时加倍。先帮我捎信给亲友，再下个月自己也要回到长安了。诗中杂糅了为韦侍御返京的高兴之情，为自己仍客居边地的浓重愁思，以及自己很快也要返回京城的期待。

唐代前期凉州是与吐蕃对峙的前线和唐军基地，河西节度使驻节此地。凉州城内外驻扎着为数众多的军队。天宝年间，诗人李昂曾在朝廷某使韦氏手下任判官，赴河西"监统收籴"，作《塞上听弹胡笳作并序》，写了他到凉州的见闻。可惜这首诗没有流传下来，只留下了序，写道：

（上缺）达两蕃，常顿兵十万，裹粮坐甲，无粟不守。故天子命我柱史韦公，括□□□，监统收籴。韦公谓我不忝，奏充判官。天宝七载十有一月，次于赤水军，将计□□。时有若尚书郎苏公，专交兵使，处于别馆。是日也，余因从韦公相与谒诣，既尽筹画，且开樽俎。客有尹侯者，高冠长剑，尤善鼓琴。因接弦奏《胡笳》之曲，摧藏哀抑，闻之忘味。夫《胡笳》者，首出蔡女，没于胡尘，泣胡霜而凄汉月，烦冤愁思之所作也，故有出塞入塞之声，清商清□之韵。其音苦，其调悲。况此地近胡（下缺）。

"两蕃"指"羌胡"，即吐蕃与吐谷浑。河西节度使统有"赤水军"，在凉州城中。尹某善弹琴，奏胡笳曲，当与河西一带形势有关。在与吐蕃的交战中，河西一带百姓常被掠入吐蕃，其遭遇颇似汉末之蔡文姬，奏此曲特别能触动当地百姓的心弦，尤为感人。"况此地近胡……"想要表达的就是这个意思。遗憾其诗不传，诗可能描写乐曲的动人，借蔡文姬的故事表达河西百姓沦落异域的骨肉分离之苦。李昂其人，史料仅有"开元中考功员外郎"的记载，《全唐诗》收诗两首，其一为《从军行》，其诗激越豪壮、如闻军乐，发盛唐昂扬悲壮之声，可以认为是此次亲赴凉州所写。其诗曰：

汉家未得燕支山，征戍年年沙朔间。
塞下长驱汗血马，云中恒闭玉门关。
阴山瀚海千万里，此日桑河冻流水。
稽洛川边胡骑来，渔阳戍里烽烟起。
长途羽檄何相望，天子按剑思北方。
羽林练士拭金甲，将军校战出玉堂。
幽陵异域风烟改，亭障连连古今在。
夜闻鸿雁南渡河，晓望旌旗北临海。
　　塞沙飞淅沥，遥裔连穷碛。
玄漠云平初合阵，西山月出闻鸣镝。
城南百战多苦辛，路旁死卧黄沙人。
戎衣不脱随霜雪，汗马趔趄长被铁。
杨叶楼中不寄书，莲花剑上空流血。
匈奴未灭不言家，驱逐行行边徼赊。
归心海外见明月，别思天边梦落花。
天边回望何悠悠，芳树无人渡陇头。
春云不变阳关雪，桑叶先知胡地秋。
田畴不卖卢龙策，窦宪思勒燕然石。
　　麾兵静北垂，此日交河湄。

欲令塞上无干戚,会待单于系颈时。

诗里写到的地名,有的在西北,如燕支山、玉门关、阳关、陇头,有的在北方,如阴山、桑河、稽洛川、渔阳、幽陵,有的远在西域,如交河,都不是实指,都是边塞意象,写的是边塞战争和边塞生活,融入了诗人在边境地区的生活体验。

上一节说到,高适入哥舒翰幕府后,曾随他回京入朝,第二年四五月之交又返回了河西幕府,在武威停留也颇有时日,多有诗作。《陪窦侍御灵云南亭宴诗得雷字》序写道:

凉州近胡,高下其池亭,盖以耀蕃落也。幕府董帅雄勇,径践戎庭,自阳关而西,犹枕席矣。军中无事,君子饮食宴乐,宜哉。白简在边,清秋多兴,况水具舟楫,山兼亭台,始临泛而写烦。俄登陟以寄傲,丝桐徐奏,林木更爽,觞蒲萄以递欢,指兰芷而可掇。胡天一望,云物苍然,雨萧萧而牧马声断,风褭褭而边歌几处,又足悲矣。员外李公曰:七日者何?牛女之夕也。夫贤者何得谨其时,请赋南亭诗,列之于后。

其诗云:

人幽宜眺听,目极喜亭台。
风景知愁在,关山忆梦回。
只言殊语默,何意忝游陪。
连唱波澜动,冥搜物象开。
新秋归远树,残雨拥轻雷。

第三章 豪迈祁连拥古城——穿越河西走廊

> 檐外长天尽，尊前独鸟来。
> 常吟塞下曲，多谢幕中才。
> 河汉徒相望，嘉期安在哉？

据史料考证，结合诗序中提及的"七日""牛女之夕"，可以推知此诗写于天宝十二载（753）七夕。不同于诗序主要交代作诗背景即可，这首诗的序写得优美动人。在高适笔下，灵云南亭的建造有于此地显耀实力的意义。他提及河西、陇右节度使王忠嗣部将董延光于天宝六载（747）主动请缨攻打吐蕃占领的石堡城，极力赞赏其行军神勇。为此军中无事，最宜饮食宴乐。正值清秋，舟楫在水，山有亭台，临水登高，心情为之疏朗，旷达之情有寄。有丝竹美酒，林木香草，不亦乐乎。忽而云聚雨来，牧马声断，边歌时闻，又令诗人心情转悲，悲自身壮志未酬。诗歌则写登亭台之喜是登高欣赏风景，然则也引发内心愁绪。有幸与诸公同游欢饮唱吟，因而极力搜索足以道眼前风景之句。接着写眼前风景，远树可见秋意，雨渐歇还伴轻雷，屋檐外长天无尽，举杯却见鸟儿朝这里飞来。最后四句谦虚自己常写反映边塞生活的诗，今天也只能以这首诗表达对大家的感谢。但转眼之间又将分别，分手后徒然如牛郎织女望着银河，而再会之佳期不知何时能至。

诗题中的"灵云"是池名，一说为灵渊池，为古代凉州王室园林；一说为灵泉池，是后凉吕光宴请群臣的地方。高适与上诗同时还写有《陪窦侍御泛灵云池》一诗：

> 白露时先降，清川思不穷。
> 江湖仍塞上，舟楫在军中。
> 舞换临津树，歌饶向晚风。
> 夕阳连积水，边色满秋空。

>乘兴宜投辖，邀欢莫避骢。
>谁怜持弱羽，犹欲伴鹓鸿。

诗中还是写清秋时节泛舟池上、听歌赏舞的所见所闻，"夕阳连积水，边色满秋空"颇有王勃"秋水共长天一色"的意味。其他诗句多有借典故表达与窦侍御宾主相得，并有委婉请对方回朝之后举荐推引之意。这首诗稍后还有《和窦侍御登凉州七级浮图之作》一诗：

>化塔屹中起，孤高宜上跻。
>铁冠雄赏眺，金界宠招携。
>空色在轩户，边声连鼓鼙。
>天寒万里北，地豁九州西。
>清兴揖才彦，峻风和端倪。
>始知阳春后，具物皆筌蹄。

诗中的"七级浮图"指凉州莲花山的佛舍利塔，高达七层，直入云天，足证当时此地佛教空前兴盛。高适此诗用了诸多佛教名词，也可见一斑。当诗人登上高高的佛塔远眺之时，听到鼓鼙此起彼伏，透露出此地军情紧张的气氛。虽然局势安定，但边防军仍时刻保持警惕。

从以上几首诗看，高适在河西幕府的生活，正是他自己所说的"军中无事"，而游玩宴吟颇多，甚是闲暇。这样写一方面反映了河西一带在哥舒翰驻守时的边境形势，一方面在称颂哥舒翰的武功。哥舒翰英勇善战，吐蕃人畏惧他，不敢入侵。吐蕃人只能眼巴巴地看着唐军牧马，却不敢越过临洮一步。所以河西一带局势安定，人民安居乐业，幕府的人们也清闲无事。下面这首《武威同诸公过杨七山人》更是明确说了：

第三章 豪迈祁连拥古城——穿越河西走廊

> 幕府日多暇,田家岁复登。
> 相知恨不早,乘兴乃无恒。
> 穷巷在乔木,深斋垂古藤。
> 边城唯有醉,此外更何能!

幕府中没什么事,于是与诸位同僚再度出行访友。这位杨七山人姓名不详,想来也是个有文才有妙趣的人,得高适他们时常拜访,并发出相识恨晚的感慨。杨七的居处在草木幽深之处,拜访时唯有同吟共醉,此外还能干什么呢?!可见高适对军中无事闲暇并非享受,而是焦虑于年华老去人生仍无建树。

河西走廊是丝绸之路要道,这里局势安定,经济繁荣,保证着丝路贸易的通畅。因此,哥舒翰驻守时期是丝路贸易和中外交流的兴盛时期。中唐诗人元稹《西凉伎》诗曾歌颂这种安定繁荣局面,上文已经引述,这里不再赘述。

凉州城内虽是无尽的繁华热闹,但其郊外却是另一番景象。王维奉命出使凉州,曾到城外游览,写有《凉州郊外游望》:

> 野老才三户,边村少四邻。
> 婆娑依里社,箫鼓赛田神。
> 洒酒浇刍狗,焚香拜木人。
> 女巫纷屡舞,罗袜自生尘。

他还写有《凉州赛神》:

> 凉州城外少行人,百尺峰头望虏尘。
> 健儿击鼓吹羌笛,共赛城东越骑神。

此二诗下都有自注:"时为节度判官,在凉州作。"明确无疑是王维在担任河西节度判官时的所见所闻。第一首诗是王维去郊外游玩时,所见田家赛神活动的场面。凉州郊外村野人家才寥寥几户,也就无所谓四邻。然而祭祀土地神的场所里社,还是有人起舞,箫鼓齐鸣,祭祀田神。只见他们把酒洒在枯草扎成的刍狗身上,烧香向木质的神像拜祭。女巫们纷纷起舞,罗袜扬起灰尘。诗人用寥寥数句描绘了一幅边地乡村风俗画。

第二首诗中的赛神本是非常热闹的节日,可作为边境地区的凉州,赛神会举行时也不忘警戒,在高达百尺的烽火台上,哨兵警惕地眺望,注意入侵的胡骑卷起的沙尘。"健儿"即边防军战士,说明赛神会上也有兵士参与,他们所迎之神也是与将士们习武有关的越骑神。显然,乡村不比城市繁华,而且也有对外敌的警戒和瞭望,但也不妨碍乡民们击鼓吹笛焚香赛神。王维在河西时正是崔希逸对吐蕃的战争取得胜利之时,因此他看到的也是一种和平宁静的田园乡村生活。

盛唐时,凉州还产生了著名的地方乐曲《凉州曲》。开元年间陇右节度使郭知远搜集了一批西北边地乐曲献给朝廷,唐玄宗命教坊翻成中原曲谱,配上新的歌词演唱,以这些乐曲产生的地方为曲调名,《凉州曲》即其一。此后不少诗人以此曲调填写歌辞,这些诗歌都题作《凉州词》,产生了不少名作。这些诗人有的到过凉州,有的可能也没有到过,但都以边塞战争和边塞生活为题材。其中王翰《凉州词二首》最为著名,千百年来流传不衰。其一:"葡萄美酒夜光杯,欲饮琵琶马上催。醉卧沙场君莫笑,古来征战几人回。"其二:"秦中花鸟已应阑,塞外风沙犹自寒。夜听胡沙折杨柳,教人意气忆长安。"王翰因为这两首诗赢得了著名边塞诗人的美名,第一首特别脍炙人口。

安史之乱发生后,河西和西域的局势顿时令人担忧。中唐诗人张籍《陇头行》云:

> 陇头路断人不行,胡骑夜入凉州城。
> 汉兵处处格斗死,一朝尽没陇西地。
> 驱我边人胡中去,散放牛羊食禾黍。
> 去年中国养子孙,今著毡裘学胡语。
> 谁能更使李轻车,收取凉州入汉家。

张籍的时代,凉州陷于吐蕃,张籍应是没有到过边塞的,但他的诗描写了当时凉州陷落时的惨状、表达了收复失地的希望。中唐诗人李益的《边思》一诗写道:

> 腰悬锦带佩吴钩,走马曾防玉塞秋。
> 莫笑关西将家子,只将诗思入《凉州》。

李益的时代(748—829)陇右河西已经陷落,"入《凉州》"只是在表达一种理想。李益是陇西姑臧(今甘肃武威)人,史料记载他曾因仕途失意,弃官客游燕赵,并于公元797年任幽州节度使刘济从事,也就是说,并没有他到过西北边塞的记录。但从这首《边思》来看则不然。这是诗人自述生平之作。首句从装束写起,生动勾画了一位华贵英武的"关西将家子"的形象。关西指函谷关以西,古代有"关西出将,关东出相"的说法,李益是姑臧人,所以自称"关西将家子"。第二句玉塞指玉门关,说自己曾经参加过防秋玉塞、驰驱沙场的战斗行动。后两句是感慨,用自嘲的口吻表达无可奈何的苦涩和深沉的感慨:河西一带已为吐蕃占领,他的满腔思乡之念只能倾注在一曲《凉州曲》中。

在这样的情况下,诗人们更加向往昔日全盛时丝路通畅的景象。张籍《凉州词三首》其一回顾唐前期的状况:

> 边城暮雨雁飞低，芦笋初生渐欲齐。
> 无数铃声遥过碛，应驮白练到安西。

安西即安西都护府所在地龟兹。从凉州到安西本来是丝路贸易最繁盛的地区，诗反映了这个路段以及丝绸之路往昔的繁盛，同时感叹而今丝路的断绝和荒凉，为失地难收而悲伤。安史之乱后吐蕃占领西域、河西和陇右，凉州落入吐蕃人之手。其二写凉州沦陷后的景况："古镇城门白碛开，胡兵往往傍沙堆。巡边使客行应早，欲问平安无使来。"古镇城门当指凉州古城，城外沙堆近旁到处是驻防的吐蕃兵。

唐朝无力收复失地，凉州长期陷于吐蕃人统治，诗人表达了对不能收复失地的统治者的不满，他们把批判的矛头指向边将。张籍《凉州词三首》其三云："凤林关里水东流，白草黄榆六十秋。边将皆承主恩泽，无人解道取凉州。"诗当写于穆宗长庆四年（824），凉州于代宗广德二年（764）陷于吐蕃，至此已六十年。

君为张掖近酒泉

【史地小知识】

作为"塞上江南"的张掖郡位于祁连山、合黎山与龙首山之间。汉武帝时霍去病进军河西，夺取此地，后取"断匈奴之臂，张中国之掖（腋）"之意，置张掖郡。唐代张掖其名称屡有改易，有时称张掖郡，有时称甘州。更多时间称甘州，故唐诗里有时称张掖，有时称甘州。唐前期张掖是抗击吐蕃的战略要地和军事补给之基地，唐朝在此加强边防，大力发展农业生产，经济繁荣。武后时以主客郎中郭元振为凉州都督、陇右诸军大使，在凉州五年，治理有方，张掖（甘州）得"桑麻之地""鱼米之乡""塞上江南"之美称，以及"金张掖银武威"之佳誉。

张掖从西汉时起就是丝绸之路重镇，是中原通往西域的要道。唐代前期经营西域，张掖更是丝绸之路要道，行人多经于此。玄奘赴印度取经就曾途经此地。武则天垂拱二年（686），陈子昂曾奉命到此地视察，随左补阙乔知之的部队到达居延海、张掖河一带，著《上谏武后疏》，并有诗传世，其《还至张掖古城闻东军告捷赠韦五虚己》写道：

孟秋首归路，仲月旅边亭。
闻道兰山战，相邀在井陉。
屡斗关月满，三捷虏云平。
汉军追北地，胡骑走南庭。
君为幕中士，畴昔好言兵。
白虎锋应出，青龙阵几成。
披图见丞相，按节入咸京。
宁知玉门道，翻作陇西行！
北海朱旄落，东归白露生。
纵横未得意，寂寞寡相迎。
负剑空叹息，苍茫登古城。

从诗题和内容可知，当陈子昂归京至张掖古城时遇到从长安西行的韦虚己，韦虚己是参加了东军兰山之战的人，陈子昂大概从他口中听说了东军告捷的消息。在陈子昂看来，韦虚己是立功之人，应在朝廷升官任职，可是却又奉使至陇西，颇为失意，他为之抱不平。

盛唐时有人从长安出发，往河西赴任，有的即到张掖任职，岑参、王维、高适等人出塞都曾路经甘州，并有诗作。岑参《送张献心充副使归河西杂句》一诗中的张献心乃河西节度使僚佐，在长安被任命为节度副使，他从河西来，又归河西，张掖是其目的地，所以岑参诗说"花门南，燕支北，张掖城头云正黑"。

《敦煌诗集残卷》有首名为《甘州》的诗：

雪山东面碛西□（疑为"头"），□□（当为"李陵"）苏武北海暮。空吟汉月胡儿曲，胡□甘州□□□。悬□□感化从风，醴泉□水绕城流。

此诗作者可能是翁郜，他曾在凉州出任都防御使判官五年、刺理甘州三年，继而被河西都防御使辟为凉州防御使并得到了唐政府的正式任命。翁郜还有《述怀寄友人》诗云："弱冠忍离家，屡曾通消息。意气感凌云，假宦向张掖。"《自述》一诗也说"弯弓射房随蕃丑，叫鼓鸣更宿戍楼。一日悔称张掖掾，三年功大（？）乂阳侯"。

【史地小知识】

酒泉郡位于今甘肃省西北部，郡治在今酒泉市，地处河西走廊西端阿尔金山、祁连山与马鬃山之间。霍去病夺取河西之地，汉朝将中原数十万人迁至此地耕种。酒泉以"城下有泉""其水若酒"得名。唐时有时称肃州。广德元年（763）地陷吐蕃，吐蕃建"肃州千户府"，此后八十九年间为吐蕃占领时期。张议潮驱逐吐蕃人的势力后，酒泉郡重归唐朝。

唐朝时酒泉郡有时称"肃州"，而唐诗中没有出现过"肃州"之称，

"酒泉"是一个形象化的词,更富有诗意,因此诗中总是以酒泉称之。"酒泉"这个名字还被诗仙李白引申发挥出人生当饮酒的道理,其《月下独酌四首》其二用戏谑的口吻说:"天若不爱酒,酒星不在天。地若不爱酒,地应无酒泉。"

两次去往西北边塞的岑参多次路经酒泉,对酒泉自然环境有真切体会,他的诗反映了酒泉通往西域的道路的自然风貌。第一次出塞去往安西,酒泉都是经过而未停留。三年后岑参从安西随高仙芝回到凉州,途经酒泉,得到酒泉太守的招待,写了《赠酒泉韩太守》一诗:

> 太守有能政,遥闻如古人。
> 俸钱尽供客,家计常清贫。
> 酒泉西望玉关道,千山万碛皆白草。
> 辞君走马归长安,忆君倏忽令人老。

诗赞美太守善于施政,很有古之贤者的风范,尤其不惜散尽俸禄宴请宾客,导致家中常年清贫,侧面赞美了太守的奉公廉洁兼热情好客。所谓"俸钱尽供客"的"客"就包括像岑参这样往来于丝绸之路上东去中原西往西域的行人。"酒泉"二句写酒泉道之荒凉,跟之前提过的两首关于酒泉的诗一样,侧重描写的依然是典型的黄沙白草景象。他想象自己一朝骑马扬鞭回归长安时,对这位堪称贤者的太守,一定是极为挂念而至苍老。前面介绍过岑参出塞的诗里有过"渭北春已老""忆君不见令人老""岂能贫贱相看老",这里再次用了"老"字来形容离别之愁苦,思念之深切。

岑参《酒泉太守席上醉后作》写太守酒宴的情景,乐舞饮食都具异域色彩:

> 酒泉太守能剑舞，高堂置酒夜击鼓。
> 胡笳一曲断人肠，座上相看泪如雨。
> 琵琶长笛曲相和，羌儿胡雏齐唱歌。
> 浑炙犁牛烹野驼，交河美酒金叵罗。
> 三更醉后军中寝，无奈秦山归梦何。

此时的岑参是于757年从安西北庭东归，匆匆赶往凤翔。他的第二次出塞是在754年，在遥远的安西北庭度过了三年岁月。而这期间，755年安史之乱起，756年六月叛军攻陷长安，七月肃宗在灵武即位，757年二月又从灵武进军至凤翔驻扎，陇右、河西和安西四镇兵马被抽调进入中原参与平叛，岑参随之从安西北庭返回。当年六月，经杜甫等人举荐，岑参被授右补阙。可见在六月之前，岑参已自安西东归来到凤翔，这年春天岑参东归路过酒泉。酒泉太守依然好客，可是距离上次的酒泉太守宴已经过去了六年，此太守已非彼太守，因为唐代郡守一岁为一考，四考后有人代替则为满，如果没有人来代替，满五岁而罢免。而此时局势和心情也和上次大相径庭了。太守能剑舞，夜宴上击鼓，胡笳声一起，在场之人纷纷落泪，为何？只因山河已破、生灵涂炭。席间琵琶长笛轮番演奏，胡族艺人齐声歌唱。宴席是很丰盛的：浑炙是整只进行烧烤之意；犁牛，毛色相杂之牛；金叵罗是酒器，来自域外。整头烤全牛，烹调野骆驼，颇具有地方风味；持"金叵罗"喝交河美酒，还具有深厚的西域风情和地域特色。叵罗，波斯语，酒杯。交河，即西域西州，又称交河郡，这里产葡萄酒。然而此时的诗人忧心如焚，愁肠易醉，酒席散后军中就寝，但诗人梦中也是回到秦山，回到他牵肠挂肚的家与国。

敦煌地拓极西边

【史地小知识】

敦煌是河西走廊西部辽阔沙漠和戈壁中一小块绿洲，在古代丝绸之路上具有无与伦比的重要性。汉朝分酒泉设敦煌郡。"敦,大也;煌,盛也。"唐代敦煌名称屡有改易，先为瓜州，后改西沙州，后又去"西"字。天宝元年改敦煌郡，安史之乱后又复称沙州。安史之乱中吐蕃乘虚占领河西，长达六十余年。张议潮率众起义驱逐吐蕃，被封为归义军节度使，治沙州。

从中原赴西域的三条路线都从敦煌出发。唐朝前期疆域扩大到西域，敦煌成了东西方交通的要道，多元文化在敦煌汇聚交融。季羡林先生说："世界上历史悠久、地域广阔、自成体系，影响深远的文化体系只有四个：中国、印度、希腊、伊斯兰，再没有第五个；而这四个文化体系汇流的地方只有一个，就是中国的敦煌和新疆地区，再没有第二个。"

敦煌这个名字，在唐代似乎全然没有在后世的振聋发聩。两次往来西域的岑参，只留下过一首关于敦煌的诗歌。那是第一次出塞时路经敦煌，写有《敦煌太守后庭歌》一诗，赞美敦煌太守治理该地的辉煌政绩，以及太守盛情招待的情形：

敦煌太守才且贤，郡中无事高枕眠。
太守到来山出泉，黄沙碛里人种田。
敦煌耆旧鬓皓然，愿留太守更五年。
城头月出星满天，曲房置酒张锦筵。

美人红妆色正鲜，侧垂高髻插金钿。

醉坐藏钩红烛前，不知钩在若个边。

为君手把珊瑚鞭，射得半段黄金钱，此中乐事亦已偏。

《敦煌诗集残卷》本诗题中"太守"前有"马"字，谓此太守姓马。后庭是太守私宅，在此设宴待客。诗的头两句赞赏敦煌太守治理有方德才兼备，此地富足平安，因而高枕无忧。后四句进一步进行说明和例证：因为太守到来治理，沙漠出山泉、黄沙能种田，而饱经世事的白发老者，则衷心希望太守还能再留任五年。笔触回到宴席本身，月亮初升，繁星满天，景致华美的筵席上摆好了美酒。妆饰娇美的侍宴女子，欢快热闹的酒戏，宾主尽欢中更能呼应首句敦煌的富庶繁华和太平无事。

其他行迹至河西的诗人的诗，就是我们在敦煌残卷中看到的有无名氏的《敦煌廿咏》，这是一组歌咏敦煌风物和名胜古迹的五言诗。其序写道：

仆到三危，向逾二纪，略观图录，粗览山川，古迹灵奇，莫可究竟，聊申短咏，以讽美名云尔矣。

究其文义，当是一位从内地来到敦煌的文士，久居此地，在相当长的时间里写成的。三危，即三危山，在今敦煌市东南二十五公里处，绵六十公里，主峰在莫高窟对面，三峰危峙，故名三危。著名的莫高窟就是因三危山之佛光而建。史载前秦建元二年（366），乐僔和尚在莫高窟创凿洞窟。武周圣历元年（698）修《李君修慈悲佛龛碑》记载："莫高窟者，厥前秦建元二年，有沙门乐僔，戒行清虚，执心恬静，尝杖锡林野，行至此山，忽见金光，状有千佛，□□□□□，造窟一龛。

次有法良禅师从东届此，又与傅师窟侧，更即营建。伽蓝之起，滥觞于二僧。"所以，这里"三危"就是代指敦煌。这位不知名的诗人在写这些诗的过程中，还查阅了不少资料，并实地踏访各处。这二十首诗写敦煌城内外和敦煌地区的风物，其中最能体现敦煌作为丝路名城交通特色的有其三《莫高窟咏》：

雪岭干青汉，云楼架碧空。
重开千佛刹，旁出四天宫。
瑞鸟含珠影，灵花吐蕙丛。
洗心游胜境，从此去尘蒙。

诗中的"雪岭"指莫高窟所处的三危山。高入碧空的"云楼"，可能就是指莫高窟的第96窟。此窟建于初唐，窟外的红色木构窟檐依靠山崖而建，气势恢宏，远看是一座雄伟壮观的楼阁，它是莫高窟最大的建筑物，也是莫高窟的标志性建筑。"云楼"形容其高耸入云的形势。来到敦煌的人应该对它印象深刻。"重开千佛刹，旁出四天宫"交代莫高窟的建筑布局：崖壁上遍凿佛窟，两端布列着四大天王的殿堂。这里仙禽瑞鸟飞翔、灵花开放、兰蕙吐芳，让瞻仰者荡涤尘世污垢。莫高窟是中外文化交流的产物，是佛教文化东传的见证，也是敦煌作为"丝路咽喉"的明证。这首诗是传世最早的一首题咏莫高窟的诗，诗中记载了莫高窟的形制，为后世了解唐代莫高窟的状态提供了难得的史料，再现了作为宗教圣地的莫高窟当年重楼高耸、香火旺盛的佛刹胜景。

这二十首吟咏敦煌的诗歌，表达了生活在敦煌的人士对当地历史文化和风物名胜的喜爱。敦煌坐落在茫茫戈壁沙漠的一片绿洲之上，风景优美、历史悠久，从敦煌当地产生的诗歌来看，敦煌人对这片土地爱得深沉。《敦煌诗集残卷》中还有佚名阙题诗说"敦煌境望好，川原四面尽""莫欺沙州是小处,若论佛法出彼所",体现了同样的情感。敦煌佛教兴盛,在举世崇奉佛教的年代里,敦煌人是颇以此为自豪的。

【史地小知识】

　　玉门关和阳关是古代丝绸之路上的重要关隘,分别扼守西域两道。阳关为丝绸之路西域道南道关卡,玉门关为北道关卡,从敦煌西行出玉门关、阳关便进入西域,唐代去往西域交通莫不取道两关。河西走廊西端的敦煌被称为通向西域的"咽地",而阳关、玉门关便是通向西域的两扇大门。对于中原地区来说,玉门关、阳关就是通向西域的两个门户,而对于西域来说则是起点。玉门关、阳关两关因地理位置的独特性和对外交往的重要性,以及丰富的历史文化内涵,很早就成为诗歌意象。唐人继承前代的传统,又赋予玉门关、阳关更加丰富和深刻的内涵。唐诗中的玉门关和阳关有时是实写,大多数情况下是作为丝路和边塞意象吟咏的,寄托着唐人复杂的情感。唐代诗人赋予玉门关更深厚的文化意蕴,表达了深沉的家国情怀,成为中国文化史上具有独特意义的永恒意象。

孤城遥望玉门关

　　玉门关始置于西汉,从汉时起就是通往西域各国和西北边塞的门户和丝路交通要道。据说,因为商队把西域地区盛产的和田玉带到中原,因此人们便为这道关卡取名为玉门关,即玉石通过的门户。这个名称中显然也包含了中原人士对于西域的美好憧憬。唐朝征服东西突厥,打通了通往西域的道路以后,出入玉门关远赴西域的行人便多了

第三章　豪迈祁连拥古城——穿越河西走廊

起来，那里驼铃悠悠，人喊马嘶，商队络绎，使者不绝。当阳关久废，东来西往的行旅更多地利用玉门关。历经南北朝、隋朝、初唐的袁朗有《饮马长城窟行》，诗中一联"玉关尘卷静，金微路已通"反映的就是这个局面。"尘"指战尘，"金微"即金微山，今阿尔泰山，代指西域。当玉门关没有战争时，从中原通往西域的道路便畅通了。这样一来，玉门关成为实际经行之地。唐高宗时诗人来济出为庭州刺史，路过玉门关时，作《出玉关》诗：

敛辔遵龙汉，衔凄渡玉关。
今日流沙外，垂涕念生还。

收拢羁绳、信马由缰，怀着悲凄之情行经玉门关。过了玉门关，已是身处荒漠之外，垂泪思量，是否还有生还入关的那一天。诗中的凄惨之意远远超越了一般的边塞伤别思乡，只因此时的来济，正处于人生中近乎绝境的低谷之中。

来济在唐太宗年间官至考功员外郎、太子司议郎兼崇贤馆直学士、中书舍人。高宗即位后来济先任中书侍郎兼弘文馆学士，监修国史，后拜相，为同中书门下三品，之后更是加银青光禄大夫，以修国史之功封南阳县男，仕途可谓辉煌已极。可是，因为立武则天为后一事，来济数次力谏劝阻，为自己埋下了后患：两年后被诬告谋反，先被贬台州（今浙江台州）刺史，后来改任庭州（今新疆昌吉）刺史。虽然级别没变，但台州到底是江南胜地，而庭州贫瘠蛮荒，兼有强敌环伺，无疑表明惩罚加重。当年与他一起谏阻立后的长孙无忌等都已被害，他此去西域也是凶多吉少，再回想人生之前的辉煌，恍如隔世、悲凄尤甚。

骆宾王曾从军西域，因此也曾亲身经过玉门关。他在《在军中赠先还知己》说:"蓬转俱行役,瓜时独未还。魂迷金阙路,望断玉门关。""望断"是望而不见之意。遥望玉门关,因为那是归途路经之地。写这首诗时,骆宾王应是随军参战,而战争失败,同时参军的同僚都先行回京了,而他自己仍留在军中,想必是有不得已的理由。但他的思乡之心炽烈,"魂迷""望断",极见其思念之殷切。玉门关是他来时行经之地,更是西域通往内地的象征。

骆宾王生活在唐朝上升时期,跟广大知识分子一样,对建功立业充满热情。虽然远离家乡,久留边地,但他却舍生忘死,立志报国。《在军中赠先还知己》被认为在时间上紧承这首《从军行》:

平生一顾重,意气溢三军。
野日分戈影,天星合剑文。
弓弦抱汉月,马足践胡尘。
不求生入塞,唯当死报君。

骆宾王在这首诗中自叙平生的尚武精神和意气恢宏,以及娴于戈剑弓马,表达唯愿以死报效君王的决心。"塞"即指玉门关,"生入塞"用班超的典故。东汉时班超在西域奋斗三十多年,年迈思乡,上书朝廷,说:"臣不敢望到酒泉郡,但愿生入玉门关。"骆宾王誓言不惜为国捐躯,不求生入玉门关,这是何等壮烈决心!当然,玉门关给他留下的印象还是苦寒。在他后期的诗《秋晨同淄川毛司马秋九咏》之《秋露》中说:"玉关寒气早,金塘秋色归。"《秋雁》诗说:"阵去金河冷,书归玉塞寒。"都用"寒"概括玉门关的气候。骆宾王是亲身沿西北丝绸之路远赴边地的,因此对自己的丝路行和情感的描写都是真切的。

王昌龄与骆宾王的同名诗《从军行》,更是把将士们战前的这种昂然悲壮写得淋漓尽致:

第三章 豪迈祁连拥古城——穿越河西走廊

> 青海长云暗雪山，孤城遥望玉门关。
> 黄沙百战穿金甲，不破楼兰终不还。

青海湖边，大将哥舒翰筑城于此，置神威军戍守地界。阴云密布，雪山阴暗，预示着沙场厮杀随时发生。远远望去，似乎能遥遥望见玉门关的孤城一座，而关内，就是他们要誓死守护的大好河山。瞬间豪情壮志奔涌勃发：不破敌军誓不归还！诗人用"青海""长云""雪山""玉门关"这些典型的边塞地名勾勒壮阔意象，又用"暗""孤城""遥望"等词语精细勾画苍茫荒寒的塞外地理特征，塞外沙场的悲慨之气已扑面而来。大漠"黄沙"的苦境、身经"百战"的壮烈、"金甲"磨穿的艰绝，磨砺出将士们的高昂斗志而发出豪迈誓言，这一结句水到渠成，满篇生辉。不愧出自"七绝圣手"王昌龄，更被誉为"盛唐气象"的杰出代表之一。虽然这首诗没有点明是在哪里写的，或者经行何处，但王昌龄在陇右的临洮、萧关已经留下过经行该地的诗迹，可能玉门关也是他的实际经行之地。

唐高宗、武则天朝的诗人员半千曾出使吐蕃，行经陇右时留下过诗迹，但只在诗题中提过经行陇右，诗的内容无关经行景物。后来的这首《陇头水》才写到了自己此行所见所感：

> 路出金河道，山连玉塞门。
> 旌旗云里度，杨柳曲中喧。
> 喋血多壮胆，裹革无怯魂。
> 严霜敛曙色，大明辞朝暾。
> 尘销营卒垒，沙静都尉垣。
> 雾卷白山出，风吹黄叶翻。
> 将军献凯入，万里绝河源。

诗中的金河流经今内蒙古呼伦贝尔市,属额尔古纳河水系,是激流河一级支流。金河道指经金河通向北方草原的道路,指代遥远边地,玉塞门即指玉门关。诗写行军旌旗高耸,军乐喧哗,士气振奋,无惧牺牲的精神。艰苦的环境成为征人将士豪迈精神的衬托,反而更能表达乐观主义精神和昂扬向上的情绪。初唐诗人张宣明的《使至三姓咽面》一诗云:

昔闻班家子,笔砚忽然投。
一朝抚长剑,万里入荒陬。
岂不服艰险,只思清国仇。
山川去何岁,霜露几逢秋。
玉塞已迢递,铁关方阻修。
东都日窅窅,西海此悠悠。
卒使功名建,长封万里侯。

张宣明本人的生平资料不详,但史料记载他曾任唐代名将郭元振的判官。郭元振是唐代名将、宰相,进士出身,武则天时曾被任命为右武卫铠曹参军,曾献离间计,使得吐蕃发生内乱。三姓咽面是西突厥别部,活动在伊犁河流域。张宣明出使其地,来到遥远的西域,虽然山川险阻,诗人报国的热情丝毫不减,他不为远离家乡而悲伤,一心想着建立功名。诗歌借助汉代典故,将边塞立功的豪情表达得淋漓尽致。史料说他这首诗写成之后,时人称为"绝唱"。

唐代诗人们常用玉门关路途遥远和环境艰苦衬托将士们的志向和抱负。玉塞成为绝远之地的象征,那里风雪严寒,黄沙漫漫,环境艰苦,驻防玉门关的将士、出征西域的征人和出使异域的使节往返出入于玉门关,面临着艰苦的生活和战争的危险。唐诗里"玉关"成为严寒之地的代名词,写玉门关寄托了诗人对战士们的同情。唐代诗人吴商浩《塞上即事》云:

> 身似星流迹似蓬,玉关孤望杳溟蒙。
> 寒沙万里平铺月,晓角一声高卷风。
> 战士殁边魂尚哭,单于猎处火犹红。
> 分明更想残宵梦,故国依然在甬东。

吴商浩其人,生平仕历等均不详,只从留下的九首诗里推知他是明州(今浙江宁波)人,曾中进士。从这首诗的题目和内容来看,他亲身到过边塞并经行玉门关,诗就是他在塞上即事抒情。他形容人生匆遽如流星,而人的形迹又似蓬草飘飞无依,不由自主。抬眼望远处迷迷茫茫的玉门关,在这黄沙一望无际的月夜,还能听到战事的号角声伴随着凛冽寒风在高空中回响。他不由得同情起久戍边关的将士,想象着将士们有的战死沙场,但战事依然没有结束的一天,他们梦里不知多少次回到故乡,但醒来依然身在异乡,而家乡依然在遥远的江南。甬东是战国时期越国之地,而诗人的故乡也在那里。可以推想,吴商浩到边塞、过玉门是随军而行,为此对将士们的心情能如此感同身受。

玉门关的苦寒是环境和心境的双重叠加,边塞诗中习惯将玉门关与朔风、雨雪、秋月、边声、霜气、枯草、黄沙、胡沙等形成组合意象。郑愔《塞外》诗说:"玉塞朔风起,金河秋月团。边声入鼓吹,霜气下旌竿。"陈去疾《塞下曲》诗说:"春至金河雪似花,萧条玉塞但胡沙。晓来重上关城望,惟见惊尘不见家。"都强调玉门关孤城苦寒人烟稀少的环境。郑愔是唐高宗、武则天朝时期人,陈去疾是唐中后期人,都只留下了少量生平资料,是否去过边塞难以证实。但从诗句来看,对玉门关边塞环境的描写都相当贴切，而且都是两人留下为数不多的诗中之代表作，可以推知他们可能亲身到过此地。戎昱的《塞下曲》就描摹了军队凯旋的场景：

> 汉将归来虏塞空，旌旗初下玉关东。
> 高蹄战马三千匹，落日平原秋草中。

戎昱约生于740年前后，资料显示曾登进士第，生平史料中有常来往于长安、洛阳、齐、赵、泾州、陇西等地的记载。单从这首诗来看，这里是借写历史来抒发征战豪情，不是亲自到过玉门关的明证。但到了陇西之后，是否也再进一步走到河西？都是有可能的。

在这些诗人中也有一些人曾经亲身体验或者目睹了战争的残酷，他们知道这些功绩是用什么样的代价换来的。在他们眼里，这个能够为将士们带来荣耀的玉门关并不像其他人眼里那么光彩夺目，其在远征之人眼里其实是一个遥不可及的存在。玉门关是征战之地，歌咏玉门关自然写到战争。提到边塞战争，唐代诗人有两种态度，有的表现出对保家卫国的支持，积极投身边塞，杀敌报国，立功扬名；有的则表现反战思想，批判统治者的穷兵黩武，痛心战争给人民造成的灾难。这后一种以王之涣《凉州词》一诗表现得最为贴切到位，堪为一诗封神的代表作：

> 黄河远上白云间，一片孤城万仞山。
> 羌笛何须怨杨柳，春风不度玉门关。

王之涣这首诗在当时就具有极高的传唱度。唐代流行著名的"旗亭画壁"故事。旗亭是市场内最高的建筑，管理市场的长官的官舍，汉代称市亭，也称市楼，并以其上高悬着的旗帜为标志而被称为旗亭。据说王之涣和王昌龄、高适三人雪天相聚旗亭酒楼饮酒作诗，当时正有梨园伶官在酒楼弹奏唱曲。那个时候，歌曲唱的都是诗人们写的诗，选哪些诗唱就表明了受欢迎的程度。三个大诗人自然好胜心起，静待答案。结果开场两首分别是王昌龄的《芙蓉楼送辛渐》和高适的《哭单父梁九少府》，第三首《宫词》还是王昌龄的。王之涣脸上有点挂不住了，说前面这几个唱曲的都是不出名的，要等最是出色的那位歌女唱。结果这位出色歌女所唱正是王之涣的《凉州词》。这个故事虽然经不起推敲，但的确能说明王之涣这首诗在当时曾是当红歌曲，并在后世不断得到称赏，累积至今日，加上另一首同样超高国民度的《登鹳雀楼》，王之涣足可以跻身唐代诗人的顶流了。

这首《凉州词》画面辽阔，意境幽远。"春风不度"语意双关，是暗含讽喻的双关手法：既写环境的荒凉，又象征朝廷恩惠不到此地。身处绝域之地的将士们的艰苦生活，引起诗人对统治者不关心边地将士生死的悲怨。王之涣的生平资料中没有到过边塞的记载，这首诗中"黄河""孤城"的位置也引起了后世争议不休，"黄河"是否为"黄沙"之误，更是让学者们论证起来没完，但最后都没有定论。更多人确信少有侠气、击剑悲歌的王之涣，在中年愤然辞去小官后居家写诗的十五年里，以他的性格，不可能不四处漫游，也不可能不踏足边塞。巧的是，确凿去过河西的高适写过一首《和王七玉门关听吹笛》，诗题中的"王七"据考证就是王之涣，而此诗是对王之涣《凉州词》的酬和之作。这么说来，王之涣是确定到过玉门关的，并且在玉门关写下了这首著名的《凉州词》。

李颀的《古从军行》也表达了同样的质疑征战思想：

白日登山望烽火，黄昏饮马傍交河。
行人刁斗风沙暗，公主琵琶幽怨多。

> 野营万里无城郭，雨雪纷纷连大漠。
> 胡雁哀鸣夜夜飞，胡儿眼泪双双落。
> 闻道玉门犹被遮，应将性命逐轻车。
> 年年战骨埋荒外，空见蒲桃入汉家。

李颀与王之涣是同时期人，于开元二十三年（735）登进士第，一度任新乡县尉，后来辞去官职，长期隐居嵩山、少室山一带的"东川别业"。李颀性格疏放超脱，交游广泛，与当时著名诗人王昌龄、高适、王维等多有往还。他的诗以边塞诗成就最大，奔放豪迈，慷慨悲凉，这首《古从军行》就是最著名的一首。战争给双方人民都造成苦难，汉军远戍征役艰苦，胡儿哀怨落泪，双方百姓都希望休兵罢战，但朝廷一意孤行，战事遥遥无期，打断了行人思归之念。史载汉武帝太初元年，贰师将军李广利率军征大宛，攻战不利，请求罢兵。汉武帝闻之大怒：在玉门关派驻使臣，军队如有敢入者斩！据考证，这首诗作于天宝初年。诗人所歌咏的虽为历史，但是诗的内容却表达了他对唐玄宗穷兵黩武开边之策的看法，并超越了狭隘的民族主义立场，对胡汉双方百姓都寄予了同情。

晚唐时期的王贞白《胡笳曲》一诗也表达了同样的看法和情感：

> 陇底悲笳引，陇头鸣北风。
> 一轮霜月落，万里塞天空。
> 戍卒泪应尽，胡儿哭未终。
> 争教班定远，不念玉关中。

此诗与李颀诗用意相同，从胡汉双方落笔，控诉战争给人民造成的苦难。王贞白曾在萧关留下诗迹，是否到过玉门关未知，单从这首诗的内容来看，他写这首诗还是位于陇右，玉关是用作典故和意象。而李昂《从军行》诗中说："塞下长驱汗血马，云中恒闭玉门关。"也是借用汉武帝"遮玉门"典故，"恒闭"二字传达出统治者的薄情少恩，毫不体恤士卒的生死。李昂在天宝年间赴河西，明确写了他到凉州的见闻，到过玉门关的可能性也比王贞白更大。

在玉门关留下确凿足迹与诗迹的，还是岑参和高适。岑参第一次出塞，没有关于停留玉门关的记载。到第二次出塞，已在北庭度过一段时间，诗集中出现了两首身在玉门关的诗歌。猜测他是在赴北庭时经行玉门。其一《玉门关盖将军歌》写道：

盖将军，真丈夫，
行年三十执金吾，身长七尺颇有须。
玉门关城迥且孤，黄沙万里白草枯。
南邻犬戎北接胡，将军到来备不虞，
五千甲兵胆力粗，军中无事但欢娱。
暖屋绣帘红地炉，织成壁衣花氍毹。
灯前侍婢泻玉壶，金铛乱点野酡酥。
紫绂金章左右趋，问著只是苍头奴。
美人一双闲且都，朱唇翠眉映明矑。
清歌一曲世所无，今日喜闻凤将雏。
可怜绝胜秦罗敷，使君五马谩踟蹰。
野草绣窠紫罗襦，红牙镂马对摴蒱。
玉盘纤手撒作卢，众中夸道不曾输。
枥上昂昂皆骏驹，桃花叱拨价最殊。
骑将猎向城南隅，腊日射杀千年狐。
我来塞外按边储，为君取醉酒剩沽。

> 醉争酒盏相喧呼，忽忆咸阳旧酒徒。

盖将军可能是河西玉门军使，岑参以歌体形式写诗赞美他年轻有为，气度不凡。在玉门关这个险要之地，南北都有敌兵环伺，而盖将军以五千兵马，安边防备，于是军中无事，何妨欢饮。之后诸多篇幅用来描写酒宴的丰盛热闹场景，与之前的《酒泉太守席上醉后作》颇为类似。岑参在这个酒宴上也尽情欢饮，同样，也借酒浇思归的愁绪。通过诗咏玉门关守关将军的宴会、娱乐生活和边关安定的局势。诗歌的第二句"玉门关城迥且孤，黄沙万里白草枯"，写玉门关的偏僻苦寒，也隐约传达了这一派欢乐祥和是将士们英勇奋战换来的。

另一首《玉关寄长安李主薄》也作于同一时候：

> 东去长安万里余，故人何惜一行书。
> 玉关西望堪肠断，况复明朝是岁除。

诗中提到第二天就是除夕，上诗写到的盖将军的筵席，想必就是在这首诗的第二天即除夕晚上举办的，难怪尤为丰盛华美。原来岑参在玉门关，回首长安相隔万里，而亲友的书信全无，思念之甚，肝肠寸断，只因明天就是阖家团圆的除夕日了。这也就是他第二天在除夕酒宴上喝醉后愁绪忽起的缘故了。

高适的《和王七度玉门关听吹笛》诗写道：

> 胡人吹笛戍楼间，楼上萧条海月闲。
> 借问落梅凡几曲，从风一夜满关山。

"落梅"即古笛曲《梅花落》，汉乐府中二十八支横吹曲之一，自

第三章 豪迈祁连拥古城——穿越河西走廊

魏晋以来流传不息，此曲多抒发幽怨之情。《梅花落》曲引起守关将士的伤感。高适这首诗不但还有《塞上闻笛》《塞上听吹笛》两个诗题，文字上还有另一个版本：

> 雪净胡天牧马还，月明羌笛戍楼间。
> 借问梅花何处落，风吹一夜满关山。

如果诗题是《和王七度玉门关听吹笛》，则写于高适出塞之前。而如果是《塞上闻笛》《塞上听吹笛》的话，则表明是高适出塞期间身在玉门关所写。除此诗之外，高适再没有诗歌提到玉门关了。

在说到玉门关时，有一位没有到过玉门关的诗人却值得一提，那就是诗仙李白。凭借着无出其右的想象力，李白写了诸多边塞主题诗歌，极富感染力而广为传诵，其中咏及玉门关的有：

> 从军玉门道，逐虏金微山。
> 笛奏梅花曲，刀开明月环。
> 鼓声鸣海上，兵气拥云间。
> 愿斩单于首，长驱静铁关。
> ——《从军行·其一》

> 明月出天山，苍茫云海间。
> 长风几万里，吹度玉门关。
> 汉下白登道，胡窥青海湾。
> 由来征战地，不见有人还。
> 戍客望边邑，思归多苦颜。
> 高楼当此夜，叹息未应闲。

——《关山月》

长安一片月，万户捣衣声。
秋风吹不尽，总是玉关情。
何日平胡虏，良人罢远征。
——《子夜吴歌·秋歌》

羌笛梅花引，吴溪陇水情。
寒山秋浦月，肠断玉关声。
——《清溪半夜闻笛》

在李白的生花妙笔下，玉门关又平添了更多令人回味不尽的意蕴。

西出阳关无故人

阳关与玉门关都是汉代筑成，其名字的由来正是因为它处于玉门关的南面。出阳关通向西域南道的道路，因为面临与吐蕃的对抗，行人利用较北道为少，唐代几乎废绝。但由于《渭城曲》的流行，后世诗词曲中写到"阳关"也不少。

前文曾说到《敦煌诗集残卷》有来自中原的文人无名氏的作品《敦煌廿咏》，其六《阳关戍咏》写道：

万里通西域，千秋尚有名，
平沙迷旧路，砮井引前程。

第三章　豪迈祁连拥古城——穿越河西走廊

> 马色无人问，晨鸡吏不听。
> 遥瞻废关下，昼夜复谁扃？

这首诗写出闻名于世的阳关地位的重要和荒废景象。作为曾经通往西域的要道，现在却连道路都被白沙掩埋，难以寻找踪迹了。"戍"是唐朝置军驻守之地，阳关虽有"戍"但却是一片荒废景象。从《敦煌廿咏》其七《水堂精咏》我们还可以知道阳关有建筑称"水精堂"："阳关临绝漠，中有水精堂。暗碛铺银地，平沙散玉羊。体明同夜月，色净含秋霜。可则弃胡塞，终归还帝乡。"首句让我们想象出阳关矗立在一望无际的辽阔荒漠的景象，而这个孤城中竟有一座水精堂。水晶的特点是晶莹洁白，"暗碛"四句紧扣这个特点进行描写：水精堂建在白色沙碛之上，地面如白银铺地，如白羊散漫；堂壁也是白沙泥筑就，因此像月亮、如秋霜，晶莹透亮。

唐代阳关虽然荒废，由于它在历史上曾发挥重要作用，早已在古代诗歌中形成符号化的意象，加上王维《送元二使安西》一诗广泛传唱，"西出阳关无故人"成为脍炙人口的名句，是表达离别的常用语典，因此在唐诗中仍频繁地被诗人吟咏。据统计咏及阳关的作品也有三十七首之多，虽不及咏玉门关的诗的数量，也相当可观了。

唐诗中的阳关有的也是实写，因为阳关的废弃并不意味着路经此地的道路断绝，诗人确实经历此地写所见所感。岑参就是实际经行阳关的诗人。第一次出塞，过了酒泉之后所写的《岁暮碛外寄元撝》一诗说：

> 西风传戍鼓，南望见前军。
> 沙碛人愁月，山城犬吠云。
> 别家逢逼岁，出塞独离群。
> 发到阳关白，书今远报君。

西风劲吹，传来军鼓声声，先头部队已能望见。无边的沙漠令人望月发愁。边塞地势高耸，城中的狗儿像在云中吠叫。离开家乡又临近佳节除夕，身在边塞的自己越发孤独。这苦难之地思念难挨，来到阳关头发都白了，只能靠给朋友写信来抒发孤清之情。岑参这首诗是第一次出塞时过阳关所写。之后在安西所写的《寄宇文判官》一诗说：

西行殊未已，东望何时还。
终日风与雪，连天沙复山。
二年领公事，两度过阳关。
相忆不可见，别来头已斑。

这位宇文判官跟他在陇山所写的《初过陇山途中呈宇文判官》是同一人。诗中说自己西出边塞之行还远未结束，朝东边遥望家乡不知何时才能返回。终日风雪，直达天际的是延绵不断的沙漠和山丘。从事公职已两年，曾两度经过阳关。想念却无法相见，分别之后头发都已经斑白。从这首诗中得知，唐朝控制着西域时，阳关道在西行道路上仍有利用。岑参在真正行经阳关之前所写的诗歌《过酒泉忆杜陵别业》中，有"阳关万里梦，知处杜陵田"的诗句，这里是以阳关作为表达边塞辽远的意象，但也可能是岑参知道自己西行往安西是取道阳关的。

初盛唐国力强盛的时代人们情绪高昂，他们抱着立功边塞的理想远赴异域，虽有离别之愁，却无情感之悲。阳关成为遥远和苦寒的边地的代名词，写阳关之远，更渲染行旅之苦和思乡之情。骆宾王《久戍边城有怀京邑》写"行役风霜久"的思乡之情："陇坂肝肠绝，阳关亭候迂。迷魂惊落雁，离恨断飞凫。春去荣华尽，年来岁月芜。边愁伤郢调，乡思绕吴歈。"诗人久戍在外，思乡之情是自然的，也是可以理解的。他想象中的归途经陇坂和阳关，这也正是他当年远赴边城的途经之地。诗人戍守之地在阳关之外，阳关遥远，家乡则在更远的远方。

李昂《从军行》先写将士远征，扬笔写将士们的壮志豪情，接着写边地的艰苦和将士的思乡之情："归心海外见明月，别思天边梦落花。天边回望何悠悠，芳树无人渡陇头。春云不变阳关雪，桑叶先知胡地秋。田畴不卖卢龙策，窦宪思勒燕然石。麾兵静北垂，此日交河湄。欲令塞上无干戚，会待单于系颈时。"李昂天宝年间曾赴河西，写有到过凉州的诗序，对阳关的描写也有实写的可能性。这里虽然写阳关积雪严寒，胡地桑叶早落，但战士们杀敌报国的斗志不曾稍减。阳关在这里可以是意象，当作到过实地的证据也是可以说得通的。

安史之乱前的这些送别的作品写到阳关，虽然表达了离别相思之情，由于社会安定和国力强盛，诗中并无悲观失望之感，仍然充满豪情，那正是一种盛唐气象。更可贵的是写到阳关，诗人们还表达和赞颂了赴边征戍的将士们立功异域的壮志。如王维所写《送刘司直赴安西》：

　　　　绝域阳关道，胡沙与塞尘。
　　　　三春时有雁，万里少行人。
　　　　苜蓿随天马，葡萄逐汉臣。
　　　　当令外国惧，不敢觅和亲。

安史之乱后，西域、陇右和河西走廊陷于吐蕃，未见有明确记载踏足阳关的诗人。而西域的局势令关心国事的诗人感到忧愁，他们常借写阳关来表达，如储嗣宗《随边使过五原》所说"五原西去阳关废，日漫平沙不见人"。而想到失地未复，诗人们把批判的矛头指向边将无能。耿湋《陇西行》云：

> 雪下阳关路，人稀陇戍头。
> 封狐犹未翦，边将岂无羞。
> 白草三冬色，黄云万里愁。
> 因思李都尉，毕竟不封侯。

失地未复，边将负有责任。他们享受着高官厚禄，挥霍着国家的钱粮，却不思进取。因此令诗人更加思念汉代飞将军李广李都尉。可是李广虽然令敌人闻风丧胆，却一生不曾封侯。这些诗真实地反映了阳关陷蕃后丝绸之路的阻绝、阳关荒废和唐人的痛心，折射出大唐盛世的一去不返。

唐诗中写玉门关的作品多，写阳关的少，其原因可能是玉门关在北，而古代中原政权与西北民族的战争和交往更多利用西域北道，出玉门关者多，与玉门关有关的历史事件更多，因此更容易被诗人作为意象吟咏。出阳关通向西域南道的道路，因为面临与吐蕃的对抗，行人利用较北道为少，唐代几乎废绝。

阳关、玉门关这两座屹立在汉唐边陲的雄关，充满了阳刚之气、神奇的魅力和深厚的意蕴，引得千百年来文人墨客魂牵梦萦、反复吟唱，把雄关的沧桑留在了不朽的字里行间，使之成为中国文化史上永恒的意象和符号。

第四章　崆峒西极过昆仑
——西域足迹

虽然置身陇右、河西时，其地貌风物民俗都让诗人们有了"边地""边塞""胡天"之感，但要说真正产生"绝域""异域"之感，还得是到了西域之后。"西域"这个词最早是被用来指玉门关以西至葱岭的地域，大体上相当于如今的新疆地区和葱岭东西。后来泛指玉门关以西的广大地区。丝绸之路西域段早在汉代已经形成，唐代初期经过近二十年完善了在西域的统治格局。这条交通路线在唐前期征服东、西突厥之后，直至安史之乱前都是畅通无阻的，唐代诗人的脚步和诗迹也随之到达了这里。渺远而神秘的西域，无数次激发了诗人们创作的灵感和热情。

蒲海晓霜凝马尾

从敦煌（沙州）西出玉门关或阳关，沿塔克拉玛干沙漠南缘经鄯善、且末、于阗、莎车西逾葱岭，这条道路叫西域南道。南道至疏勒与北道连接，而后西行越葱岭，往中亚、南亚、西亚。

唐人经南道赴西域，以及唐军在西域对吐蕃用兵，往往会经过蒲昌海。蒲昌海即今新疆东南部的罗布泊，当时西域两条大河葱岭河与于阗河汇合为塔里木河，流入蒲昌海。蒲昌海是入西域的首行之地，从它的南岸西行入西域南道，经过它的北岸西行进入西域北道。岑参第二次出塞入北庭都护、伊西节度使封常清幕府，对蒲昌海眼见、耳闻、亲历。而且，封常清出兵与吐蕃人交战，也路过蒲昌海。岑参《献封大夫破播仙凯歌六首》其二写道：

官军西出过楼兰，营幕傍临月窟寒。
蒲海晓霜凝马尾，葱山夜雪扑旌竿。

播仙地处西域南道，在石城镇之西。封大夫即北庭都护、伊西节度使封常清。蒲海即蒲昌海，封常清驻兵北庭（今新疆吉木萨尔一带），唐军从北庭都护府出发，赴西域南道进击吐蕃，必经蒲昌海，这首诗里封常清率军出征播仙吐蕃的路线是写实的。播仙地处西域南道，受到吐蕃威胁，是唐与吐蕃争夺之地。封常清破播仙一事，史传失载，而岑参这首诗反映了当时唐朝与吐蕃在播仙一带争夺的战争史实。

岑参第一次出使西域，在武威所写的《武威送刘单判官赴安西行营便呈高开府》一诗也提到蒲昌海："孟夏边候迟，胡国草木长。马疾过飞鸟，天穷超夕阳。都护新出师，五月发军装。甲兵二百万，错落黄金光。扬旗拂昆仑，伐鼓震蒲昌。"

蒲昌海是唐军经行之地，这次唐军是在高仙芝率领下远征中亚石国，"伐鼓震蒲昌"极言唐军声势之盛。战鼓咚咚，震荡寰宇，似乎蒲昌海水也沸腾了。蒲昌海被诗人视为极西遥远之地，与北方边塞连为一线，成为"绝域"之界线。岑参第二次出塞，在北庭都护府写《北庭作》诗云：

> 雁塞通盐泽，龙堆接醋沟。
> 孤城天北畔，绝域海西头。
> 秋雪春仍下，朝风夜不休。
> 可知年四十，犹自未封侯。

盐泽即蒲昌海，"海西头"之海也指蒲昌海，极言其遥远。孤城指北庭都护府所在地庭州州城，诗人从北庭都护府东望雁门关，西望盐泽，正是唐朝北方边境一线。北庭都护府地处"天北畔"和"海西头"的"绝城"，这里环境恶劣，而更让诗人伤感的是年华空过而功名未立。

从蒲昌海北岸西行，经蒲昌县入西域北道。蒲昌县以临蒲昌海得名。岑参第二次出塞入北庭都护府封常清幕府，经蒲昌县至庭州，途中写有《经火山》一诗云：

> 火山今始见，突兀蒲昌东。
> 赤焰烧虏云，炎氛蒸塞空。
> 不知阴阳炭，何独烧此中？
> 我来严冬时，山下多炎风。
> 人马尽汗流，孰知造化工！

火山又称火焰山，古称赤石山，因山体呈红色而得名，在吐鲁番盆地北缘。吐鲁番盆地是中国地势最低而夏季气温最高的地方。这里干旱炎热，红色的山脉又增强了热度和感受，所以这里的夏天高温难耐，即便在冬天时气温也比其他地区为高。当夕阳西下时，在晚霞映照下，那山体更像是巨大的火苗辉耀天地。诗里的蒲昌指蒲昌县，火山矗立在蒲昌县东，方位描写上非常准确。封常清驻节北庭，蒲昌海是唐军出征经行之地，岑参诗关于地域方位的描写都是真实的。

在从敦煌西行的丝绸之路上，白龙堆是一个著名的所在。丝绸之路进入罗布泊的道路从白龙堆穿过，汉代以来丝绸之路行人多路经此地，往返于中原与西域的行人对它印象极深。唐代无名氏《敦煌廿咏》其二《白龙堆咏》：

> 传道神沙异，暄寒也自鸣。
> 势疑天鼓动，殷似地雷惊。
> 风削棱还峻，人跻刃不平。
> 更寻掊井处，时见白龙行。

该诗作者应为敦煌文士。诗的艺术性虽然不高，但真切写出白龙堆的自然风貌。诗称白龙堆为"神沙"，又用"异"字概括其特点。接着从所闻所见两方面写其奇异。首先是写声，不论冬夏都自己发声，它的声音震天动地，像是天上擂响战鼓，又像是地下惊雷轰鸣。"风削"两句写所见地形，长年的劲风吹拂，一道道土台的尖棱像刀削一样陡峭，地面上一道道土埂像尖刀一样凹凸不平。人行于白龙堆沙碛之地，寻找水源，随时可见一道道盐碱覆盖的土台像白龙一样蜿蜒起伏，连绵不断。英国学者斯坦因曾于1914年到此考察，他的描述印证了这首诗描写的真实性。

在亲身赴西域奉命出使或投身边塞战争的诗人笔下，白龙堆有时也是实写，用以渲染路途和征行的艰险。岑参于天宝十三载（754）夏秋间至德二载（757）在北庭都护府封常清幕府任职，封常清率军征播仙，大军经过白龙堆。岑参所写《献封大夫破播仙凯歌六首》其四云："洗兵鱼海云迎阵，秣马龙堆月照营。"写白龙堆是大军经行之地，夜晚一轮明月照亮了静悄悄的唐军军营，战士们就在白龙堆秣马厉兵，准备着明日出征。《北庭作》一诗也写道："雁塞通盐泽，龙堆接醋沟。"写白龙堆为代表的北庭地理形势，亦属写实。古代文献中罗布泊又称盐泽，按古人的认识，盐泽潜行地下，出则为河源，即黄河之源。黄河从河套地区南下，流过雁门关之西，故云"雁塞通盐泽"。龙堆即白龙堆，地接罗布泊，按照古人的观念，它连接着黄河之源。醋沟是一个具体真实的地名，指隋唐时今河南新郑的醋沟，《水经注》记载，役水（即潮河）自阳正亭东流，经山氏城北，又东北为酢（醋）沟。潮河流入贾鲁河，贾鲁河又称"小黄河"。古人以为贾鲁河为黄河支流，故云"龙堆接醋沟"。"泽""龙堆"代指身处的西域，"雁塞""醋沟"代指中原。四个地名通过黄河连接起来。开头两句境界颇为壮阔，却又写实。

《敦煌诗集残卷》之《春日羁情》也写到白龙堆：

乡山临海岸，别业近天倪。
地接龙堆北，川连雁塞西。
童年方剃削，弱冠导群迷。
儒释双披玩，声名独见跻。
须缘随恩请，今乃恨暌携。
寂寂空愁坐，迟迟落日低。
触槐常有志，折槛为无蹊。
薄暮荒城外，依稀闻远鸡。

"龙堆"即白龙堆，诗的作者说家乡在白龙堆北，即在罗布泊、楼兰一带。"川连雁塞西"之"川"指黄河，这两句诗与岑参诗同一意境。《敦煌诗集残卷》还有以《晚秋》为题的组诗七首，其二云：

> 天涯地角一何长，雁塞龙堆万里疆。
> 每恨沦流经数载，更嗟缧绁泣千行。

诗作者应是来到西域的中原文士，因故滞留西域而不得归。这首诗以雁塞和白龙堆连用，雁塞代指家乡，表达强烈的思乡之情。黄河连接着白龙堆和雁门关，这一线被诗人看作国家的疆域，也是自己的北方家乡所在。身在北庭都护府的岑参，笔下的"盐泽"是极其荒凉的所在，他的《登北庭北楼呈幕中诸公》一诗云：

> 尝读西域传，汉家得轮台。
> 古塞千年空，阴山独崔嵬。
> 二庭近西海，六月秋风来。
> 日暮上北楼，杀气凝不开。
> 大荒无鸟飞，但见白龙堆。
> 旧国眇天末，归心日悠哉。
> 上将新破胡，西郊绝烟埃。
> 边城寂无事，抚剑空徘徊。
> 幸得趋幕中，托身厕群才。
> 早知安边计，未尽平生怀。

岑参是亲临边塞对西域荒凉有身感实受的诗人，"无"和"但"对举，渲染出一个空旷荒凉的意境，"大"字则展现出一个辽阔悠远的荒凉世界。白龙堆在这个背景下像一个特写镜头，给人深刻印象。

黄沙碛里客行迷

【史地小知识】

西域北道从敦煌（沙州）、玉门关西行入西域，或经莫贺延碛道、伊吾道至伊州，或经稍竿道至伊州，或经大海道至西州，或经大碛路通焉耆。沿天山南麓塔里木盆地北缘西行，经龟兹西去。此道相对于西域南道和天山草原路来说居中，又被称为"中道"。唐诗中有所记录和反映的主要是莫贺延碛、西州（即高昌，唐平高昌，置西州）、轮台、焉耆、龟兹、姑墨、疏勒。

从敦煌出发，过玉门关西行，首先遇到的便是莫贺延碛。莫贺延碛即横亘于伊吾和沙州之间的噶顺戈壁，在伊州（今新疆哈密），为玉门关外长碛，又称"八百里瀚海"，也称"流沙"。《史记》中说老子"西适流沙"，《列仙传》传说老子之"流沙之西"，皆指此地。唐时此处以西皆称"域西""碛西"，也就是"西域"的起点。大碛自然环境极其恶劣，玄奘西行取经途经此地，看到的景象是"长八百里，古曰'沙河'，目无飞鸟，下无走兽，复无水草"。莫贺延碛和通过莫贺延碛的"碛路"自古闻名，它连接着西域东部和河西走廊西端，气候干旱，年降水量在三十毫米以下，几乎所有的地面寸草不生。由于接近安西，受安西大风影响，常年狂风呼啸。加上库木塔格沙垅和雅丹地貌广为分布，平添一种变幻莫测的气氛。玄奘九死一生穿越莫贺延碛，心有余悸，他凭着强烈的信仰战胜内心的恐惧：

> 是时顾影唯一，心但念观音菩萨及《般若心经》……
> 是时四顾茫然，人鸟俱绝，夜则妖魑举火，灿若繁星；
> 昼则惊风拥沙，散如时雨。虽遇如是，心无所惧，但苦
> 水尽，渴不能前。是时四夜五日无一滴沾喉，口腹干焦，
> 几将殒绝……

莫贺延碛为风蚀戈壁之地貌，荒凉异常。但相对水草茂盛的西域北道、北新道和连接通向楼兰的楼兰道、去往高昌的大海道、进入哈密的五船道等，莫贺延碛是一条最近的路。唐诗中碛路、大沙海、海头、流沙、流沙路、黄沙碛里、碛西等往往指此地，这是中原地区通往西域和域外行人赴中原的道路。唐朝到西域任职的官员经常路经碛路。高宗时来济出为庭州刺史，他的《出玉关》诗云："今日流沙外，垂涕念生还。"出玉门关，过"流沙"便是西域，流沙即莫贺延碛。岑参的诗也反映了这种状况。第一次出塞经过陇山时所作的《初过陇山途中呈宇文判官》写宇文判官从西州东来，途经莫贺延碛："十日过沙碛，终朝风不休。马走碎石中，四蹄皆血流。"诗的描写非常真实，"十日"具体地写出了经过大碛所需的时间。英国探险家斯坦因曾考察过这条路线，所用时间也是十日。他说："在那十日中，我沿着中国古道来到楼兰，其间我们穿过或绕过宽广的结着盐壳的海床。"在岑参笔下，莫贺延碛是极西遥远且异常险阻之地。

进入西域北道不只是可以从玉门关往西北方向去往西州（今新疆吐鲁番一带，唐朝征服高昌后，在此地置西州），还可以选择出阳关之后折向莫贺延碛去往西州。岑参第一次出塞赴西域进入北道时，就是选择出了阳关之后折向西北，取道莫贺延碛去往北庭。这位好奇的诗人面对大碛的景象写下好几首诗，写出了自己的深刻印象。如《碛中作》

云：
"走马西来欲到天，离家见月两回圆。今夜不知何处宿，平沙万里绝人烟。"《日没贺延碛作》云："沙上见日出，沙上见日没。悔向万里来，功名是何物。"《过碛》写道："黄沙碛里客行迷，四望云天直下低。为言地尽天还尽，行到安西更向西。"茫茫无际的沙碛令诗人对远赴西域顿生悔意，思乡之情油然而起，诗人此言并非动摇了立功边塞的志向，不过强调沙碛的遥远，景象的令人生畏和西域环境的艰苦。

第一次远离家乡，奔赴遥远的西域，过阳关、过大漠，骑马走向安西，思乡之情伴随着他一路行程，著名的《逢入京使》应当写于此次离开长安西途中："故园东望路漫漫，双袖龙钟泪不干。马上相逢无纸笔，凭君传语报平安。"一位从西域归来要入京回朝，一位从京城出发赴西域，两人途中相见，因行路匆匆，竟不能下马交谈，只能马上拱手作别，不能写封信让入京使捎回家乡，只能嘱托对方，请捎个口信给我的家人说我一路平安。向往边塞立功报效国家的常情交织着强烈的思家念亲之情，大丈夫的壮志和思念家人的柔情都令人感动。

赴西域征战的将士也经碛路。高宗仪凤四年（679），十姓可汗阿史那匐延都支及李遮匐联合吐蕃侵扰安西，朝廷派裴行俭以册送波斯王为名，组成波斯军，进入西州，智获都支和遮匐。高适在入河西哥舒翰幕府之前，曾写有多首送别诗人去往西域的诗，皆苍凉雄壮，是他出塞之前踌躇满志的表现。其中《送裴别将之安西》写道：

绝域眇难跻，悠然信马蹄。
风尘惊跋涉，摇落怨暌携。
地出流沙外，天长甲子西。
少年无不可，行矣莫凄凄。

诗中流沙即指莫贺延碛。裴某的目的地是安西，因此必然经过莫贺延碛,莫贺延碛将是裴某亲眼所见之景。河西幕中所写的《同吕员外酬田著作幕门军西宿盘山秋夜作》云:"碛路天早秋,边城夜应永。遥传戎旅作,已报关山冷。上将顿盘阪,诸军遍泉井。"此时的高适,出塞前的万般雄心,在边塞环境的艰苦、戎旅生活的艰辛中有所消磨。岑参两次出塞,有《武威送刘判官赴碛西行军》《送李副使赴碛西官军》等诗,都是送人渡碛到西域前线从军的。而实际行经莫贺延碛的岑参,对沙碛的印象特深。又《轮台即事》诗云:

> 轮台风物异,地是古单于。
> 三月无青草,千家尽白榆。
> 蕃书文字别,胡俗语音殊。
> 愁见流沙北,天西海一隅。

唐代的轮台在莫贺延碛北方,故云"愁见流沙北"。"愁"字写出身处西域的诗人的心情,这里远离故乡,景物风俗异常,令诗人产生漂泊之感。《岁暮碛外寄元撝》云:"沙碛人愁月,山城犬吠云。"

身在西域,故云"碛外",诗写身在西域的人,在年节将至之时,备感远离亲人朋友的孤单。《碛西头送李判官入京》云:

> 一身从远使,万里向安西。
> 汉月垂乡泪,胡沙费马蹄。
> 寻河愁地尽,过碛觉天低。
> 送子军中饮,家书醉里题。

当诗人越过沙碛进入西域,逢李判官将过碛归中原,故引起诗人对亲人的思念。空旷的大碛成为遥远地方的象征,离家漂泊的人把它视为异乡或异域。

岑参赴安西经过西州之事，除了史料和他自己的诗作可为记载之外，也有出土文书为明证。在世界著名的古墓地之阿斯塔那－哈拉和卓古墓群（位于新疆吐鲁番市以东42公里处），岑参过境留下的一纸账单被意外发现。纸棺及纸质随葬品在此古墓群中很常见，当时使用过的文件、档案、书信、账本等都作为冥纸使用。上面的文字均是用汉文墨笔书写，这些纸做的随葬品拆开来，就是闻名天下的"吐鲁番文书"。这张账单写明："岑判官马柒匹共食青麦三豆（斗）伍胜（升）付健儿陈金。"时间大约在天宝十三载至十四载间，当时在驻节西州的北庭都护、伊西节度使封常清幕府中当判官姓岑的只有一人，那就是岑参，这是确定无疑的。其时岑参在北庭都护、伊西节度使封常清幕府中任掌书记。"判官"既是节度使幕府文职僚佐职名，又是幕府文职僚佐的通称。这件文书是唐朝西域官员在丝绸之路上奔波的见证，也是边塞诗人西域生活的见证。岑参在西州写的诗是以这种生活为背景的。

交河北望天连海

过莫贺延碛进入西域北道，经蒲昌海先至西州（今吐鲁番一带）。贞观十四年（640），唐灭麴氏高昌，以其地置西州，后曾改名交河郡。西州地位重要，唐朝先在西州置西州都护府，后在西州境内交河城置安西都护府，管理西域事务，这里成为西域政治和军事中心。高宗显庆三年（658）迁安西都护府于龟兹，西州置西州都督府。

西州境内的交河城地势险要，安西都护府最初选址于此。城建在一处三十多米高的台地上，交河在台地一端分流，从两侧流过，在台地另一端汇合，台地像一座呈柳叶状的小岛，故得名为交河城。由于河水冲刷，土台边缘成为陡峭的悬崖，这使交河城地势险要异常。唐灭高昌，在交河城置安西都护府，成为唐统治西域的政治中心，诗人们的行踪也来到交河城。

骆宾王《晚度天山有怀京邑》云："行叹戎麾远，坐怜衣带赊。交河浮绝塞，弱水浸流沙。"从诗中可知，骆宾王到了天山之后，应该是经过交河的，因此这里交河并不是想象之词。一个"浮"字，真切地写出交河城的地理形势，它周边是水，它则像一片巨大的柳叶漂浮于水上。这个"浮"字是只有到过此地亲眼看到交河城周围景象才能产生的印象。

交河是赴西域更远地方的要道，经过交河的道路被称为"交河道"。岑参第一次出塞在武威所写的《武威送刘单判官赴安西行营便呈高开府》诗的生动描写反映了交河道的面貌："曾到交河城，风土断人肠。寒驿远如点，边烽互相望。赤亭多飘风，鼓怒不可当。有时无人行，沙石乱飘扬。夜静天萧条，鬼哭夹道旁。"诗里的描写极具史料价值，交河道上驿站、烽火台远近相望，天寒风劲。在唐人观念中，交河是通向绝域的要道，亲临交河的诗人会明显感受到此地风光和民俗与内地的区别。岑参两次入安西幕府，他笔下的西域地名往往是他亲践亲历之地，交河也是如此。岑参关于交河的诗还有：

交河城边飞鸟绝，轮台路上马蹄滑。
——《天山雪歌送萧治归京》

平明乍逐胡风断，薄暮浑随塞雨回。
缭绕斜吞铁关树，氤氲半掩交河戍。
——《火山云歌送别》

匹马西从天外归，扬鞭只共鸟争飞。
送君九月交河北，雪里题诗泪满衣。
——《送崔子还京》

浑炙犁牛烹野驼，交河美酒金叵罗。
——《酒泉太守席上醉后作》

奉使按胡俗，平明发轮台。
暮投交河城，火山赤崔巍。
——《使交河郡郡在火山脚其地苦热无雨雪献封大夫》

最后这首诗四句完全是写实，交代了自己的行程和使命。即便在酒泉写到交河的美酒，也是实写产自西域的葡萄酒。高昌的葡萄极有特色，曾受到唐太宗的欣赏，把酿酒之法引进内地。岑参笔下的"交河美酒"应当是高昌地区的特产。

《敦煌诗集残卷》有佚名作者写以《西州》为题的诗：

交河虽远地，风俗异中华。
绿树参云秀，乌桑戴□花。
□□居猃狁，芦酒宴胡笳。
大道归唐国，三年路不赊。

作者可能是晚唐时河西都防御使翁部幕府的判官。诗围绕一个"远"字来写，因为距离中原遥远，因此风俗与中原不同。三、四句从自然景物写"异"，五、六句从社会生活上写"异"。地近北方草原地带，所以说交河附近"居猃狁"（指唐后期的回鹘），酒宴上奏乐，伴奏的

145

乐器是胡笳。最后写心理上对大唐的归依。在大唐统治之下，尽管三年的路途空间距离甚远，但心理上却不感到遥远，因为同属大唐的天下。

唐代边塞诗中的"赤亭"在今新疆境内，指赤亭守捉，系军事要塞。守捉是唐朝在边地的驻军机构，主要分布在陇右道与西域。唐代边兵守戍者大者称军，小者称守捉、城、镇，各机构皆有使。守捉驻兵三百至七千人不等。赤亭守捉是一个重要的交通路口，在伊州至西州的道路上。不仅如此，伊庭道和伊西道在赤亭交会，这里连接着伊州、庭州和西州。正是因为这是一个连接西域三州的要道，所以岑参多次路过此地，他有四首诗写到赤亭，写了他到此地的具体感受。《武威送刘单判官赴安西行营便呈高开府》云："赤亭多飘风，鼓怒不可当。有时无人行，沙石乱飘扬。"诗真切地描写了赤亭的环境，这里是一个风口，给岑参印象最深的是"飘风"，即旋风和暴风。岑诗描写了这里风狂沙飞的情景，极力渲染此地风力的劲猛。《天山雪歌送萧治归京》云："天山有雪常不开，千峰万岭雪崔嵬。北风夜卷赤亭口，一夜天山雪更厚。"诗写赤亭的大风和暴雪，冬天奇冷，夏天则是奇热，气温之高无法通行。赤亭靠近所谓"火山"，故炎热异常。《火山云歌送别》写其方位云："火山突兀赤亭口。"因此，《送李副使赴碛西官军》云："火山六月应更热，赤亭道口行人绝。知君惯度祁连城，岂能愁见轮台月。"从岑参诗的描写来看，赤亭地处火山山口，是交通要道，而且此处有"高馆"，即供行人住宿和换马之驿站，但环境极其恶劣。

地处西州的驿馆出现于唐诗中的还有银山碛西馆。银山碛又称银山，大沙碛名，在今新疆吐鲁番西南库木什附近。玄奘去印度取经，从高昌行经银山，当经此地，"又经银山，山甚高广，皆是银矿，西国银钱之所出也"（《大慈恩寺三藏法师传》）。馆指客舍，是官府用来接待行旅宾客的处所。岑参第二次出塞去往庭州所写《银山碛西馆》云："银山碛口风似箭，铁门关西月如练。双双愁泪沾马毛，飒飒胡沙迸人面。丈夫三十未富贵,安能终日守笔砚。"从岑参诗可知,西州交河郡有馆驿之设,是唐人往返西域与中原地区的住宿之处。因为地处天山山口,风特别大特别猛,岑诗用"似箭"的比喻形容这里的风之寒与烈。跟赤亭附近的环境一样,往往大风伴随着沙尘飞扬,"进"字写出风沙击伤人面的情景。这是只有身临其境才有的体会,诗人形象化的描写补了史书记载的不足。

西州气候炎热,著名的火山就在这里。关于火山,我们上文已经讲到过。火山又名火焰山,古称赤石山,位于吐鲁番盆地北缘,山土为赤红色砂砾岩和泥岩组成,山体呈红色。当地人称"克孜勒塔格",意即"红山"。火山从吐鲁番向东延伸鄯善县,其地气候干燥炎热,故唐人称火山。曾亲身来到西域的诗人岑参好几首诗都写到火山,《经火山》云:

火山今始见,突兀蒲昌东。
赤焰烧虏云,炎气蒸塞空。
不知阴阳炭,何独燃此中。
我来严冬时,山下多炎风。
人马尽汗流,孰知造化功。

这是他第一次看到火山,对此奇景感到惊奇万分。诗说尽管时值严冬,但风依然炎热异常,行人从山下经过,遭受炙热之苦。《火山云歌送别》云:

火山突兀赤亭口,火山五月火云厚。
火云满山凝未开,飞鸟千里不敢来。
平明乍逐胡风断,薄暮浑随塞雨回。
缭绕斜吞铁关树,氛氲半掩交河戍。

迢迢征路火山东，山上孤云随马去。

　　诗前三句皆用"火"字开头，连用四个"火"字，给人极深的印象。接着用极其夸张的语言强调这里是无法通行的，飞鸟在千里之外已经望而生畏，何况人呢！人们要经过火山，都是利用黎明时分，或是傍晚下雨时。正因为如此，诗人对送别的行人充满担心，眼看他骑着马踏上入火山的道路。西域景物富有异域色彩，岑参是位"好奇"的诗人，又喜欢用夸张的手法，故他笔下的西域景象奇之又奇，这里对火山奇景的描写也带有夸张色彩。

　　岑参多次对火山附近的气候和景色进行描写，如"热海亘铁门，火山赫金方""暮投交河城，火山赤崔巍""火山六月应更热，赤亭道口行人绝""火山五月行人少，看君马去疾如鸟"。岑参的边塞诗为了歌颂唐朝将士不畏艰险在西域奋斗的精神，强调和夸张西域艰苦的环境。写火山之炎热与写西域的风沙、严寒一样，用以衬托赴西域征战的唐朝将士的忘我报国的壮志。

　　从高昌西行入西域北道，首先至焉耆。焉耆是西域古国名，在今新疆焉耆附近，又称乌夷、阿耆尼。焉耆地处西域之中，地理位置重要。唐置西域都护府（在今新疆轮台东北），地近焉耆。亲身经过焉耆的诗人留下了足迹，"焉耆"作为地名实指，见于岑参《早发焉耆怀终南别业》诗题，诗写在西域思念家乡的心情：

晓笛别乡泪，秋冰鸣马蹄。
一身虏云外，万里胡天西。
终日见征战，连年闻鼓鼙。
故山在何处，昨日梦清溪。

第四章 崆峒西极过昆仑——西域足迹

诗题中焉耆是岑参确实经过的地方，诗写他从焉耆出发，走向远方的时刻对故乡的思念。

《敦煌诗集残卷》有武涉《上焉祇（耆）王诗》，诗长达三十二行，颂扬吐蕃赞普，写焉耆王接受赞普的赐赠，说明此诗作于吐蕃占领焉耆时期。武涉可能是沦落焉耆的中原人士，在生计无着落的情况下，希望焉耆王能救拔他于流落沉沦之中。《敦煌诗集残卷》还有题为《焉耆》的诗：

万里聘焉耆，奔程踏丽龟。
碛深嗟狐媚，山远象娥眉。
水陆分三郡，风流效四夷。
故城依绝域，无日不旋师。

这首诗很生动地写出中原人士赴焉耆的真实感受和焉耆的异域特色。晚唐时张议潮收复河湟地区，唐朝又向河西派遣官员。这首诗可能就是赴河西担任都防御使的翁郜手下的判官所作，"聘"正是幕府判官被任用的程序。其中"风流效四夷"写出焉耆作为多元文化交汇之地的特点；"故城依绝域"写出其地处遥远西域的地理特征；"无日不旋师"则写出焉耆一带紧张的军事形势。

焉耆境内的铁门关是赴西域的要道，商旅、使节和投身西域的将士必经此地，故非常受诗人关注。形势险要的铁门关位于焉耆西北五十里库鲁克塔格山谷之中，连接西域南北道。吐鲁番出土文书《唐开元二十年（732）瓜州都督府给西州百姓游击将军石染典过所》反映出当时这里是商旅行经之地，也是唐军驻守之地：

［前缺］
1 家生奴移 □□ □□□

2 安西已来，上件人肆、驴拾。今月 回, 得牒
3 称：从西来，至此市易事了。今欲却往安
4 西已来，路由铁门关，镇戍守捉，不练行由，
5 请改给者。依勘来文同此，已判给，幸依勘
6 过。
…………

从"安西"来，即从安西都护府来，"市易事了"，表明经铁门关的是经商者。经商的行人往返于铁门关，这里有"镇戍守捉"，即驻守的唐军。

铁门关独特的地理位置吸引了过往此地的人们的关注。岑参入安西幕府屡经铁门关，有多首诗提到。他曾住宿铁门关附近的客馆，《宿铁关西馆》云：

马汗踏成泥，朝驰几万蹄。
雪中行地角，火处宿天倪。
塞迥心常怯，乡遥梦亦迷。
那知故园月，也到铁关西。

铁关即铁门关，关西有馆驿，供往来于中原与西域的人住宿。《题铁门关楼》云：

铁关天西涯，极目少行客。
关门一小吏，终日对石壁。
桥跨千仞危，路盘两崖窄。
试登西楼望，一望头欲白。

岑参路过此地时，由于安西四镇的设立，铁门关有唐朝官吏的驻守管理。从诗中描写可知，由于整个西域已经被唐军控制，这里在军事上已经失去了战略意义，只是相当于一个驿站，是过往行人歇脚之处。过往行人既少，守关人也闲暇无聊，但此地险要的形势还是给诗人以深刻印象。出关就到了异域，故从此西望，不禁忧从中来。从西域返中原的行人要经过铁门关，正如岑参《天山雪歌送萧治归京》所写："能兼汉月照银山，复逐胡风过铁关。"

铁门关乃中国古代二十六名关之一，地处天山南麓和昆仑山北坡交会的交通要冲，扼孔雀河上游陡峭峡谷的出口，为古丝绸之路中段必经之地，是从焉耆盆地进入塔里木盆地的一道天险，自古为兵家必争之地。诗人们喜欢写铁门关的险要，歌颂唐朝将士的英勇，并抒发建功立业的志向。岑参《使交河郡郡在火山脚其地苦热无雨雪献封大夫》云："铁关控天涯，万里何辽哉。烟尘不敢飞，白草空皑皑。军中日无事，醉舞倾金罍。汉代李将军，微功今可哈！"因为铁门关之险和将军的英勇善战，如今边境无事，军中安乐。相比之下，汉代李广的那点儿功劳和封大夫相比简直微不足道。《武威送刘单判官赴安西行营便呈高开府》云："热海亘铁门，火山赫金方。"热海、铁门关、火山、金方代指刘单判官将往之地，诗人希望他在那里佐戎幕立功勋。

由于诗人亲身经过铁门关，因此铁门关周围的景色落入诗人笔下。岑参《火山云歌送别》写火山云笼罩长空："缭绕斜吞铁关树，氛氲半掩交河戍。"《银山碛西馆》云："银山碛口风似箭，铁门关西月如练。"铁门关周围郁郁葱葱的树林和夜晚天上的一轮明月，都是行经此地的诗人亲眼所见，因此写得真实而亲切。安史之乱后，铁门关陷于吐蕃。唐末张议潮驱逐了陇右、河西吐蕃人势力，唐朝重新在河西任命官员治理。

唐朝担任河西都防御使的翁郜和他的僚佐可能也亲临其地，面对西域疆土未复，满怀惆怅，那富有文采的僚佐不免诗兴大发。其《铁门关》诗云：

> 铁门关外东西道，过尽前朝多少人。
> 客舍丘墟存旧迹，山川犹自叠鱼鳞。
> 掊沙偃水燃刁斗，黄叶胡桐以代薪。
> 信□弯弧愁虏骑，潜奔不动麝香尘。

鱼鳞，军阵名，形容山川形势，只见重峦叠嶂，犹如鱼鳞军阵。诗人想到唐朝盛时，西域在大唐统治之下，出入国门的行旅曾在铁门关络绎不绝。如今大唐使节驻足过的驿站客舍仍旧迹可循，但这里依然战事不断，军情紧张。

龟兹碛西胡雪黑

唐代西域北道利用频繁，龟兹地处西域北道要道，是唐朝治理西域的政治军事中心，唐诗中对龟兹的记述和描写也较多。"龟兹"一名本是汉时古国名，唐朝征服西域后，在此置安西都护府。因此，唐诗中提到的"安西"即指此地。在唐诗中"龟兹""安西"有的是实指。岑参《北庭贻宗学士道别》写到龟兹："忽来轮台下，相见披心胸。饮酒对春草，弹棋闻夜钟。今且还龟兹，臂上悬角弓。平沙向旅馆，匹马随飞鸿。"

宗学士从北庭都护府返安西都护府，诗人作此诗送行。诗中写朋友翻越天山回到龟兹，是其真实的行程。吕敞《龟兹闻莺》云："边树正参差，新莺复陆离。娇非胡俗变，啼是汉音移。绣羽花间覆，繁声风外吹。人言曾不辨，鸟语却相知。出谷情何寄，迁乔义取斯。今朝乡陌伴，几处坐高枝。"吕敞其人生平史料记载一概全无，从诗题看诗人应是亲身到过龟兹。

武周长寿元年（692）以后，安西都护府稳定在龟兹，担负着安定西域和中亚地区、维护丝绸之路安全的重任。当中亚地区发生事变时，安西大都护代表朝廷处理相关事务，而安西大都护维护西域和中亚局势的手段有两种，即安抚和征讨。著名的怛罗斯之战是唐朝与大食（阿拉伯）在中亚地区的军事冲突，这次战役在唐诗中也有反映。岑参的《武威送刘单判官赴安西行营便呈高开府》诗写的安西行营当即赴中亚作战的高仙芝的部队，诗中有云："热海亘铁门，火山赫金方。白草磨天涯，湖沙莽茫茫。……男儿感忠义，万里忘越乡。孟夏边候迟，胡国草木长。马疾过飞鸟，天穷超夕阳。都护新出师，五月发军装。甲兵二百万，错落黄金光。扬旗拂昆仑，伐鼓震蒲昌。太白引官军，天威临大荒。西望云似蛇，戎夷知丧亡。浑驱大宛马，系取楼兰王。"

这首诗写于天宝十载（751）五月，反映了与怛罗斯之战有关的"天威健儿赴碎叶"的史实。"高开府"即高仙芝，天宝十载正月，高仙芝被任命为开府仪同三司。诗的内容是写前往中亚地区参战的安西大军集结出征的情形。"天威临大荒"诗句中的"天威"可能是一语双关，字面上是朝廷的军队之威风，又指派往西域的天威军。因为大军越葱岭至中亚作战，诗从刘判官将赴之地写起，热海即伊克塞湖，在今吉尔吉斯斯坦境内。又用汉代贰师将军李广利伐大宛的典故，预祝战争胜利。诗用"万里"形容刘判官征程之遥。这些都暗示刘判官此行与高仙芝远征军有关。在新出土吐鲁番文书中发现两组文书涉及"天威健儿"，进一步坐实了岑参此诗内容与高仙芝远征有关，一是天宝十载交河郡长行坊文书，提到"天威健儿赴碎叶"；另一为天宝十载交河郡客使文书，其中记录了"押天威健儿官宋武达"。这弥补了传统史籍记载之不足，证明了"天威军"的存在。天宝十载唐廷发"天威健儿赴碎叶",之前在传世史籍和出土文献中皆未得其踪,文书提供了关于唐朝用兵西域的重要信息,对于认识西域当时的政治军事形势具有非常重要的价值。新出土文书记载的唐朝发"天威健儿赴碎叶",反映的可能是高仙芝担心碎叶地区的突骑施掩袭背后,在发大军前往怛罗斯同时,也派遣一部分兵力赶往碎叶地区,以防止那里的黄姓突骑施夹击唐军,其中便有天威军健儿。

如果说岑参此诗反映高仙芝出兵中亚史实不误,那么《武威送刘判官赴碛西行军》乃同时之作,亦与此史实相关:"火山五月人行少,看君马去疾如鸟。都护行营太白西,角声一动胡天晓。"都护行宫即高仙芝远征的部队,"胡天"指唐军远征之地。刘判官当为刘单,《武威送刘单判官赴安西行营便呈高开府》有"五月"字,时、地、姓氏全同,则此诗必同时之作。岑参另一首《送李副使赴碛西官军》诗也可能差不多是同时之作:"火山六月应更热,赤亭道口行人绝。知君惯度祁连城,岂能愁见轮台月。脱鞍暂入酒家垆,送君万里西击胡。功名只向马上取,真是英雄一丈夫!"五月、六月时间相近,从河西赴安西参战,应是一段时间内陆续进行,非一日一时之事。"万里西击胡"正是指高仙芝此次统军西征的行动,此"胡"既包括中亚胡兵,也包括大食军队。

从龟兹出发西行的官道称"安西路""安西道"或"安西入西域道"。文献中的"安西""安西道"常常指龟兹之地和从此出发的道路,高僧悟空随张韬光使团赴罽宾,就是自安西路去。安西都护府和安西大都护府存在约一百七十年。"安西"曾有时间改称"镇西"。岑参在安西所作的《醉里送裴子赴镇西》诗云:"醉后未能别,待醒方送君。看君走马去,直上天山云。"赴安西途中的《过碛》诗云:"黄沙碛里客行迷,四望云天直下低。为言地尽天还尽,行到安西更向西。"诗中提到安西都是作为极西之地来写。那里不仅路途遥远,而且环境艰苦,军情紧张。《使交河郡郡在火山脚其地苦热无雨雪献封大夫》云:"昨者新破胡,安西兵马回。铁关控天涯,万里何辽哉。"诗写出了诗人投身西域的实际生活感受。

身在绝域的安西,岑参也多有思乡之作,《安西馆中思长安》云:

> 家在日出处,朝来起东风。
> 风从帝乡来,不异家信通。
> 绝域地欲尽,孤城天遂穷。
> 弥年但走马,终日随飘蓬。
> 寂寞不得意,辛勤方在公。
> 胡尘净古塞,兵气屯边空。
> 乡路眇天外,归期如梦中。
> 遥凭长房术,为缩天山东。

当春风从家乡的方向吹来,身在安西的诗人像获得了家书一样感到浓浓的暖意。在这遥远的西极之地,终日奔波,辛勤劳累,时时刻刻思念家乡,但道路遥远,归期如梦。诗人幻想有费长房的缩地术,把安西与家乡的道路缩短,让自己能一步跨回家中。

远赴西域是为了报效国家,也是为了博取功名。然而投身边塞者未必都能获得功名,由于各种原因失意沦落者则令诗人同情。赴西域任从事的人与将军的命运联系在一起,当将军政治失意时,其僚属也荣辱与共。安史之乱发生,封常清回朝,领兵抗击安史叛军失利伏诛。其安西四镇僚属失去依靠,从安西失意东归。岑参在安西写《送四镇薛侍御东归》诗云:"相送泪沾衣,天涯独未归。将军初得罪,门客复何依。梦去湖山阔,书停陇雁稀。园林幸接近,一为到柴扉。"岑参与薛侍御同为封常清僚属,与之有同病相怜树倒无依之感,因此生归乡隐居之念。

葱岭即帕米尔高原。丝绸之路南北道都有路翻越葱岭之后进入中亚、西亚和南亚。唐诗有时称其为"葱山"。岑参《献封大夫破播仙凯歌六首》其二云："官军西出过楼兰，营幕傍临月窟寒。蒲海晓霜凝马尾，葱山夜雪扑旌竿。"葱岭之西，引起诗人关注的首先是热海，即伊克塞湖，位于今吉尔吉斯斯坦境内，湖面海拔一千六百余米，湖水终年不冻。唐朝击灭西突厥后中亚各国纷纷归属唐朝，唐朝在碎叶城设置军镇驻兵，成为安西四镇之一，热海位于碎叶城东南。伊克塞湖以其常年不冻引起中原地区人们的好奇，称为"热海"。岑参两度亲临西域，他又是一位好奇的诗人，特别喜欢写奇景、奇情、奇事，伊克塞湖冬天不结冰，据说热得像烧开的水，居然还有鱼生长其中，这让人们都感到不可思议，因此他写诗专咏"热海"。在北庭大都护府任职时写的《热海行送崔侍御还京》云：

> 侧闻阴山胡儿语，西头热海水如煮。
> 海上众鸟不敢飞，中有鲤鱼长且肥。
> 岸旁青草长不歇，空中白雪遥旋灭。
> 蒸沙烁石燃虏云，沸浪炎波煎汉月。
> 阴火潜烧天地炉，何事偏烘西一隅？
> 势吞月窟侵太白，气连赤坂通单于。
> 送君一醉天山郭，正见夕阳海边落。
> 柏台霜威寒逼人，热海炎气为之薄。

从诗的开头"侧闻"云云可知，诗人并未到过热海，他写的都是从旁人那里听说的。"热海"其实并不像岑参描写的那样"热"，诗的描述有很多想象成分，用的是夸张的手法，突出热海地区奇异的景致。玄奘西行取经，路过此地，后来他的弟子慧立等撰写的《大慈恩寺三藏法师传》曾澄清其"热海"之称的夸张说法："清池亦云热海，见其对凌山不冻,故得此名,其水未必温也。"岑参另一首诗中也写到热海,其《武威送刘单判官赴安西行营便呈高开府》云:"热海亘铁门,火山赫金方。白草磨天涯,湖沙莽茫茫。"这里是举出西域几个典型的地名极言其地荒远。

唐诗中的"西海"又常常是泛称,代指西域,但有时也确指伊克塞湖。上引岑参诗大体上是写实的。又如岑参《送张都尉东归》云:"白羽绿弓弦,年年只在边。还家剑锋尽,出塞马蹄穿。逐虏西逾海,平胡北到天。封侯应不远,燕颔岂徒然。"如果把这里的"海"指热海,即伊克塞湖,唐军的确征战至此,说张都尉曾经把敌人赶到热海之西,符合当时的历史事实。张宣明《使至三姓咽面》诗云:

> 昔闻班家子,笔砚忽然投。
> 一朝抚长剑,万里入荒陬。
> 岂不服艰险,只思清国仇。
> 山川去何岁,霜露几逢秋。
> 玉塞已遐廓,铁关方阻修。
> 东都日窅窅,西海此悠悠。
> 卒使功名建,长封万里侯。

此诗题注云:"宣明为元振判官时,使至三姓咽面,因赋此诗,时人称为绝唱。"三姓咽面乃西突厥残部,主要活动在伊克塞湖一带。永淳元年(682)二月,西突厥阿史那车薄率十姓反。四月,王方翼与三姓咽面战于热海,说明了三姓咽面的活动区域。张宣明奉郭元振之命出使三姓咽面,其提到的"西海"当指"热海",即伊克塞湖。

第五章　放马天山雪中草
——草原行迹

有唐一代，在漫长的北方草原上曾经先后生活着突厥、薛延陀、回鹘、奚、契丹、党项羌、黠戛斯等游牧民族，唐朝征服突厥之后，西北游牧民族以至更远的乌孙、康居、拜占庭等地的交往，都利用这条草原路。草原路主要包括从西域去往天山北路的伊庭道，从中受降城到回纥的"参天可汗道"等。唐代诗人多因入幕而亲身来到这遥远的草原地带。

侧商调里唱《伊州》

新疆天山与阿尔泰山之间是一片草原地带。唐初先后在天山以北设立庭州、金山都护府、北庭都护府，所管辖区域正是欧亚大草原东部地区，直到中亚的碎叶。北庭都护府设立后，这里成为西北地区政治经济中心，空前繁盛。天山北部地区的草原路即所谓"北道"，是从敦煌、玉门关出发，经伊州沿天山北麓西行，经庭州至伊宁后西去，通往唐朝在中亚地区设置的最远一个军镇碎叶镇。这条道上，伊州、庭州、轮台、热海、碎叶等地都有唐代诗人踏足。

从敦煌、玉门关出发赴天山北路，首站就是伊州，即今新疆哈密。这里东汉时始称伊吾，是东汉王朝与匈奴争夺西域的焦点。贞观四年（630），唐灭东突厥，臣属于西突厥的伊吾城长入朝，举七城奉献。唐朝以其地置西伊州，两年后去"西"字称伊州。此为唐朝在西域置州之始。此后置军蒲类海（今新疆东北部巴里坤湖）屯田、屯牧。伊州于天宝元年（742）改名伊吾郡，属陇右道。天宝三载（744），东部回纥崛起，蒲类海为其所有。乾元元年（758）伊吾郡改称伊州。安史之乱发生后，伊吾被吐蕃人占领。

由于伊州繁盛，加之西域南道处于吐蕃人威胁之下，南道故道逐渐为流沙淹没，而北道保持着繁荣，因此，伊州成为初盛唐时人们赴西域北道和草原路的要道。天宝十三载（754），岑参第二次出塞，赴北庭任安西北庭节度判官。在北庭节度使治地庭州金满县（今新疆吉木萨尔北）所写《送李别将摄伊吾令充使赴武威便寄崔员外》一诗云：

> 词赋满书囊，胡为在战场。
> 行间脱宝剑，邑里挂铜章。
> 马疾飞千里，凫飞向五凉。
> 遥知竹林下，星使对星郎。

诗题中的伊吾即唐代时伊州治所所在，别将是武官名。李别将代理伊吾县令，并从西域奉命出使河西。武威是河西节度使驻节之地，故他要去的地方是武威，所经行的河西走廊是五胡十六国时"五凉"政权所在地，"马疾"二句形容其行踪匆忙。李别将担任代理伊吾县令，又奉命出使武威，即是从伊州经敦煌、玉门关进入河西走廊。

岑参此时此地所写另一首诗《送郭司马赴伊吾郡请示李明府（郭子是赵节度同好）》云：

> 安西美少年，脱剑卸弓弦。
> 不倚将军势，皆称司马贤。
> 秋山城北面，古治郡东边。
> 江上舟中月，遥思李郭仙。

郭司马应为庭州刺史僚佐，而且与节度使赵某交好。从诗中得知，郭司马是一位年轻人，而且出身西域，奉使去伊吾向李明府传达政令。唐时称县令为"明府"，此李明府可能即前一首诗摄（兼）伊吾县令的李别将，他出身文士。从岑诗中这两个人的行踪可以看出庭州、伊州和河西走廊敦煌、玉门关以至凉州（武威）之间的交通。

唐末五代时的诗人翁郜，曾官至尚书左仆射、河西节度使。在任职河西时，他的僚佐写有《塞上逢友人》一诗：

> 相逢悲喜两难任，话旧新诗益寸心。
> 执手更言西域去，塞垣何处会知音。
> 敦煌上计程多少，纳职休行更入深。
> 早晚却回归旧业，莫随蕃丑左衣衿。

纳职是伊州的一个县，本是赴北庭的伊西路（伊州通西州）起点，但诗人却说唐人不能再从这里出发继续西行了。原来，安史之乱后，伊州陷于吐蕃，而庭州陷于回鹘。及至张议潮收复沙州和河湟之地，伊州进入归义军节度使管辖之内，但庭州依然在回鹘人手中。因此，唐朝派往河西走廊的官员虽然名义上兼管西域事务，其实是无力管辖伊州和庭州的，而且伊州处于归义军与回鹘对峙状态中的前线，故担任河西节度使兼都防御使的翁郜，面对伊州以西的地区只有望洋兴叹之感。所以，他劝友人"纳职休行更入深"。

唐代伊州之地产生一支著名的乐曲《伊州乐》，又称《伊州曲》，与《龟兹乐》《疏勒乐》《悦般乐》《高昌乐》《北庭乐》等，被称为西域六大乐曲。《伊州曲》为唐玄宗时的北庭都护、碛西节度使盖嘉运引进。盖嘉运在开元年间官至北庭都护，统辖西突厥十姓部落诸羁縻府州，在西域立有大功。开元二十八年（740）又献俘长安，被任命为河西、陇右两镇节度使，负责经略吐蕃。唐玄宗酷爱音乐，盖嘉运将此地著名的《伊州曲》献给唐玄宗。玄宗命教坊演出，从此流行于宫廷和茶楼酒肆，甚至还东传入日本。这支曲子在唐代宫廷和社会上十分流行。盖嘉运自己也曾依《伊州曲》作诗："打起黄莺儿，莫教枝上啼。啼时惊妾梦，不得到辽西。"诗以闺中少妇的口吻写对征人的思念，表达征战之苦，诗意连绵往复，句句相承，层层递进，读来余音满口，韵味无穷，入选《唐诗三百首》。这首诗也以《闺怨》为诗名记在唐代诗人金昌绪名下，金昌绪其人生卒年、生平皆不详，名下除这首诗外再无他诗。相对来说，这首诗记在盖嘉运名下似乎更为合理。

伊州后为吐蕃所占领，张议潮起义后与河陇一带回归唐朝。当时敦煌无名氏有《仆固天王乾符三年四月廿四日打破伊州□却（下缺）录打劫酒泉后却□断（下缺）》一诗，只留残句："为言回鹘倚凶（下缺）。"这首诗完整的内容应该反映了伊州被张议潮收复，进入归义军统治区域，乾符三年遭回鹘仆固氏进攻的史实。诗的作者可能正是晚唐时河西都防御使翁郜。仆固俊是西州回鹘的创建者，这首诗反映了西州回鹘与沙州归义军两个政权间的军事斗争。诗中"为言回鹘倚凶"后的一字残缺，按照语义当为"残"。"凶"本身是贬义词，从感情色彩看，这首敦煌人写的诗也不可能赞美在张议潮指挥下仆固俊打败吐蕃的战事。

自伊州至庭州有南、北两道，南道即伊庭道，伊庭道上最关注的是蒲类海。蒲类既是湖名（蒲类海，即今巴里坤湖），又是西域国名、城名、县名。这一带四周山峦起伏，水草丰美，湖中碧波荡漾，是入西域路上难得的一处绿洲。唐朝与吐蕃关系破裂后，双方在西域展开争夺，蒲类一带成为战争前沿。

高宗咸亨元年（670）吐蕃入侵，薛仁贵任逻娑道行军大总管出征西域，骆宾王从军并任奉礼郎。薛仁贵兵败大非川以后，骆宾王随军征战到蒲类津（今新疆巴里坤湖东南岸）的渡口时，写有《夕次蒲类津》一诗："二庭归望断，万里客心愁。……晚风连朔气，新月照边秋。灶火通军壁，烽烟上戍楼。龙庭但苦战，燕颔会封侯。""二庭"用汉代南北匈奴和唐初东西突厥两庭典故，代指蒲类海一带。骆宾王夜晚就地宿营时有感而发，将眼前景、心中情诉诸笔端，真实地记录了当时辗转征战的境况和自己的忧伤心情。描写边塞苦寒景致的同时，也通过称赞汉代名将班超，表达卫国戍边的壮志豪情。"燕颔"形容相貌威武，有封侯之相。据说东汉时的班超就是燕颔。《后汉书·班超传》记载，有一位相面的人说班超将来"当封侯万里之外"。班超问他何以知之。相面的人说分"燕颔虎颈，飞而食肉，此万里侯相也"。后来班超立功西域，果然被封为定远侯。

王维《送宇文三赴河西充行军司马》也说："蒲类成秦地，莎车属汉家。"意即唐朝从西突厥手中夺取了蒲类海一带。安史之乱后蒲类一带为回鹘占领，因此收复蒲类便成为收复失地的象征。中唐诗人李益《再赴渭北使府留别》说"截海取蒲类，跑泉饮鹦鹅"。从王维诗"蒲类成秦地"的现实，到李益诗"截海取蒲类"的幻想，反映了蒲类一带近二百年间反复易手的历史变迁。

去时雪满天山路

从伊州北上,进入草原路要翻越天山,然后沿天山北麓草原西行,远至中亚、西亚和欧洲。这里水草丰茂,对以马和骆驼为主要交通工具的古代商队和旅行者来说有极大吸引力。天山三千八百米以上的山峰有终年不化的积雪,故有"雪海"之称。唐灭突厥后在庭州置北庭都护府,唐朝官员、将士和文士越过天山至北庭的人越来越多,并留下不少诗篇。

骆宾王随薛仁贵大军翻越天山,前往都护府所在的北庭(今新疆吉木萨尔)时,眼见天山景观雄伟、壮观而又苍凉,让他忍不住感慨平生,尤其想到京城长安所代表的仕途追求,与眼前困于边塞而归期未知相映照,让他深感来日渺茫,于是写下这首杰出的边塞诗《晚度天山有怀京邑》:

> 忽上天山路,依然想物华。
> 云疑上苑叶,雪似御沟花。
> 行叹戎麾远,坐怜衣带赊。
> 交河浮绝塞,弱水浸流沙。
> 旅思徒漂梗,归期未及瓜。
> 宁知心断绝,夜夜泣胡笳。

这首诗写天山景色,以上林苑的春天和花叶与遥远的天山的寒冬和积雪互相映衬,以见家乡的温暖和边塞的严寒。进而联想自身遭际,又令人为之叹惋。诗人从军西域,远离家乡,当他登上天山回望京邑时,便产生了强烈的"行叹戎麾远"之感。

初唐卢照邻《西使兼送孟学士南游》一诗也提到了天山:

> 地道巴陵北,天山弱水东。
> 相看万余里,共倚一征蓬。
> 零雨悲王粲,清樽别孔融。
> 徘徊闻夜鹤,怅望待秋鸿。
> 骨肉胡秦外,风尘关塞中。
> 唯余剑锋在,耿耿气成虹。

卢照邻和孟学士分别,一位将南往"巴陵北",一位将向"天山弱水东"。既然孟学士南游,所以远赴"天山弱水东"的就是卢照邻。"天山""弱水"都是西域意象。从诗中可知,卢照邻或许有奉使西域之行,只是史料无记载。卢照邻曾为来济作《南阳公集序》,而来济曾任庭州刺史,卢照邻的西行可能亦在此时。这里"天山弱水东"显然是夸张,极言自己西使要赴西域极远之地,与南游的孟学士将天各一涯,故云"相看万余里"。

天山终年白雪皑皑,这是给来到西域的人最深的印象,因此天山成为边塞苦寒的象征,常与"雨""雪""寒""冰""风""雾""霜"等自然意象组合,构成酷冷严寒之意境。岑参是目睹天山风光的诗人,并且有诗专咏天山雪,其一是《天山雪歌送萧治归京》:

> 天山雪云常不开,千峰万岭雪崔嵬。
> 北风夜卷赤亭口,一夜天山雪更厚。

第五章 放马天山雪中草——草原行迹

能兼汉月照银山，复逐胡风过铁关。
交河城边鸟飞绝，轮台路上马蹄滑。
暗霭寒氛万里凝，阑干阴崖千丈冰。
将军狐裘卧不暖，都护宝刀冻欲断。
正是天山雪下时，送君走马归京师。
雪中何以赠君别，惟有青青松树枝。

又如《白雪歌送武判官归京》：

北风卷地白草折，胡天八月即飞雪。
忽如一夜春风来，千树万树梨花开。
散入珠帘湿罗幕，狐裘不暖锦衾薄。
将军角弓不得控，都护铁衣冷难著。
瀚海阑干百丈冰，愁云惨淡万里凝。
中军置酒饮归客，胡琴琵琶与羌笛。
纷纷暮雪下辕门，风掣红旗冻不翻。
轮台东门送君去，去时雪满天山路。
山回路转不见君，雪上空留马行处。

这两首诗都用天山雪渲染了送别朋友的惆怅情怀。第二首诗尤为知名，在岑参生花妙笔下，西域的风雪令人目眩神迷：八月便即飞雪如春天梨花开，冰雪凝百丈、红旗冻不翻……如此雪景下的送别离情，也尤为动人。

唐代经营西域和北方，先后战胜突厥、薛延陀等游牧政权，终于夺取天山以北地带草原路的控制权，打通了从天山北麓的庭州直至中亚碎叶的道路。身在北庭都护府的岑参，笔下的天山更多是强调其高峻，借以映衬守边将士豪情万丈的形象。如《赵将军歌》云："九月天山风似刀，城南猎马缩寒毛。将军纵博场场胜，赌得单于貂鼠袍。"诗用天山严寒劲风渲染将军的豪情和武艺，在严寒中将军出猎，比赛中场场获胜，凸显其豪迈之气概和骑射之技高超。《灭胡曲》云："都护新灭胡，士马气亦粗。萧条虏尘净，突兀天山孤。"《醉里送裴子赴镇西》云："醉后未能别，待醒方送君。看君走马去，直上天山云。"面对西域恶劣的自然环境，奔赴边塞的将士毫无犹豫和恐惧之色，那飞马奔向天山的身影多么豪迈乐观！

岑参在北庭送别宗某时写下《北庭贻宗学士道别》一诗："万事不可料，叹君在军中。读书破万卷，何事来从戎。……四月犹自寒，天山雪蒙蒙。君有贤主将，何谓泣途穷。时来整六翮，一举凌苍穹。"这位宗学士也曾从军征战，却没有获取功名，因而又来到北庭这遥远艰苦的边塞寻求机会。虽然边地严寒，前途渺茫，诗人却劝他不要悲观失望，在"贤主将"麾下总有一鸣惊人的一天。"天山雪"是西域艰苦环境的典型景观。

天山是西域极远之地，成为边塞的象征，写天山的遥远和苦寒渲染了出使西域征战边地的将士与家乡亲人的两地相思之苦。德宗贞元元年（785）起，李益入朔方节度使崔宁的幕府，随着崔宁在北国边疆巡视时，感到军队已经不复盛唐的雄壮豪迈，空余衰飒之气，有感而发作著名的《从军北征》一诗：

天山雪后海风寒，横笛偏吹行路难。
碛里征人三十万，一时回首月中看。

月亮历来是思乡意象和亲人团聚的象征，此诗写征人望月思乡的情景。天山脚下风雪严寒的夜晚，哀怨的笛声勾引起征人思乡之情，他们不约而同地仰望天上明月，因为明月既照到边关，也照到家乡。月出东方正是家乡所在，身处西域，故而回望。笛声、月光传达出深沉悲凉的思乡情怀，天山雪则有力地烘托了情感的悲苦。这些诗以"天山雪"为背景，渲染了征战西域的将士思乡之苦，也渲染了出使异域的使节思乡之愁。诗人借写天山雪，强调西域的苦寒，从而写出远征的将士的艰辛，渲染其边地生活和离别相思之苦。

天山与其他景物的组合，具有如此感染力，这也给了未到过西北边塞的李白莫大的灵感，写下多首脍炙人口的边塞诗：

> 五月天山雪，无花只有寒。
> 笛中闻折柳，春色未曾看。
> 晓战随金鼓，宵眠抱玉鞍。
> 愿将腰下剑，直为斩楼兰。
> ——《塞下曲六首》其一

> 明月出天山，苍茫云海间。
> 长风几万里，吹度玉门关。
> 汉下白登道，胡窥青海湾。
> 由来征战地，不见有人还。
> 戍客望边色，思归多苦颜。
> 高楼当此夜，叹息未应闲。
> ——《关山月》

> 白马谁家子，黄龙边塞儿。
> 天山三丈雪，岂是远行时。
> 春蕙忽秋草，莎鸡鸣西池。

> 风催寒棕响，月入霜闺悲。
> 忆与君别年，种桃齐蛾眉。
> 桃今百余尺，花落成枯枝。
> 终然独不见，流泪空自知。
> ——《独不见》

尤其前两首，足以让李白跻身盛唐边塞诗人顶流之列。

北庭数有关中使

北庭都护府是唐朝在天山以北最高行政设置，因此成为西域政治中心和军事基地。庭州是水草丰美的绿洲，"丰草美水，皆在北庭"，唐朝于此设置屯田。庭州地处天山北麓草原丝绸之路要道，东连伊州、沙州，南接西州，西通弓月城、碎叶镇。由于北庭都护府的建立，庭州成为西域交通枢纽之一。

初唐来济在唐太宗、唐高宗两朝累官拜相，仕途辉煌已极，后因历阻立武则天为后而遭恨，被诬告后贬谪庭州。来济苦心经营，将经历征战一片废墟的庭州城修葺一新，日渐繁荣。此时西突厥来犯，刚恢复元气的庭州实力不足，兵败无可避免。面对强敌，来济领兵抵御，对部下表达自己以犯罪之身蒙赦性命，应当以身报国之意后，他弃盔甲不用，赤膊冲入敌阵，力战阵亡，时年五十三岁。来济的奋不顾身也激励了将士们以死相拼，战斗极其惨烈。来济只留下一首诗，即此次被贬庭州出玉门关时所写的《出玉关》："敛辔遵龙汉，衔凄渡玉关。今日流沙外，垂涕念生还。"生还渺茫、不如以身殉国的悲壮已见端倪。

第五章 放马天山雪中草——草原行迹

庭州地处西域，交通四方，诸胡杂处，因此人情风物富有异域色彩。岑参第二次出塞是天宝十三载（754）夏秋间至至德二载（757）春，在庭州任安西北庭节度使封常清幕府僚佐，从他关于北庭都护府的诗，可见庭州作为一个多元文化汇聚之地的面貌。其《奉陪封大夫宴（得征字时封公兼鸿胪卿）》云：

> 西边虏尽平，何处更专征。
> 幕下人无事，军中政已成。
> 座参殊俗语，乐杂异方声。
> 醉里东楼月，偏能照列卿。

宴席上时常听到各种不同民族语言，所奏乐曲中也杂有边疆民族和域外乐曲，这是丝绸之路沿线城镇的共同特点。

在唐人心目中庭州是遥远寒苦之地，赴庭州任职或从事征战是艰苦的，因此赴庭州者有时表现出凄苦之情。岑参的好友韩樽曾出使北庭都护府，岑参写《寄韩樽》云："夫子素多疾，别来未得书。北庭苦寒地，体内今何如。""苦寒"二字，道尽北庭之艰苦。杜甫《秦州杂诗二十首》之十九也说"风连西极动，月过北庭寒"。远赴北庭戍守和征战是为了获得建功立业之机会，因此北庭的严寒没有阻挡住唐人西行的脚步。天宝十四载（755）春天，已经来到北庭都护府第二个年头的岑参写下《北庭作》一诗：

> 雁塞通盐泽，龙堆接酤沟。
> 孤城天北畔，绝域海西头。
> 秋雪春仍下，朝风夜不休。
> 可知年四十，犹自未封侯。

169

盐泽即蒲昌海,龙堆指西域沙丘白龙堆。这些地名代表的恶劣环境,以及地极偏远,气候异常,突出了庭州之苦,并令时年三十九的诗人起了自伤感慨。同时也侧面道出了诗人为什么不畏北庭的艰苦勇往直前,因为怀抱着立功封侯的理想和抱负。正因如此,北庭的严寒并未消减志士的雄心和乐观情绪。岑参第一次出塞去往北庭,经过临洮时所写《发临洮将赴北庭留别》一诗说:

> 闻说轮台路,连年见雪飞。
> 春风曾不到,汉使亦应稀。
> 白草通疏勒,青山过武威。
> 勤王敢道远,私向梦中归。

轮台代指庭州,轮台路即庭州路,那里环境艰苦,但对那些立志"勤王"的志士来说,虽然思念家乡,但只记在心里,梦里归乡,略慰自己牵挂思念亲人之情。写这首诗时的岑参,对北庭的艰苦环境还只是想象。而在第二次出塞亲临北庭后,他的《登北庭北楼呈幕中诸公》写道:

> 尝读《西域传》,汉家得轮台。
> 古塞千年空,阴山独崔嵬。
> 二庭近西海,六月秋风来。
> 日暮上北楼,杀气凝不开。
> 大荒无鸟飞,但见白龙堆。
> 旧国眇天末,归心日悠哉。
> 上将新破胡,西郊绝烟埃。

第五章 放马天山雪中草——草原行迹

> 边城寂无事，抚剑空徘徊。
> 幸得趋幕中，托身厕群才。
> 早知安边计，未尽平生怀。

诗从读《汉书·西域传》起笔，用了汉武帝遣李广利远征大宛，夺取轮台破大宛，震慑西域，并在轮台置军屯田，方便西域各国遣使入贡的历史典故，奠定了昂扬进取的基调。随后写了这里独特、恶劣的环境，对主将破胡取得的胜利深感振奋，与同僚共勉，以安边为怀，抒发不实现抱负绝不言归的雄心壮志。汉代的轮台在天山之南，唐代的轮台在天山之北。岑参的诗巧妙地利用了相同的名字，字面上写汉朝的事，实际写的是唐朝。

而在北庭时期目睹征战得胜时的心情更是昂扬，岑参《北庭西郊候封大夫受降回军献上》写道：

> 胡地苜蓿美，轮台征马肥。
> 大夫讨匈奴，前月西出师。
> 甲兵未得战，降虏来如归。
> 橐驼何连连，穹帐亦累累。
> 阴山烽火灭，剑水羽书稀。
> 却笑霍嫖姚，区区徒尔为。
> 西郊候中军，平沙悬落晖。
> 驿马从西来，双节夹路驰。
> 喜鹊捧金印，蛟龙盘画旗。
> 如公未四十，富贵能及时。
> 直上排青云，傍看疾若飞。
> 前年斩楼兰，去岁平月支。

> 天子日殊宠，朝廷方见推。
> 何幸一书生，忽蒙国士知。
> 侧身佐戎幕，敛衽事边陲。
> 自逐定远侯，亦著短后衣。
> 近来能走马，不弱并州儿。

封大夫即北庭节度使封常清，诗人身处北庭艰苦的环境中，为封常清的战功而欢欣鼓舞，为自己遇上这样一位将军而欣慰。同一时期所写《陪封大夫宴瀚海亭纳凉》云："细管杂青丝，千杯倒接䍦。军中乘兴出，海上纳凉时。日没鸟飞急，山高云过迟。吾从大夫后，归路拥旌旗。"北庭有瀚海军，此瀚海亭当为此地湖岸一休闲处所。诗人追求建功立业报效国家，因此路途的遥远、环境的艰苦和军情的紧张都被弃之脑后，将军的英明、战争的胜利和主帅的赏识令诗人心情愉快，开朗乐观。

7世纪早期，庭州一带曾是西突厥统治中心，突厥人在这里建立了不少城堡，如贺鲁城、沙钵略城、可汗浮图城等，不少粟特商人前来经商，形成聚落和商贸中心。唐诗有时写到这些城镇。谭用之《塞上》其二云：

> 钵略城边日欲西，游人却忆旧山归。
> 牛羊集水烟黏步，雕鹗盘空雪满围。
> 猎骑静逢边气薄，戍楼寒对暮烟微。
> 横行总是男儿事，早晚重来似汉飞。

谭用之是唐末五代诗人，生卒、生平不详，只知其人善为诗而官不达。从此诗看，谭用之似曾亲临此地。诗中的"钵略城"应该就是沙钵略可汗所建之城。他向往立功边塞，因此短期的游边活动不能满足他的愿望，立志再来以实现立功异域的志向。

第五章 放马天山雪中草——草原行迹

安史之乱发生，唐朝抽调西域兵马入内地平叛，及其吐蕃人占据陇右、河西，阻断了中原与西域之间的交通，北庭都护府孤悬塞外，贞元七年（791）被吐蕃人攻占。不久，回鹘人夺取北庭，此后北庭在回鹘统治下历时三百多年。当庭州失陷时，在庭州任职的唐朝官员有人被俘入吐蕃，他们的诗表达了失地流落之悲。《敦煌诗集残卷》保存殷济《忆北府弟妹二首》诗：

其一
骨肉东西各一方，弟兄南北断肝肠。
离情只向天边碎，壮志还随行处伤。
不料此心分两国，谁知翻属二君王。
艰难少有安中土，经乱多从胡虏乡。
独羡春秋连影雁，每思羽翼并成行。
题诗泣尽东流水，欲话无人问短长。

其二
与尔俱成沦没世，艰难终日各东西。
胡笳晓听心长共，汉月霄看意自迷。
独泣空房襟上血，孤眠永夜梦中啼。
何时骨肉园林会，不向天涯闻鼓鼙。

诗集中的《奉忆北庭杨侍御留后》也被认为是殷济之作：

不幸同俘絷，常悲海雁孤。
如何一朝事，流落在天隅？
永夜多寂寞，秋深独郁纡。

欲知相忆甚,终日泪成珠。

殷济是大历、贞元年间人,曾入北庭节度使幕府,北庭陷蕃之后被俘。他的存诗十四首皆是敦煌遗书存录,而且都是陷蕃前后所作,主题都为思念故国亲人,词情凄恻哀苦。这几首诗分别表达了对滞留北庭的弟妹和一起被吐蕃人俘禁的杨某的思念,表达落蕃的痛苦。"北府""北庭"即北庭都护府。殷济还有一首《岁日送王十三判官之松州幕》:

异方新岁自然悲,三友那堪更别离。
房酒未倾心已醉,愁容相顾懒题诗。
三边罢战犹长策,二国通和藉六奇。
伫听莺迁当此日,归鸿莫使尺书迟。

"三友"可能指自己和杨侍御、王十三,同为被俘禁之人。其他还有《悲春》《春闺怨二首》《冬宵感怀》《叹路旁枯骨》《言怀》《见花发有思》等,都见于同卷,表达的思想情感相同,被认为都出于殷济之手。这些哀婉的诗不仅仅表达殷济个人的感情,也可以看作大唐西域之地丧亡的哀歌。庭州北庭都护府的失陷,标志着唐朝对草原丝绸之路控制力的彻底丧失。先后在吐蕃、回鹘人统治下北庭于东西方贸易中仍发挥作用,唐朝的丝绸通过回鹘、粟特人的转手贸易输入中亚以及更远的地方。

在写北庭的诗歌中,轮台备受诗人关注。关于轮台地名,需要区别汉轮台和唐轮台。汉轮台地处天山之南,唐时属龟兹都督府所辖乌垒州。唐轮台在天山北,隶属庭州,位于西州和庭州之间,但其遗址在哪里至今未有定论。最有可能的所在地有三处即米泉古城、乌拉泊古城和昌吉古城,有关轮台遗址的争议主要集中于这三座古城遗址孰

第五章　放马天山雪中草——草原行迹

是孰非。

　　从岑参诗可知,封常清出兵往往从轮台出发。天宝十三载(754)春,岑参入北庭都护、伊西节度使、瀚海军使封常清幕府,经封常清表荐为大理评事、摄监察御史,充伊西、北庭节度判官与度支副使。封常清所辖乃今博格达山山北之北庭、山南之西州与伊州。其所防御者有二:一是焉耆之西鹰娑川(今巴音布鲁克草原)之突骑施;二是伊犁、碎叶、怛罗斯诸地之葛逻禄。一在庭州西南,一在庭州之西。若驻庭州,则难防西州;若驻西州,则庭州难防,故而封常清常驻之地可能不在庭州,而在轮台。这样我们就可以理解"轮台"为什么频繁地出现在岑参的吟咏中。

　　关于唐轮台的地理位置,诗歌作品并不能比考古材料提供更确切的依据,从唐诗中获得历史信息,我们并不希望它能与历史文献争胜,但唐诗能提供比历史文献和考古资料更多的别样的材料和信息。轮台的自然风貌、边防形势,当年唐军戍守轮台的边地生活,以及轮台在唐人心目中的形象、谈及轮台唐人的情感心态,可能只能从当时诗人的创作中寻得丰富而生动的书写。

　　北庭都护府置于庭州,庭州辖有轮台县,唐朝赴任庭州的官员往往来到轮台。在初盛唐诗歌中,写到轮台,他们感叹此地的荒远,但更多的是抒发立功边塞的雄心抱负。骆宾王从军出塞时,其《西行别东台详正学士》想象途中情景和西域生活:

　　　　　　　　意气坐相亲,关河别故人。
　　　　　　　　客似秦川上,歌疑易水滨。
　　　　　　　　塞荒行辨玉,台远尚名轮。
　　　　　　　　泄井怀边将,寻源重汉臣。
　　　　　　　　上苑梅花早,御沟杨柳新。

只应持此曲，别作边城春。

从诗的描写看，诗人是在渭水告别同僚远赴西域，他要经过玉门关到庭州轮台。"塞荒"二句用了拆字互文法，把"玉塞"和"轮台"两组词拆开，用"荒""远"形容玉塞和轮台，意思是将要行经玉门关，前往轮台任职，那都是荒远之地。这种修辞方法意在加深读者对"荒远"的印象。"上苑"二句既是写景，又包含着送别时演唱的乐曲，在饯别的宴会上演奏了《梅花落》和《折杨柳》曲，边地没有春天，我将带上这乐曲权作边城的春天。这是初唐诗人的高昂气息，虽远往荒远的西域，却并不伤感。

唐置北庭都护府后，轮台是唐军驻守的地方，并有客舍。岑参第二次从军西域，在北庭都护、伊西节度使封常清幕府中任职，写有多首"轮台诗"，这些诗中所称"轮台"大部分是实指。如他的《赴北庭度陇思家》云："西向轮台万里余，也知乡信日应疏。陇山鹦鹉能言语，为报家人数寄书。"《轮台即事》诗云："轮台风物异，地是古单于。三月无青草，千家尽白榆。蕃书文字别，胡俗语音殊。愁见流沙北，天西海一隅。"诗题明言在轮台有感而作，言突厥故地亦符合史实。据其描写，这里一派异域风情。《与独孤渐道别长句兼呈严八侍御》云："轮台客舍春草满，颖阳归客肠堪断。穷荒绝漠鸟不飞，万碛千山梦犹懒。……军中置酒夜挝鼓，锦筵红烛月未午。花门将军善胡歌，叶河蕃王能汉语。知尔园林压渭滨，夫人堂上泣罗裙。鱼龙川北盘溪雨，鸟鼠山西洮水云。台中严公于我厚，别后新诗满人口。自怜弃置天西头，因君为问相思否。"这里写的"轮台客舍"置酒送别的场面是写实的。《天山雪歌送萧治归京》写萧治经轮台路回长安："交河城边鸟飞绝，轮台路上马蹄滑。""轮台路"指经轮台东来西往的道路。岑参著名的《白雪歌送武判官归京》写轮台东门送行，武判官经轮台路返长安，也是现实情景。《使交河郡郡在火山脚其地苦热无雨雪献封大夫》诗云："奉使按胡俗，平明发轮台。"《走马川行奉送封大夫出师西征》诗："君不见，走马川行雪海边，平沙莽莽黄入天。轮台九月风夜吼，一川碎石大如斗，随风满地石乱走。"《发临洮将赴北庭留别》云："闻说轮台路，连年见雪飞。"这些诗中的"轮台"都可以理解为实写，通过诗人的生动描写让我们感受到这里的自然环境和轮台路沟通中原与西域的重要性。岑参有专咏轮台的诗，是为了歌颂唐军将士，即这首《轮台歌奉送封大夫出师西征》：

轮台城头夜吹角，轮台城北旄头落。
羽书昨夜过渠黎，单于已在金山西。
戍楼西望烟尘黑，汉兵屯在轮台北。
上将拥旄西出征，平明吹笛大军行。
四边伐鼓雪海涌，三军大呼阴山动。
虏塞兵气连云屯，战场白骨缠草根。
剑河风急云片阔，沙口石冻马蹄脱。
亚相勤王甘苦辛，誓将报主静边尘。
古来青史谁不见，今见功名胜古人。

这首诗是写唐轮台，封常清从轮台出征，人名和地名都是实指，但诗中称唐军为"汉兵"，称对方为"单于"，单于是汉代匈奴的首领，也是用典和象征。在岑参这首诗里字面上的汉轮台实际上指唐轮台，既是用典又是写实。

岑参《白雪歌送武判官归京》写北庭送别武判官的情景："瀚海阑干百丈冰，愁云惨淡万里凝。……轮台东门送君去，去时雪满天山路。"写的是峡谷背阴的百丈山崖上冰雪交错覆盖的壮丽景象。而唐诗中"瀚海"更多指大沙漠，指天山以北沙漠或北方蒙古大漠，有时泛指西北边地，在初盛唐边塞诗中那里是将士们立功扬名的地方。虞羽客《结客少年场行》云："骨都魂已散，楼兰首复传。龙城含宿雾，瀚海隔遥天。歌吹金微返，振旅玉门旋。""金微"即阿尔泰山，从那里凯旋路经大漠，此瀚海指天山北之大沙漠，即古尔班通古特沙漠。王维《送平澹然判官》也说："不识阳关路，新从定远侯。黄云断春色，画角起边愁。瀚海经年到，交河出塞流。须令外国使，知饮月氏头。"

"阿尔泰"在蒙古语中意为"金山"，这里有金矿，故名。唐朝设立北庭都护府后，唐朝的势力进入天山以北草原地带，并西至咸海，这里成为唐军戍守之地，西北边地向更远方推进，金微山成为边防前线。《敦煌诗集残卷》佚名《从军行》云："十四五年在金微，身上何曾解铁衣。"这是一位戍守金微山多年之人所写，诗虽然写戍守的艰辛，久戍不归的怨叹和对家乡亲人的思念，但却透露出唐朝强盛的国力，表现出盛唐气象的精神。

岑参入北庭幕府，金微山是其实见之景，因此他的诗中既是对西域景象的描绘，也暗含着用典之意。在他歌咏主帅封常清的诗中多次提到"金山"，如《轮台歌奉送封大夫出师西征》："轮台城头夜吹角，轮台城北旄头落。羽书昨夜过渠黎，单于已在金山西。"又如《走马川行奉送封大夫出师西征》云："匈奴草黄马正肥，金山西见烟尘飞，汉家大将西出师。"诗中包含着对封常清辉煌战功的称颂。

受降城外月如霜

唐初灭突厥后，原先依附于突厥的北方各族归附唐朝，尊奉唐太宗为"天可汗",意思是"可汗之上的可汗",并请求唐朝开辟一条大道,方便入朝觐见唐天子。这条道路被称为"参天可汗道"。这条道路的开通推动了中原与北方草原民族的交往交流。"参天可汗道"走向是从中受降城(今内蒙古包头)过鹎鹈泉后向北到达回纥牙帐,从鹎鹈泉还有一条支线到达回纥牙帐。唐朝与回纥使节往来奔波在这条路上,而从中原到中受降城则分别有长安和洛阳出发的两条路线。

第二次出塞入北庭封常清幕府的岑参在轮台写下《与独孤渐道别长句兼呈严八侍御》一诗中有"军中置酒夜挝鼓,锦筵红烛月未午。花门将军善胡歌,叶河蕃王能汉语"。诗人在轮台送别独孤某时,饯行宴上有"花门将军""叶河蕃王"。花门将军即回纥将军。花门,山名,此山在居延海北三百里,唐朝初期曾在这里建立堡垒,抵御北方草原民族的侵扰,天宝年间被回纥占领,后以"花门"为回纥的代称。杜甫《喜闻官军已临贼境二十韵》诗云:"花门腾绝漠,拓羯渡临洮。"《哀王孙》诗又云:"花门剺面请雪耻,慎勿出口他人狙。"花门都是指回纥。叶河即今中亚的锡尔河,源于天山,流经今乌兹别克斯坦、塔吉克斯坦和哈萨克斯坦三个国家,注入咸海。锡尔河流域是粟特人聚居之地。"叶河蕃王"泛指唐军中出身中亚粟特民族的将领,这些蕃将在西域与唐军并肩作战。

唐与回纥的关系保持了长期的和平交往和军事冲突并存的局面。唐朝平息安史之乱取得胜利,回纥的援助功不可没。宪宗元和四年(809),唐朝接受回纥毗迦可汗请求,改称回纥为"回鹘",取"回旋轻捷如鹘"之义。唐与回鹘交通的道路沿袭着前期"参天可汗道"的传统。这条道上,筑三受降城的唐朝名将张仁愿和这条道路上之交通枢纽鹎鹈泉,以及唐与回鹘之间的和战关系都颇受关注。实际上,西受降城和东受降城也是自中原地区入回鹘的路经之地。

高宗和武周时突厥势力复兴,称为"后突厥"。神龙三年(707),

张仁愿受命统领朔方军,"屯所"设在灵州(在今宁夏吴忠市境内),亦曾名灵武。朔方军与突厥以黄河为界对峙,黄河北岸有一处高地叫拂云堆,上有神庙叫拂云祠,是突厥人祀祭求福之所。突厥人每次出兵,都先到这里祭神祈祷。张仁愿乘突厥西击空虚之机,进击突厥,夺取其地,占领拂云堆,并沿黄河北岸建了三座城,各距四百里,称"受降城"。中受降城与东、西受降城犄角相应,有效扼制了突厥的南下。以此为基地,唐朝向北开拓三百余里,控制了大漠以南的整个地区。三受降城皆在今内蒙古境内,中受降城的位置最为重要,曾是唐安北大都护所在地。从史籍得知,东、西受降城都曾被河水冲毁后重建,中受降城因地处拂云堆高地,不曾被河水破坏,因而保存了下来。

中受降城在拂云堆高地上,故拂云堆又为中受降城的别称,拂云堆有时简称"云堆"。安史之乱平息后,出身陇西姑臧(今甘肃武威)的李益离开家乡赴京赶考,于大历四年(769)中进士,之后历任象郑县尉等职位低下的小官,志向不展。于是李益毅然弃官而去,开始了他的边塞生涯。李益在燕、赵间漫游及藩镇任幕僚长达十八年,在受降城一带多有经历并写下诸多诗作,如《拂云堆》诗云:"汉将新从虏地来,旌旗半上拂云堆。单于每向沙场猎,南望阴山哭始回。"诗中这位威震敌胆的"汉将"就是筑三受降城,被唐军奉为军神,令突厥畏威北撤的张仁愿。

受降城所在北方边地环境恶劣,因此"三城"在诗人笔下又是苦寒之地。李益在受降城所写的《夜上受降城闻笛》云:

回乐峰前沙似雪,受降城外月如霜。
不知何处吹芦管,一夜征人尽望乡。

又有《夜上西城听梁州曲二首》,其一云:

行人夜上西城宿，听唱梁州双管逐。
此时秋月满关山，何处关山无此曲。

"西城"即西受降城。其二云：

鸿雁新从北地来，闻声一半却飞回。
金河戍客肠应断，更在秋风百尺台。

"金河"即今金河水，流经西受降城以东，在今内蒙古黄河北岸乌梁素海以北。"百尺台"即回乐烽。诗以鸿雁渲染这里的荒凉，将士们驻守的受降城连大雁也不愿停驻，战士们却终日守护着回乐烽。唐代诗人写戍边将士的家国情怀，他们笔下的将士们总是既思报国，又心怀家乡亲人，是热血男儿，又儿女情长。李益还有《暮过回乐烽》一诗：

烽火高飞百尺台，黄昏遥自碛西来。
昔时征战回应乐，今日从军乐未回。

回乐烽在西受降城附近，这座烽火台所以命名"回乐烽"，就是战胜敌人后快乐回乡的意思，诗人巧妙地用今昔对比，写如今唐军将士之从军乐。

唐后期朔方军担负着西抗吐蕃、北抗回鹘侵扰之重任，其管辖三受降城和丰安军（在今宁夏中卫西南）、定远城（今宁夏平罗南）合称"五城"，东西连为一线，牵制吐蕃对长安的威胁，阻止回鹘人南下。诗人感叹这一带无休止的战事。李益经过此地，有《五城道中》一诗写沿途所见:"五城鸣斥堠,三秦新召募。天寒白登道,塞浊阴山雾",战士们"寝兴倦弓甲,勤役伤风露",因此感叹"未知朔方道,何年罢兵赋"。晚唐时期,在朝廷专注中原战争之际,三受降城以北之边备日益废弛。晚唐诗人杜牧有《游边》写道:"黄沙连海路无尘,边草长枯不见春。日暮拂云堆下过,马前逢着射雕人。"便是当时景象的写照。"射雕人"用汉代李广的典故,代指回鹘游军,这一带成为回鹘人控制和自由出没的地区。杜牧的生平史料里没有到过边塞的记载,从这首诗来看,应该是在科考入仕之前,他有过去往草原之路边地游历的经历。

鹈鹕泉是回鹘道上的一个湖泊,是"参天可汗道"的起点,连接着中原与北方草原地带的中转之地。至唐后期这条道上的鹈鹕泉仍是交通枢纽,是从中受降城赴回鹘牙帐两条路线的分叉处和交会点,在唐与回鹘、黠戛斯交通道路上占据重要位置。鹈鹕泉具体位置在丰州西受降城北(今内蒙古河套西北部),到过此地的李益边塞诗中多次写到鹈鹕泉。《再赴渭北使府留别》云:"平戎七尺剑,封检一丸泥。截海取蒲类,跑泉饮鹈鹕。"诗以蒲类海和鹈鹕泉作为北方边地的代称。《暖川》云:"胡风冻合鹈鹕泉,牧马千群逐暖川。塞外征行无尽日,年年移帐雪中天。"写鹈鹕泉的严寒,突出北方边地的环境之艰苦。《度破讷沙二首》其二云:"破讷沙头雁正飞,鹈鹕泉上战初归。平明日出东南地,满碛寒光生铁衣。""破讷沙"古称"普纳沙""库结沙",今称"库布齐沙漠",位于今内蒙古伊克昭盟杭锦旗、达拉特旗和准格尔旗地区。"库布齐"蒙古语意为"弓弦",因其处于内蒙古黄河弯道下,东西长,像一根弓弦而得名。破讷沙与鹈鹕泉隔黄河相望,故李益在诗中将二者对举。诗里鹈鹕泉是交战之地。宪宗元和初,回鹘曾以骑兵进犯,与唐朝镇武节度使的部队在这一带交战,诗概括了这一历史内容,赞颂边塞将士的英雄气概。鹈鹕泉又叫"胡儿饮马泉",李益《过五原胡儿饮马泉》一诗咏其地:"绿杨著水草如烟,旧是胡儿饮马泉。几处吹箛明月夜,何人倚剑白云天。从来冻合关山路,今日分流汉使前。莫遣行人照容鬓,恐惊憔悴入新年。"作者自注:"鹈鹕泉在丰州城北,胡人饮马于此。""分流"写出鹈鹕泉地处两路线交叉处,"汉使"句说明此乃唐人奉使入回鹘之要道。

第六章　长安之西八千里
——蕃道觅踪

"唐蕃古道"顾名思义，是唐代从关中地区经青海进入吐蕃的道路，在这条路上，唐初的吐谷浑政权时叛时附，吐蕃将其灭后，与唐朝亦是有和有战，或往来频频，或征战难休，与唐朝兴衰关联极深，唐蕃古道上的诗人，有将军、都护、使节、文士，他们对此更有切肤感受。

已报生擒吐谷浑

唐蕃古道上，经过今青海赴西域或吐蕃的一段又称吐谷浑之路，因这一带曾存在吐谷浑政权而得名。唐贞观九年（635），吐谷浑在边境作乱，唐朝廷任命李靖为西海道行军大总管率军征讨，大破吐谷浑，将其变为唐朝藩属国，第二年应其国王求亲之请，唐太宗将弘化公主嫁之。

大破吐谷浑一事对建立之初的唐朝意义非凡，扬其国威、巩固边境、感化边地政权归附，令朝廷上下极大振奋。作为当事人的李靖，今存《舞剑歌》一首，回忆当年的战事：

陟崇冈兮望四围，□□闪□兮断虹飞。
嗟嗟三军唱凯归。

联系诗题，这首诗应当是李靖一边舞剑一边唱出的气势磅礴的诗歌。首句回忆当年战事的惨烈和情势的危急：将军登上高冈时，正是四面敌军围绕，蜂拥而至；次句写激烈的战斗，虽是残句，仍然可以看出是描写战场的场面。"闪"是刀光剑影，"断虹飞"是比喻，形容战场上刀光闪闪飞箭如蝗的情景。第三句写大军凯旋班师。这首诗虽然只有三句且有残缺，却是非身经百战者不能写出，非战功赫赫者不能吟此。

李靖出身隋朝官宦之家，文武才略过人，具王佐之才。隋朝末年李渊父子起兵攻陷长安俘获李靖，本欲杀之，却被他敢于疾呼、欲成大事的胆识所折服，不但不杀还重用了他。这一转念，为大唐赢得了一员定国神将。李靖先是平定南方、招抚岭南，后来又固守北疆、灭东突厥，以赫赫战功拜尚书右仆射，封代国公。吐谷浑之乱起时，他本已因为足疾告退，再获起用，依然神威不减、再立新功。此后的李靖，改封卫国公，列名"凌烟阁二十四功臣"，七十九岁病逝后又被册赠司徒、并州都督，谥号"景武"，陪葬昭陵，更于唐肃宗时配享武成王庙。李靖的战功之著和享誉之盛，使得他在晚唐以后逐渐被神化，成为唐传奇小说的主人公形象，又逐渐演变为神话传说里的托塔李天王。

一百多年后，柳宗元写有《唐铙歌鼓吹曲十二篇》第十篇《吐谷浑》

以记其事,诗序写的是:"李靖灭吐谷浑西海上,为《吐谷浑》第十。"诗曰:

> 吐谷浑盛强,背西海以夸。
> 岁侵扰我疆,退匿险且遐。
> 帝谓神武师,往征靖皇家。
> 烈烈旆其旗,熊虎杂龙蛇。
> 王旅千万人,衔枚默无哗。
> 束刃逾山徼,张翼纵漠沙。
> 一举刈膻腥,尸骸积如麻。
> 除恶务本根,况敢遗萌芽。
> 洋洋西海水,威命穷天涯。
> 系虏来王都,犒乐穷休嘉。
> 登高望还师,竟野如春华。
> 行者靡不归,亲戚欢要遮。
> 凯旋献清庙,万国思无邪。

这首诗细叙李靖破吐谷浑的赫赫战功,一韵到底,极力歌颂唐军威武和唐朝的声望,可视为李靖残存短诗的扩展版。

诗人王昌龄的足迹曾到过陇右、河西走廊甚至有可能远至碎叶,经过唐蕃古道的可能性不太大。他的边塞诗《从军行七首》其五提到过吐谷浑:"前军夜战洮河北,已报生擒吐谷浑。"诗里将生擒吐谷浑作为打败敌军的象征,也可见征服吐谷浑是唐朝建立之初的大事,成为唐诗中鼓舞人心、战胜敌人的典故。

吴筠是唐代有名的道士,既精于道法理论、高超隐逸,又有着济世进谏的入世韬略,隐而有名、进而有功,以仕外身份深得帝王器重。吴筠也善于写诗,他的这首《胡无人行》写道:"剑头利如芒,恒持照眼光。铁骑追骁虏，金羁讨黠羌。"吐谷浑本为羌人故地，鲜卑人迁居此地，征服此地羌人，建立吐谷浑国。这首诗中的"羌"应指吐谷浑，以李靖征服吐谷浑之事作为战争英勇意象。

大破吐谷浑之后，唐朝恢复了南北朝时兴盛一时的吐谷浑之路，在河西走廊之外增加了一条赴西域的替补道路。这条路也称为青海道，往北、往西与丝绸之路河西道、西域道相接，向东南进入今四川北部，向南则赴吐蕃。唐朝出使吐蕃的使节经过陇山，进入河湟地区，然后西向经河西走廊进入西域，南向则进入吐蕃之境。这条路上也就多了使节、都护等人的身影。

唐初孙逖的《送赵大夫护边》一诗有"青海连西掖（一作极），黄河带北凉"二句，这首诗题也作《送赵都护赴安西》。当时安西大都护驻地在龟兹，诗句写到赵都护赴西域的路线，"青海连西极"的意思是赵氏赴龟兹可以取道青海道。孙逖是以才学贤能而仕进高位的文士，他诗名不显，而以慧眼识才著称。在主持科举考试时，史称他"精核进士，虽权要不能逼"，以才学精心选择进士，完全不受权贵们左右，因而得他选中的多是俊杰之士，著名的如颜真卿、王昌龄、李华、萧颖士等。这位得他写诗送别的赵大夫，想必亦是堪为大用的杰出人才。

吐谷浑之地后来陷于吐蕃，因此能经行其地的只有双方的使节。中唐吕温以使团副使身份赴吐蕃吊唁、册封，在随使团去沙州西南一个被称为马圈的地方见吐蕃东道节度使的途中，经过吐蕃统治下的吐谷浑地方，目睹了吐蕃治下吐谷浑部众被吐蕃官吏役使驱迫的情况，写下《蕃中答退浑词二首》，其二写道："退浑儿，退浑儿，冰消青海草如丝。明堂天子朝万国，神岛龙驹将与谁？""退浑儿"是吐谷浑亡国后人们对其遗种的称呼。吕温眼见处于吐蕃统治之下的吐谷浑遗民，为他们的身世感到痛心。吐谷浑的名马青海骢当年是给唐朝的贡物，如今却再无唐朝这个强大的靠山，只能遭受吐蕃贵族的奴役。

左南桥上见河州

从陇右地区进入青海道，首站就是河州（今甘肃临夏）。相传河州是大禹治水的西极之地，他在此凿开积石峡和寺沟峡，将黄河水泻出并引入河道，消除了水患，也从此总结出疏导的治水方法，得以完成此后造福华夏的治水大业。

河州是于唐武德元年（618）从突厥手中收复的，代宗宝应元年（762）又陷于吐蕃，直到宣宗大中五年（851），张议潮击走吐蕃，吐蕃将领尚延心以河州、渭州降唐，才又回到唐朝廷治下。河州境内凤林山、凤林关、积石山都曾进入唐代诗人笔下。足迹确定到过河州的唐代诗人首先是杜甫。

安史之乱发生后，杜甫带着家人逃难至秦州，又从秦州入蜀时曾经途经河州，亲眼见证了当时紧张的边防形势。他的《秦州杂诗二十首》其十九写道：

> 凤林戈未息，鱼海路常难。
> 候火云烽峻，悬军幕井干。
> 风连西极动，月过北庭寒。
> 故老思飞将，何时议筑坛。

由于河州地近吐蕃，而凤林关地势险要，成为唐与吐蕃对峙的前线，具有重要的军事意义。因此，唐诗中写到凤林关，往往与军事形势有关。杜甫想到唐朝内正乱于安史叛军，外又危于吐蕃侵扰，如何能不忧心如焚？所以他说，当地的老人都盼望着像李广那样却敌立功的"飞将军"，希望朝廷筑坛拜将，威震敌胆。

安史之乱后，吐蕃占领河州。吕温于804年出使吐蕃时路经河州，写有《题河州赤岸桥》一诗：

> 左南桥上见河州，遗老相依赤岸头。
> 匝塞歌钟受恩者，谁怜被发哭东流。

吕温当时是以侍御史身份为入蕃副使出使吐蕃，后来在吐蕃滞留经年，这是他路经河州时的有感而发，描写河州沦陷后当地百姓思念大唐的痛苦心情，并指责那些身居高位身受皇恩的人，不思收复，不体察沦陷区百姓被奴役的痛苦。

晚唐名将兼诗人高骈就远不止是到过河州了。高骈出身将门，战功赫赫，早期在军事和边疆经略上的主要成就，一是在西北党项族叛乱后，率军戍守长武城（今陕西长武），以奇袭立功甚多；其二就是吐蕃犯边，高骈镇守秦州，诱降吐蕃将领尚延心，收复了河州、渭州，随后又出兵平定了凤林关。除了出色的将才，高骈还颇负诗才，被认为是晚唐勋臣中最有文才者，他在后世颇为知名的一首诗是《山亭夏日》："绿树阴浓夏日长，楼台倒影入池塘。水精帘动微风起，满架蔷薇一院香。"诗风清新淡雅，完全没想到是出自如此将才之手。作为亲临并收复凤林关的将领和诗人，他也写有相关的诗《寓怀》：

> 关山万里恨难销，铁马金鞭出塞遥。
> 为问昔时青海畔，几人归到凤林桥。

诗人的心头之恨就是凤林关沦于敌手，而作为名将，他亲手得消其恨，夺回凤林关，这是怎样一种意气风发。高骈后来受命前往安南镇乱，出发前写《赴安南却寄台司》一诗："曾驱万马上天山，风去云回顷刻间。今日海门南面事,莫教还似凤林关。"依然提到凤林关,耿耿于怀当年被吐蕃占领之事,发出不教安南重蹈凤林关覆辙的豪放之语。

晚唐时的文人秦韬玉因依附宦官获得仕途晋升,而被时人和后世戏称为"巧宦"。其实秦韬玉前期仕途受挫时,也曾写过多篇关注民生、时局的诗篇。他的《塞下》诗写道:

到处人皆著战袍,麾旗风紧马蹄劳。
黑山霜重弓添硬,青冢沙平月更高。
大野几重开雪岭,长河无限旧云涛。
凤林关外皆唐土,何日陈兵戍不毛。

诗中提到凤林关外曾经都是大唐的天下,现在沦于敌手,并发出何时才能收复河州、亲眼看到唐军驻守其地的感慨。这首诗的写作时间不详,从内容来看,描写的应是安史之乱后河州陷于吐蕃一事,且语气很像是亲临其地。秦韬玉堪为其代表作的是《贫女》一诗:"蓬门未识绮罗香,拟托良媒益自伤。谁爱风流高格调,共怜时世俭梳妆。敢将十指夸偏巧,不把双眉斗画长。苦恨年年压金线,为他人作嫁衣裳。"诗歌描写贫苦人家以针线活为生的女子,勤劳、高洁而不得良缘,辛苦到头不过是为人作嫁衣,诗歌最后一句流传千年。

以乐府诗成就与白居易并称的中唐诗人张籍,他的诗歌里也提到了凤林关。《凉州词三首》其三写:

凤林关里水东流,白草黄榆六十秋。
边将皆承主恩泽,无人解道取凉州。

诗歌批判边将的腐败无能，不思进取，表达对国土沦丧的痛心。安史之乱前唐朝同吐蕃的交界处在凤林关以西，随着边城的失守，凤林关亦已沦陷。在吐蕃统治下凤林关内土地荒芜，寒水东流，白草丛生，黄榆遍地。诗人既从空间广度写凤林关的荒凉，又用"六十秋"从时间长度突出凤林关灾难的深重。这不是夸张而是写实，国土失陷如此之久，边民灾难如此之深，为什么没有收复？因为边将享受着国家优厚的待遇，却饱食终日，无所作为。讽喻之深之切，直抒胸臆。

张籍和白居易一样，没有确切到过边塞的记录，作为新乐府诗运动的代表，他的诗也多以关注反映现实矛盾、同情疾苦为特点。这首《凉州词》以及《塞下曲》，将现实关注延展到边塞将士，有着仿佛亲见亲历的感染力。

塞口春生积石河

从河州西行，进入今青海之地，首先来到丝路要道积石山，这里是由唐入吐蕃必经之地。唐中宗时的宰相赵彦昭写有《奉和送金城公主适西蕃应制》一诗，诗中有"俗化乌孙垒，春生积石河"一句，唐中宗时，金城公主和亲吐蕃，途经其地。

唐朝时曾于积石山置积石军，属陇右节度使，与唐朝名将哥舒翰牵系颇深。积石军驻地为唐军屯田区，每当麦熟季节，吐蕃军队就到积石军抢收麦子，被称为"吐蕃麦庄"。天宝六载（747），哥舒翰被任命为陇右节度副使、都知关西兵马使、河源军使。他派出王难得、杨景晖等人引兵至积石军设下埋伏。待得吐蕃五千骑兵到来，哥舒翰率骁勇将士从城中杀出，几乎予以全歼。吐蕃余众逃回路上，又被唐军伏兵截击,匹马未还。哥舒翰这次的大败吐蕃于积石军事迹,在唐诗中多有吟咏。

六年后的天宝十二载(753),已入哥舒翰幕府的高适来到积石军,登多福七级浮图(塔),写下《同吕判官从哥舒大夫破洪济城回登积石军多福七级浮图》一诗:

> 塞口连浊河,辕门对山寺。
> 宁知鞍马上,独有登临事。
> 七级凌太清,千崖列苍翠。
> 飘飘方寓目,想像见深意。
> 高兴殊未平,凉风飒然至。
> 拔城阵云合,转旆胡星坠。
> 大将何英灵,官军动天地。
> 君怀生羽翼,本欲附骐骥。
> 款段苦不前,青冥信难致。
> 一歌阳春后,三叹终自愧。

多福七级浮图是哥舒翰时积石军所建佛塔。当年夏季五月,身为陇右节度使的哥舒翰再度进击吐蕃,拿下洪济、大漠门等城,悉收九曲部落。唐廓州达化县(今青海省循化东)有洪济镇,应该就是哥舒翰当时破吐蕃之地。当时高适与吕判官跟随哥舒翰从积石军向西而行,到达当时与吐蕃作战的前线洪济城,在战事结束后又回到积石军,登上当地的多福七级浮图。从"凉风飒然至"一句可以推测这首诗写于战争结束不久的夏秋之交,当时吕判官先有诗吟咏,高适的诗为和作。

高适这首诗歌咏哥舒翰统军对吐蕃作战的显赫战功,先从登塔和周围环境写起,再写到登塔所见所感,发出对名将强兵的赞美,也抒发了自己仍无建树、早立功业的心愿。吕判官即吕諲，开元末年进士，以为人勤勉谨慎有才学而知名。哥舒翰特奏请其入幕府为支度判官。果然，吕諲任职谨慎努力，对当时诸将的长处和短处了如指掌，常常在同僚们外出游赏时，他还在官署复查文件，深得哥舒翰欣赏和倚重。高适在哥舒翰幕府中多与吕諲有和诗，只可惜吕諲的诗歌未得流传。

积石山所在地还有白水戍、临蕃城等当年唐军戍守之地，吐谷浑之地陷入吐蕃后，这些戍地也就废弃。《敦煌诗集残卷》五十九首有佚名诗《晚次白水古戍见枯骨之作》写道：

深山古戍寂无人，崩壁荒丘接鬼邻。
意气丹诚□□□，惟余白骨变灰尘。
汉家封垒徒千所，失守时更历几春。
此日羁愁肠自断，□□到此转悲辛。

同诗集《晚秋至临蕃被禁之作》写道：

一到荒城恨转深，数朝长叹意难任。
昔日三军雄镇地，今时百草遍城阴。
隤墉穷巷无人迹，独树孤坟有鸟吟。
邂逅流移千里外，谁念栖惶一片心。

《感兴临蕃驯雁》写道：

感兹驯雁色苍苍，徘徊顾步貌昂昂。
不见衔芦避缯缴，空闻落翮困堤塘。
差池为失衡阳伴，邂逅飘零虏塞旁。

引颈长鸣望云路，何时刷羽接归行。

在唐朝失地处处残留着当年的戍所封垒，这位佚名诗人路经此地，目睹昔日的营垒废址和今日的荒凉景象，浓重的家国兴亡之感油然而生。有人推测，这五十九首诗的作者，有可能是归义军张承奉称金山国天子之后，沙州寿昌县某士人。而这位士人很可能是奉使至吐蕃，被吐蕃拘禁，而后押送至吐蕃治下的临蕃，途中还曾路经赤岭。

赤岭即今青海境内著名的日月山，唐时又称"赤坂"。唐初吐谷浑被吐蕃灭亡后，赤岭成为唐朝与吐蕃的分界。安史之乱起后，河西陇右兵马入中原平定叛军，吐蕃人趁机占领陇右，积石军也被废，赤岭落入吐蕃手中，直至唐朝灭亡，这一带仍为吐蕃人所占领。该诗集其十九《夜度赤岭怀诸知己》写道：

山行夜忘寐，拂晓遂登高。
回首望知己，思君心郁陶。
不闻龙虎啸，但见豺狼号。
寒气凝如练，秋风劲似刀。
深溪多渌水，断岸饶黄蒿。
驿使□靡歇，人疲马亦劳。
独嗟时不利，诗笔虽然操。
更忆绸缪者，何当慰我曹。

其时这位佚名诗人尚为金山国使臣，诗写旅途的艰辛和作为沦陷之民心情的愁苦。

第六章 长安之西八千里——蕃道觅踪

如何送我海西头

青海湖位于吐蕃边境，从唐朝入吐蕃为必经。金城公主入藏，唐中宗君臣赋诗送别，"绛河从远聘，青海赴和亲""青海和亲日，潢星出降时"等诗句都以"青海"代指公主入藏的道路。亲身参与哥舒翰收复九曲之战的高适，在战争胜利后还写有《塞下曲》，诗中有"青海阵云匝，黑山兵气冲"之句，"青海"指青海湖，"黑山"一般认为是位于今内蒙古呼和浩特东南的杀虎山，两地相距甚远，因此不是实指，而是整个西北边塞的指代。《九曲词三首》有"青海只今将饮马，黄河不用更防秋"也是用青海湖来指代边境疆土。虽然高适诗中没有明确提到自己曾到过青海湖，但既然参与九曲之战，到过、见过青海湖是可以推知的。

真正可以确认经过青海湖的，依然是唐后期出使吐蕃的吕温。他有多首诗写自己入蕃的所见所感，尤其描写了青海一带的风光。《青海西寄窦三端公》写道：

> 时同事弗同，穷节厉阴风。
> 我役流沙外，君朝紫禁中。
> 从容非所羡，辛苦竟何功。
> 但示酬恩路，浮生任转蓬。

诗歌写出了出使途中的辛苦和漂泊之感，用窦某在朝廷的安逸作衬托，彰显自己远役的悲辛。吕温入蕃途经唐朝故土，面对失地和遗民心情忧伤，这是唐朝使臣最痛心的。安史之乱后，唐朝进入多事之秋，无力收复失地，面对失地百姓对唐朝收复的希冀和盼望，诗人只感到力不从心，徒叹奈何，这也代表了当时许多出使吐蕃的使臣面对国土难收局面的共同心声。

　　唐后期还有一位亲临青海湖的诗人叫马云奇。德宗建中二年（781），张掖被吐蕃攻陷，张掖大小官员被俘，马云奇沦为囚徒。他先被押解到青海湖北，两年后又转至湟水河畔临蕃城。《白云歌》是他被押送至青海湖时所作，长达66行，反映了他从张掖至吐蕃境内临蕃城的经历，表达了山河沦失之痛和囚徒之苦。这首长诗形象地描绘了青海湖的湖光山色："遥望白云出海湾，变成万状须臾间。忽散鸟飞趁不及，唯只清风随往还。……殊方节物异长安，盛夏云光也自寒。远成只将烟正起，横峰更似雪犹残。"马云奇参加过抗击吐蕃的战争，被俘后又被长年囚禁，却仍然坚守节操，其诗既反映了历史的真实，又抒发了感时伤世的真切情怀。

　　前面提到的《敦煌诗集残卷》五十九首佚名诗中《至墨离海奉怀敦煌知己》写道：

　　　　朝行傍海涯，暮宿幕为家。
　　　　千山空皓雪，万里尽黄沙。
　　　　戎俗途将近，知音道已赊。
　　　　回瞻云岭外，挥涕独咨嗟。

　　这首诗是佚名诗人被押送至墨离海附近时，怀念昔日的同事所作。诗人沿着墨离海东行，至青海湖边，又写了两首诗《青海卧疾之作》《青海望敦煌之作》。沿青海湖边南去到临水，又写了《临水闻雁》；而后东行到赤岭。从其经行的路线可知，墨离海在青海湖西北。

　　青海一带陷蕃后，诗人不称此地为吐蕃，而以"青海"代指这一沦陷地区。《敦煌诗集残卷》载佚名阙题诗中有"上人清（青）海变霓裳"句和《送令狐师回驾青海》，似是敦煌陷蕃后某氏写给来自青海一带的令狐道士的诗，一首乃互诉衷肠之作，另一首乃送别之作。这位到过

第六章 长安之西八千里——蕃道觅踪

青海的道士理应也有诗作相和,只是未曾留下。

确实到过青海湖的唐代诗人不多,但因为吐蕃灭吐谷浑后,青海湖一带成为吐蕃与唐朝反复争夺的地区,到后来又因为安史之乱完全陷于吐蕃之手,因此青海湖极受诗人关注,因而成就了唐代诗人笔下无数佳作。唐玄宗时唐与吐蕃在青海湖一带的战争十分激烈,一开始屡屡破之:开元十五年(727)正月,唐军破吐蕃于青海之西;开元十六年(728)秋,陇右节度使、鄯州都督张忠亮引兵至青海西南与吐蕃接战,大破之;开元二十二年(734),河西节度使崔希逸大破吐蕃于青海之上。到了开元末年和天宝初期,形势逆转,吐蕃在青海一带攻势猛烈,唐军接连失利。大诗人李白就此写有《关山月》一诗:"汉下白登道,胡窥青海湾。由来征战地,不见有人还。"这首诗反映了当时唐与吐蕃战争的艰苦,感叹战争之苦。开元二十九年(741)十二月,吐蕃攻拔石堡城。天宝七载(748),以哥舒翰为陇右节度使,攻而拔之,改石堡城为神武军,但这次胜利付出了巨大代价,令人愤慨。李白《答王十二寒夜独酌有怀》就写道:"君不能,学哥舒,横行青海夜带刀,西屠石堡取紫袍。"杜甫的代表作之一《兵车行》也借青海征战批判统治阶级的穷兵黩武:"边庭流血成海水,武皇开边意未已。……君不见,青海头,古来白骨无人收。新鬼烦冤旧鬼哭,天阴雨湿声啾啾。"在以"青海"为意象写征夫思妇两地相思的诗歌中,中唐诗人柳中庸《凉州曲二首》其一的"青海戍头空有月,黄沙碛里本无春"两句写得颇为动人。

行行忽到旧河源

河源道是青海道的一部分,唐前期与吐谷浑、吐蕃友好交往也经过这条道路。安史之乱发生后吐蕃占据此地,故称此道为"河源旧路""旧河源"。河源道、青海道是交通要道,因此唐朝很多使节经过此地。安史之乱后,杜甫入蜀途中在秦州看到朝廷赴青海和吐蕃的使臣,所写《秦州杂诗二十首》有"羌童看渭水,使客向河源"之句,《东楼》有"传声看驿使,送节向河源"之句。

到唐中后期吕温出使吐蕃时真正行经河源道,留下了《经河源军汉村作》云:

行行忽到旧河源,城外千家作汉村。
樵采未侵征虏墓,耕耘犹就破羌屯。
金汤天险长全设,伏腊华风亦暗存。
暂驻单车空下泪,有心无力复何言。

吕温亲履沦陷区,亲眼看到唐军当年屯戍的城堡和天险遗迹,汉族遗民的生活习俗依旧,但如今地属吐蕃,百姓虽渴望光复却无望悲伤,诗人也徒叹奈何。

唐蕃关系至高宗时即已破裂,唐蕃进入长期的军事对抗阶段,和战相继,直至唐亡和吐蕃王朝瓦解。战争在一个漫长的交界线上进行,前期主要在陇右、青海、西蜀、西域等几条战线进行。

从军出征的诗人以诗记叙征程并抒发征战心情。武后垂拱四年(688),韦待价以安息道行军大总管统兵击吐蕃,曾在河西地区写《塞上寄内》的崔融,作为其幕府掌书记,亲身经历与吐蕃的这次征战。崔融的《西征军行遇风》诗写道:

北风卷尘沙,左右不相识。
飒飒吹万里,昏昏同一色。
马烦莫敢进,人急未遑食。

第六章 长安之西八千里——蕃道觅踪

> 草木春更悲,天景昼相匿。
> 凤龄慕忠义,雅尚存孤直。
> 览史怀浸骄,读诗叹孔棘。
> 及兹戎旅地,忝从书记职。
> 兵气腾北荒,军声振西极。
> 坐觉威灵远,行看氛祲息。
> 愚臣何以报,倚马申微力。

诗写战争生活的艰苦,表达不畏艰苦报国立功的志向。崔融还有《从军行》诗,应该也是此次从征时所写:

> 穹庐杂种乱金方,武将神兵下玉堂。
> 天子旌旗过细柳,匈奴运数尽枯杨。
> 关头落月横西岭,塞下凝云断北荒。
> 漠漠边尘飞众鸟,昏昏朔气聚群羊。
> 依稀蜀杖迷新竹,仿佛胡床识故桑。
> 临海旧来闻骠骑,寻河本自有中郎。
> 坐看战壁为平土,近待军营作破羌。

"穹庐杂种""羌"皆指吐蕃,"金方"即西方,与前诗题中"西征"和诗中的"西岭"相应。崔融还写有《关山月》云"月生西海上,气逐边风壮"。《拟古》云:"河水日东注,河源乃西极。思君正如此,谁为生羽翼。……寄谢闺中人,努力加飧食!"崔融两次从军至边塞,今所存多首边塞诗,均为此次所作。崔融边塞诗,可与李峤、苏味道、杜审言、乔知之、骆宾王、陈子昂等边塞诗构成"初唐边塞诗派",堪为高适、岑参等"盛唐边塞诗派"的先导。

199

归蕃永做投河石

在唐朝与吐蕃的战争中,双方皆有俘虏滞留对方。陷身吐蕃的唐人有的留下了诗篇,写其被俘后的生活和感受。唐代诗人殷济大约生活在大历、贞元年间,曾入北庭节度使幕府,北庭陷蕃前后,被吐蕃所俘。敦煌遗书收有其诗,写他在吐蕃的见闻和心情。《悲春》云:

青青柳色万家春,独掩荆扉对苦辛。
山月有时来照户,蕃歌无夜不伤人。
荒村寂寂鸡鸣早,穷巷喧喧犬吠频。
自恨一生多处否,谁能终日更修文?

春天的美景不能令诗人赏心悦目,夜间吐蕃人的歌唱只能让他闻之伤心。诗人在蕃中思念汉地的妻子和弟妹。《春闺怨二首》其一云:

幽闺情自苦,何事更逢春?
萱草侵阶绿,垂杨暗户新。
镜中丝发乱,窗外鸟声频。
对此芳菲景,长宵转忆君。

这是借妻子之口,写对自己的思念。本来是自己日夜思念妻子,却想像妻子日夜思念自己。所谓"心已神驰到彼,诗从对面飞来"。其二又云:"春至感心伤,低眉入洞房。征夫天外别,抛妾镇渔阳。有意怜新月,无情理旧妆。长流双睑泪,独恨对芬芳。"这两首诗处处从妻子角度来写,写她春天来临时思念身陷吐蕃的丈夫。身陷蕃中的事事处处，时刻勾引诗人的忧伤情怀。其诗简直是字字血、声声泪，写出了陷身虏营的痛苦生活和心情。

在蕃中岁久，诗人还回忆家乡的生活，令他产生对唐朝政治腐败的怨叹。《无名歌》云：

> 天下沸腾积年岁，米到千钱人失计。
> 附郭种得二顷田，磨折不充十一税。
> 今年苗稼看更弱，枌榆产业须抛却。
> 不知天下有几人，但见波逃如雨脚。
> 去去如同不系舟，随波逐水泛长流。
> 漂泊已经千里外，谁人不带两乡愁？
> 舞女庭前厌酒肉，不知百姓饿眠宿。
> 君不见城外空墙遥，将军只是栽花竹。
> 君看城外恓惶处，段段茅花如柳叶。
> 海燕衔泥欲作巢，空堂无人却飞去。

诗回忆了故乡当年百姓生计的艰难，上层贵族的腐化，表达了对国家现实的不满，令人想到杜甫的诗："朱门酒肉臭，路有冻死骨。"国家破亡、陷身虏地的遭遇令诗人痛定思痛，不免追索唐朝从兴盛走向衰落的根源。

敦煌被吐蕃占领，敦煌官员马云奇陷身吐蕃，当他被押送至吐蕃之地时，一路上和长期被拘中写下的一些诗歌流传了下来，见于敦煌文书，其《白云歌》写途经青海湖所见所感，题注云："予时落殊俗随蕃军望之感此而作。"说明是他与吐蕃士兵一起观望青海湖时写下这首诗，写出了陷身虏地的伤感和盼望回归的心情。"余遂感之心自闲。望白云，白云天外何悠扬，既悲出塞复入塞，应亦有时还帝乡。"其《九日同诸公殊俗之作》云:"一人歌唱数人啼,拭泪相看意转迷。不见书传清(青)海北,只知魂断陇山西。登高乍似云霄近,寓目仍惊草树低。菊酒何须频劝酗,自然心醉已如泥。"(太常妻曰,一日不斋醉如泥。)又《俯吐蕃禁门观田判官赠向将军真言口号》云:"怪来偏得主君怜,料取分明在眼前。说相未应惊鹡鸰,看心且爱直如弦。"又《途中忆儿女之作》云:"发为思乡白,形因泣泪枯。尔曹应有梦,知我断肠无?"又《至淡河同前之作》云:"念尔兼辞国,缄愁欲渡河。到来河更阔,应为涕流多。"又《被蕃军中拘系之作》:"何事逐漂蓬,悠悠过凿空!世穷途运策,战苦不成功。泪滴东流水,心遥北翥鸿。可能忠孝节,长遣困西戎。"《诸公破落官蕃中制作》云:"别来心事几悠悠,恨续长波晓夜流。欲知起望相思意,看取山云一段愁。"这些诗的思想情感与殷济诗相同,表达亡国之痛和俘系之悲。

在与吐蕃长期的战争中,陇右、河西不少百姓也被吐蕃人所掳。安史之乱后这一带被吐蕃占领,更多汉族百姓沦为吐蕃人的奴隶。大历年间进士刘商的《胡笳十八拍》借咏汉末蔡文姬故事,表达了对时事的伤感。这组诗流传极广,尤其在西北边地特别打动人心。当时落蕃诗人毛押牙又加一拍,成为十九拍。毛押牙诗云:"去年骨肉悲□坼,不似今年苦为客。失土翻同落水瓶,归蕃永做投河石。他乡人物稀相识,独有夫君沉怜惜。岁暮态情生百端,不觉愁牵加一拍。"这是毛押牙读到刘商诗引发的诗情,写的是自己在吐蕃占领区的所见所感,可见刘商的诗在当时陷身蕃占区的唐人心中引起多大的共鸣。毛押牙生卒行迹一概不详,据考证他应该是敦煌地方的汉人小官吏,担任过管领仪仗侍卫一类职务,在参加唐蕃战争(623—907)时陷于吐蕃并被监押。也有人认为敦煌遗诗中的佚名氏诗五十九首作者就是毛押牙。

滞留吐蕃的诗人,最著名的还是中唐吕温。吕温于德宗贞元二十年(804)冬,以侍御史为入蕃副使随御史中丞张荐出使吐蕃。吕温赴

第六章　长安之西八千里——蕃道觅踪

吐蕃途中、在吐蕃经年和从吐蕃回国都有诗作，甚至在归国多年后还常常忆起那段不平凡的经历，写诗抒发感慨。读这些诗可以让我们体会到一位唐朝使臣出使中的心路历程。

张荐、吕温作为正副使的使团，出使目的是吊祭于798年去世的吐蕃赞普牟尼，并对新赞普进行册封。张荐在入蕃途中染病，卒于青海，实际到达吐蕃的是吕温等人。吕温初至吐蕃，可能受到友好的接待，因此心情较好，想到唐蕃间甥舅关系和传统友谊，产生唐蕃一家的感受。其《吐蕃别馆和周十一郎中杨七录事望白水山作》云：

> 纯精结奇状，皎皎天一涯。
> 玉嶂拥清气，莲峰开白花。
> 半岩晦云雪，高顶澄烟霞。
> 朝昏对宾馆，隐映如仙家。
> 夙闻蕴孤尚，终欲穷幽遐。
> 暂因行役暇，偶得志所嘉。
> 明时无外户，胜境即中华。
> 况今舅甥国，谁道隔流沙。

由于唐蕃关系的变化，长时间滞留不归，吕温这种心情没有保持下去，很快他就陷入深深的苦恼中。因唐德宗驾崩，新主顺宗即位，吐蕃以中原丧祸为由，使吕温陷身蕃中滞留其地，未知归期。吕温牵挂朝中变故而身不由己，终日悲叹，写下多首诗记录心情。《吐蕃别馆卧病寄朝中诸友》云："星汉纵横车马喧，风摇玉佩烛花繁。岂知羸卧穷荒外，日满深山犹闭门。"这是一种陷身域外无所聊赖之情。《吐蕃别馆中和日寄朝中僚旧》云："清时令节千官会，绝域穷山一病夫。遥想满堂欢笑处，几人缘我向西隅。"这是对家乡亲人"每逢佳节倍思亲"

的想象。《吐蕃别馆月夜》云："三五穷荒月，还应照北堂。回身向暗卧，不忍见圆光。"这是望月思乡月圆我不圆的惆怅。《吐蕃别馆送杨七录事先归》云："愁云重拂地，飞雪乱遥程。莫虑前山暗，归人正眼明。"这是对朋友归乡的羡慕。在吐蕃一年多时间里，吕温经历了卧病和送同僚归国等事，这些都引起他对家乡的思念，令他产生久滞异乡的痛苦。

在吐蕃一年多的经历，让吕温深感屈辱，诗中表达了洗雪耻辱的决心。其《读句践传》诗云："丈夫可杀不可羞，如何送我海西头。更生更聚终须报，二十年间死即休。"海即青海，诗人对吐蕃失约自己久滞不归表达强烈的不满。句践忍辱负重终于报仇雪耻的事迹激励了他，只要二十年后人还在，此仇必报，此耻必雪。

吕温终于盼来归国的日子，当他踏上归途，便迫不及待地写信给亲人，告知自己回国的消息，他自己则有九死一生之感和侥幸生还的一丝欣慰。《蕃中拘留岁余回至陇右先寄城中亲故》云：

蓬转星霜改，兰陔色养违。
穷泉百死别，绝域再生归。
镜数成丝发，囊收扶血衣。
酬恩有何力，只弃一毛微。

在吐蕃的痛苦遭遇刻骨铭心。回国后，一事一景往往勾起吕温对吐蕃生活的那段记忆。如《和舍弟惜花绝句（时蕃中使回）》云："去年无花看，今年未看花。更闻飘落尽，走马向谁家。"回国三年后，他被贬道州，看到李花，又使他想起在吐蕃的生活。《道州城北楼观李花》云："夜疑关山月，晓似沙场雪。曾使西域来，幽情望超越。将念浩无际，欲言忘所说。岂是花感人，自怜抱孤节。"《风叹》云："青海风，飞沙射面随惊蓬。洞庭风，危樯欲折身若空。西驰南走有何事，会须一决百年中。"《道州感兴》云:"当代知文字,先皇记姓名。七年天下立,万里海西行。苦节终难辨,劳生竟自轻。今朝流落处,啸水绕孤城。"已经是几年过去了,吐蕃之行依然记忆犹新。当洞庭湖上风吹樯折的景象映入眼帘时,他又想到了当年在吐蕃之地时的生活环境,依然有风沙射面的感觉。风力是不由人决定的,就像人的命运,由此产生世事沧桑人生如寄的感慨。

第七章　曾上青泥蜀道难
——南方丝路行

以成都为起点，经今云南至缅甸至印度，或从今四川、云南到岭南连接海上丝路，是古已有之的国际通道，当代史家称为"西南丝绸之路"或"南方丝绸之路"。中国境内南方丝绸之路总长大约有二千千米。蜀道虽难，但踏足南方丝绸之路的唐代诗人却不少。

行尽青山到益州

成都是南方丝绸之路的起点。唐代先恢复其益州之称，后改蜀郡、成都。唐时的成都与长安、洛阳、扬州并称"四大都市"，单从经济繁荣、文明昌盛来说，又与扬州齐名，有"扬一益二"之说。不过当时很多人认为成都在许多方面更胜扬州。成都经济发达，风景优美，文化兴盛，

第七章 曾上青泥蜀道难——南方丝路行

不少著名文人如王勃、卢照邻、李白、杜甫、岑参、高适、薛涛、雍陶、李商隐等曾长期居住或短期旅居。唐诗中大量作品写到成都，成都称为"诗都"亦不为过，从这些诗中亦可看出成都作为南方丝路起点的重要地位。

苏颋在武则天朝及唐玄宗朝都是朝廷重臣，与燕国公张说并称为"燕许大手笔"。52岁在益州长史任上时，曾接见青年诗人李白，并对其称许有加。他在成都写的《九月九日望蜀台》一诗云："蜀王望蜀旧台前，九日分明见一川。北料乡关方自此，南辞城郭复依然。青松系马攒岩畔，黄菊留人籍道边。自昔登临湮灭尽，独闻忠孝两能传。"诗人借对历史遗迹周围的景色和典故，抒发对个人际遇和历史变迁的感慨。苏颋的诗笔下还留有成都武担山寺的游历和描写。

"初唐四杰"四位诗人都曾到过成都，其中卢照邻是到得最早的。他曾被邓王派往成都，为邓王姐夫、驸马都尉乔师望的文集作序。他向来十分仰慕司马相如，满含兴致探访了其纪念地琴台故宅，写下《相如琴台》一诗："闻有雍容地，千年无四邻。园院风烟古，池台松槚春。云疑作赋客，月似听琴人。寂寂啼莺处，空伤游子神。"这个千年来无有比邻的雍容之地，庭院池榭亭台宛然如故，流云飘然恰似作赋的司马相如，满月沉静犹如听琴的卓文君，只是斯人已远，空留寂寂莺啼声倍显寂寥，让后人追慕叹惋昔人风范。在成都，卢照邻还凭吊了西汉景帝时的蜀郡太守文翁创办的中国历史上第一家官办学堂，写有《文翁讲堂》一诗："锦里淹中馆，岷山稷下亭。空梁无燕雀，古壁有丹青。槐落犹疑市，苔深不辨铭。良哉二千石，江汉表遗灵。"由衷歌颂文翁兴教化民的业绩。他还探访了位于成都北门武担山的石镜寺，写有《石镜寺》一诗："古墓芙蓉塔，神铭松柏烟。鸾沉仙镜底，花没梵轮前。铁衣千古佛，宝月两重圆。隐隐香台夜，钟声彻九天。"松柏烟雾中隐现的芙蓉塔，散发着静谧佛境。诗中用了诸多优美动人的佛教典故和意象，营造了别样清幽意境。

邓王去世后，卢照邻授任新都（今四川成都附近）县尉。当时的新都县属益州都督府管辖，卢照邻得以常到成都。他的笔下曾记成都的美景动人，比如《曲池荷》：

浮香绕曲岸，圆影覆华池。
常恐秋风早，飘零君不知。

面对幽幽芳香，满池荷叶，诗人发出生怕秋天早至，如此美景凋零来不及为人所知的感叹，寄寓了年华匆遽、才华难展的忧思。

唐时的成都，最热闹的要数正月十五日灯会，卢照邻写有《十五夜观灯》记其事：

锦里开芳宴，兰缸艳早年。
缛彩遥分地，繁光远缀天。
接汉疑星落，依楼似月悬。
别有千金笑，来映九枝前。

开芳宴是始于唐代的一种习俗，即夫妻对坐进行宴饮或赏乐观戏。在花灯的色彩华丽笼罩中，夫妻玩乐庆祝，灯具精致，照人光鲜。诗人用了不少笔墨描述灯光绚丽，如闪耀天际，如繁星坠落，如明月高悬，最终落笔到女子的美好笑容相映照。"锦里"在卢照邻的《文翁讲堂》一诗里也提到过，是成都一条古街，后来逐渐成为一处集人文、商业的游览胜地，其名来源于成都的别名锦官城，即蜀锦之都。这条古街自秦汉、三国时期便已有名，到唐代更是著名。卢照邻的这首诗中用"锦里"既可指这条古街，又可摹写指人物置于华彩灯光之下，颇有巧思。

卢照邻在成都还与一位郭姓女子结下一段情缘，离开成都前，与女子许下婚约。只是感染风疾的他此后辗转于求医问药，后期更饱受沉疴恶疾折磨，生不如死，最终在不堪折磨中投河自尽。当时已有孕在身的郭氏苦等卢照邻不至，生下的孩子又夭折，心中悲怨，向闻讯前来看望的骆宾王哭诉。年已四十五岁饱经人世忧患的骆宾王侠义本色不改，提笔写下《艳情代郭氏赠卢照邻》一诗："……柳叶园花处处新，洛阳桃李应芳春。妾向双流窥石镜，君住三川守玉人。……情知唾井终无理，情知覆水也难收。不复下山能借问，更向卢家字莫愁！"

这首长篇七言歌行，虽是出于义愤，但笔触细腻、用典丰富、别出心裁，是唐代长篇七言歌行的奠基作之一。骆宾王早年先是仗剑远赴西域，后随姚州道（今云南楚雄）行军总管李义经蜀中平定南诏。姚州战事结束短暂回京之后，骆宾王后又在蜀地宦游多年，得以尽览蜀地名胜峨眉山、青城山、八阵图遗址、都江堰，当然也少不了赴成都司马相如琴台、卓文君酒肆一览。他曾赴益州大都督府宴，作《秋日于益州李长史宅宴序》，应友人之约在秋雨中寻菊赏菊，写了《冒雨寻菊序》等。

王勃来到四川的时间稍晚于卢照邻，两人在四川梓州、汉州等地同游唱和，又同在成都与益州大都督府交游。共游成都武担山时，王勃作《晚秋游武担山寺序》，描写了当时登高所见："虽珠衣玉匣，下贲穷泉；而广岫长林，终成胜境……龙镳翠辖，骈阗上路之游；列榭崇闉，磊落名都之气。渺渺焉，洋洋焉，信三蜀之奇观也。"武担山秀丽之景，成都的繁华气象，跃然纸上。赴王明府春游宴饮时作《春日序》，其中"城邑千仞，峰峦四绝""何山川之壮丽焉"之句，表达了对成都景致的赞美。为成都夫子庙所写的《孔子庙堂碑》，更被同为"初唐四杰"的杨炯评价为"宏伟绝人，稀代为宝，正平之作，不能夺也"。

王勃也写成都秋冬时节的另一番景象。如写深冬时节成都东门锦江边眺望所见的《冬郊行望》："桂密岩花白，梨疏林叶红。江皋寒望尽，归念断征蓬。"对此地秋季的独特景物摹写细腻，更能抒发深挚情感。王勃在成都所写的送别诗脍炙人口，其中有不少关于成都盛景的描写。《别人四首》写深秋时节成都晴天少、雾气多的景象："江上风烟积，山幽云雾多。""霜华净天末，雾色笼江际。"《重别薛华》写道："明月沉珠浦，秋风濯锦川。楼台临绝岸，洲渚亘长天。旅泊成千里，栖遑共百年。穷途唯有泪，还望独潸然。""濯锦川"即锦江，诗写尽万里桥边的秋景凄旷，送别之情也彷徨凄苦。

高适在安史之乱发生后，跟随哥舒翰镇守潼关，后潼关失守，唐玄宗出逃四川，高适疾驰赶上行驾，随行至成都。在赴江东平定永王又分司东都后，因蜀地发生叛乱，高适临危受命，接连出任彭州（今四川成都辖）刺史、蜀州（四川成都辖）刺史、剑南西川节度使，一一平定叛乱。高适也曾去往成都，并对流亡到成都的杜甫多有关照。他写有《赠杜二拾遗》一诗关切其生活，后又有《人日寄杜二拾遗》直诉人生感悟，诉说真切、感人至深。在他笔下，人日即农历正月初七的成都"柳条弄色""梅花满枝"。之后高适一直在成都，先后任成都尹、剑南节度使。心系天下，忙于平乱、安民、理政而难有闲暇的高适在成都再无其他留诗。

李白在家乡四川江油度过十余年埋首苦读的时光之后，认为是时候去漫游历练，通过干谒得到入仕的机会，从而实现跻身朝堂、兼济天下的人生理想。他离开家乡的第一站就是成都，只因当时唐代文坛两大手笔之一的苏颋在成都任益州大都督府长史，他正是李白干谒的目标人物。李白的《登锦城散花楼》一诗云：

日照锦城头，朝光散花楼。
金窗夹绣户，珠箔悬琼钩。

飞梯绿云中，极目散我忧。
暮雨向三峡，春江绕双流。
今来一登望，如上九天游。

红日高照，朝霞满楼、光彩夺目。登楼而望，如上九重天。诗笔清新流丽，笔下景致开阔优美，抒情畅达舒怀，满含抱负，应是初到成都时所写。

苏颋对李白的诗文大为惊叹，毫不吝惜溢美之词，但举荐结果却不了了之，再无下文。除了春游成都写登散花楼景致，李白再也没有明确写于成都之时的诗，固然有诗歌散佚的情况，但也可以想见，这次不成功的干谒之行对他打击不小。倒是日后远离蜀地，他写下的盛赞成都的诗句，能看出当时这个城市给他的美好而深刻的印象：

九天开出一成都，万户千门入画图。
草树云山如锦绣，秦川得及此间无。
——《上皇西巡南京歌》

芳树笼秦栈，春流绕蜀城。
——《送友人入蜀》

正是桃花流，依然锦江色。
——《荆门浮舟望蜀江》

在李白的笔下，成都这座城如同九天开出，城中万户可入画，草木云山如同锦绣，这是何等极致的赞叹；芳草鲜美，水绕城中；春江落花，年年如锦……成都这座城，留给李白的是得天独厚的文化意蕴，美景如画如锦的记忆。

杜甫在安史之乱起后的四五年间，带着家人在陕西、甘肃一带颠沛流离，最后来到了成都，过上了一段相对安稳的生活。抵达成都，杜甫又在巴蜀大地经历近十年的漂泊时期，也留下了众多诗圣遗迹。最广为人知的就是杜甫草堂，位于今四川成都市区西郊浣花溪畔，是成都有名的游览胜地，更是文学圣地。杜甫在成都先后居住过四五年，创作诗歌多达几百首，包括脍炙人口的《登楼》《蜀相》《春夜喜雨》《茅屋为秋风所破歌》等传世名篇，为成都留下被泽后世千载的文化遗产。初到成都时写《成都府》一诗云：

> 翳翳桑榆日，照我征衣裳。
> 我行山川异，忽在天一方。
> 但逢新人民，未卜见故乡。
> 大江东流去，游子日月长。
> 曾城填华屋，季冬树木苍。
> 喧然名都会，吹箫间笙簧。
> 信美无与适，侧身望川梁。
> 鸟雀夜各归，中原杳茫茫。
> 初月出不高，众星尚争光。
> 自古有羁旅，我何苦哀伤。

这是诗人历尽艰辛从中原避乱至成都时所作，表达了漂泊之感、游子之悲。安史之乱后，成都风景依旧，但国家局势今不如昔，诗人不仅写身世之感，而且写忧时伤世之情。杜甫居蜀时，北方战乱未休，朝廷宦官擅权，蜀中屡生叛乱，吐蕃时常入寇，国家内忧外患严重，诗人关注中原的形势，感时伤世，如《登楼》写道："北极朝廷终不改，西山寇盗莫相侵。可怜后主还祠庙，日暮聊为梁甫吟。"

杜甫在成都还写下许多歌咏成都风光名胜的诗，如"锦江春色来天地,玉垒浮云变古今"(《登楼》)。最著名的数首以《绝句》为题的诗，都是描写成都的美景："迟日江山丽，春风花草香。泥融飞燕子，沙暖睡鸳鸯。""江碧鸟逾白，山青花欲燃。今春看又过，何日是归年。"写浣花溪畔的美景："两个黄鹂鸣翠柳，一行白鹭上青天。窗含西岭千秋雪，门泊东吴万里船。"乃是馈赠给成都的一幅绝美画卷。《春夜喜雨》描写的成都郊区雨夜景致，给成都留下"晓看红湿处，花重锦官城"的最美文化名片。《蜀相》："丞相祠堂何处寻，锦官城外柏森森。映阶碧草自春色，隔叶黄鹂空好音。三顾频烦天下计，两朝开济老臣心。出师未捷身先死，长使英雄泪满襟。"是写给武侯祠的最佳推荐词。

天宝时期诗人田澄（一作登）任起居舍人兼献纳使，相传杜甫曾写《赠献纳使起居田舍人》相赠，望其代为献赋。《全唐诗》仅存其诗一首，就是出使成都时所写的《成都为客作》：

> 蜀郡将之远，城南万里桥。
> 衣缘乡泪湿，貌以客愁销。
> 地富鱼为米，山芳桂是樵。
> 旅游唯得酒，今日过明朝。

诗中提到成都著名景点万里桥。这座桥历史悠久。三国时，蜀国的侍中侍郎（副丞相）费祎出使东吴，丞相诸葛亮在此设宴送行，费祎感叹说："万里之行，始于此桥。"这座桥由此而得名。诗也描述了此地物产丰富、山花烂漫的美好景象。

岑参年过五十被任命为嘉州（今四川乐山）刺史，行至途中，因蜀地发生兵乱，又折回长安。第二年七月，才以剑南西川节度使杜鸿渐的下属身份到达成都。后来得赴嘉州任官，一年后罢官，沿江东下回乡，途中被叛军阻挡，舍舟登岸又到了成都，后染病不治，最终魂归此间。在成都的日子，岑参的足迹遍及各处，泛舟浣花溪，拜谒武侯祠，瞻仰文翁讲堂、扬雄草玄台、司马相如琴台、严君平卜肆，都一一写诗记录。张仪楼、升迁（驷马）桥、万里桥、石犀、支矶石等处胜迹，也在他的诗笔下留名，也可见他对成都的深厚情感。如登张仪楼有《陪狄员外早秋登府西楼因呈院中诸公》一诗写道："常爱张仪楼，西山正相当。千峰带积雪，百里临城墙。烟氛扫晴空，草树映朝光。车马隘百井，里闬盘二江。"张仪楼高百尺，远处的西山平视可见，周边山峰积雪皑皑，成都城墙宽达百里；晴空下雾气一扫而空，花草树木与日光相映，而城里车水马龙，房屋环绕两条江岸。岑参眼中的成都，景色壮美，人烟繁华。

岑参《万里桥》诗云："成都与维扬，相去万里地。沧江东流疾，帆去如鸟翅。楚客过此桥，东看尽垂泪。"在诗人笔下万里桥把南方两个最繁华的都市扬州和成都联系起来。万里桥是成都名胜，即今成都市南门大桥，俗称老南门大桥。万里桥是古代成都水陆交通的重要起点，文人吟唱不绝。比如杜甫《狂夫》一诗写自己的住处："万里桥西一草堂，百花潭水即沧浪。"

中唐诗人戎昱于大历元年（766）前后入蜀，见岑参于成都。他写有《成都暮雨秋》云：

> 九月龟城暮，愁人闭草堂。
> 地卑多雨润，天暖少秋霜。
> 纵欲倾新酒，其如忆故乡。
> 不知更漏意，惟向客边长。

第七章　曾上青泥蜀道难——南方丝路行

龟城是成都之别称，传说张仪初筑成都州城屡屡倒塌不立，忽然出现一只大龟周行旋走，便按巫师所说沿着龟行处筑城，城坚不倒。诗人写成都的秋季，因为地势低洼而多雨湿润兼且和暖，这独特秋景更惹人乡愁涌起，借酒浇愁而客愁更浓。

中唐时人武元衡曾任剑南西川节度使，驻节成都，在此七年间写下诸多诗歌。如《春日与诸公泛舟》：

> 千里雪山开，沱江春水来。
> 驻帆云缥缈，吹管鹤裴回。
> 身外流年驶，尊前落景催。
> 不应归棹远，明月在高台。

雪山指成都西边的岷山，有"千里岷山"之称，常年积雪，冬去春来，雪水融化，沱江春水随之涨起；江上停舟看云烟缥缈，管弦吹奏伴随飞鹤盘旋，是一派春光和美景象。诗人感慨流光易逝，举杯邀酒间已是夕阳西下，何须归去呢，转眼明月已高升，复有夜景可赏。

在武元衡笔下，摩诃池的春天是"摩诃池上春光早，爱水看花日日来。秋李雪开歌扇掩，绿杨风动舞腰回"，绝胜春光与游赏景致相得益彰。此外，望夫石、锦楼等等，都在他笔下得到生动摹写。韩愈有《和武相公〈早春闻莺〉》一诗云："早晚飞来入锦城，谁人教解百般鸣。春风红树惊眠处，似妒歌童作艳声。"可以推知，他还写有《早春闻莺》诗，也是写成都春光明媚、草长莺啼的景象，可惜其诗不传。武元衡还有《古意》一诗，其中"蜀国春与秋，岷江朝夕流。长波东接海，万里至扬州"两联，意境阔大，点明成都历史悠长，在地理和文化上与江南相通的特殊意义。

中唐元和时期诗人张籍，在人生后期四处游历，到达西南时曾在成都生活过一段时间，并留下著名的《成都曲》：

> 锦江近西烟水绿，新雨山头荔枝熟。
> 万里桥边多酒家，游人爱向谁家宿。

史料中没有张籍到过蜀地的记载，但他笔下的诗却是他确实到过的明证。当时的成都，雨后的锦江烟波倒影绿意，山上荔枝挂满枝头，而万里桥边酒家遍地，这是何等优美、富庶、繁华之地！张籍还有《送客游蜀》云："行尽青山到益州，锦城楼下二江流。杜家曾向此中住，为到浣花溪水头。"在成都留下踪迹的杜甫，后人眼里已经与历史上的名人一起，成为成都的名片和骄傲。张籍诗中特意点名杜甫曾住成都浣花溪畔之草堂，建议去蜀的友人游览，而他自己在成都时必是去瞻仰流连过的。另一首《送蜀客》云："蜀客南行祭碧鸡，木棉花发锦江西。山桥日晚行人少，时见猩猩树上啼。"极力描写成都碧鸡坊、万里桥胜地，以及木棉花、猩猩代表的独特景致，而这些并不只是他的想象而是曾经亲见。

薛涛是名动当时的女诗人，她本是长安人士，幼时随父入蜀后一直寓居成都，十余岁时因父亲过世生计困顿而入乐籍成为歌妓。西川节度使韦皋镇蜀时，她得以因赋诗声名鹊起。历任镇蜀节度使镇蜀，她都以歌妓而兼清客的身份出入幕府，并参与唱酬，更有《女校书》的美名。后来薛涛得脱乐籍定居浣花溪畔，自创精巧窄幅染成桃色的薛涛笺。晚年移居碧鸡坊，以吟咏自适，直至逝世。几乎终生生活在成都的薛涛著有《锦江集》，传世诗作九十余首，不乏记录成都景致风物之作。如《菱荇沼》：

> 水荇斜牵绿藻浮，柳丝和叶卧清流。
> 何时得向溪头赏，旋摘菱花旋泛舟。

据说描写的是成都百花潭美景。荇菜、水藻牵牵连连，柳条带叶如卧清流。记忆中的美景萦绕心头，令诗人惦记着下一个春天能再度踏足溪头欣赏美景，边泛舟边采摘菱花，当时成都的水乡特色跃然纸上。其他诗句如"水国蒹葭夜有霜，月寒山色共苍苍"（《送友人》），"冷色初澄一带烟，幽声遥泻十丝弦"（《秋泉》），也都凸显了这一特点。

李德裕是中唐时期名臣、名将兼诗人，四十四岁时任西川节度使，治边颇有功绩，如至南诏访查被俘民人约四千人归成都，巩固关防，训练士卒，招降吐蕃守将等。他在成都有诗多首，如《锦城春事忆江南五言三首》，可惜诗题存但诗已亡佚，他与刘禹锡同悼薛涛的诗也已不传。《奉送相公十八丈镇扬州》一诗写道：

千骑风生大斾舒，春江重到武侯庐。
共悬龟印衔新绶，同忆鳣庭访旧居。
取履桥边啼鸟换，钓璜溪畔落花初。
今来却笑临邛客，入蜀空驰使者车。

这是一个场面壮丽的送别，千骑飞驰，旌旗猎猎，春日再次相聚武侯庐；同悬龟印、新佩绶带，感受友人的意气风发；在此即将送别的时候，忆起从前同游王播故居，取履桥的鸟啼、钓璜溪的落花，都是美好回忆；最后调侃自己，为分别增添一抹轻快，也暗含诗人内心的感慨。

雍陶是中晚唐时期成都籍诗人，他曾特意探访杜甫故居，写下《经杜甫旧宅》一诗：

浣花溪里花多处，为忆先生在蜀时。

> 万古只应留旧宅，千金无复换新诗。
> 沙崩水槛鸥飞尽，树压村桥马过迟。
> 山月不知人事变，夜来江上与谁期。

当时距离杜甫离开成都已有六十年之久，雍陶看到浣花溪畔繁花处处，仿佛也在怀念杜甫在此居住的岁月。从诗中看不出当时杜宅是否还在，但雍陶表达了万古留存杜宅的心愿。后来，诗人韦庄入蜀为相，发现杜甫草堂已经不存在，就在原址上重新修建了茅屋。之后历朝历代对杜甫草堂都有修建，最终成就杜甫草堂成为成都著名的人文景观。

晚唐著名诗人李商隐诗才特出，在诗坛独树一帜，与杜牧合称"小李杜"。他一生遭际坎坷，仕途多舛。颠沛潦倒大半生后，在人生后期曾接受东川节度使柳仲郢邀请入其幕府任职，在蜀地度过约四五年的时间。这期间，他曾以幕府判官身份赴西川节度使驻地成都公办，在成都度过了一段时间。在离开成都返回梓州时，饯别宴席上，他写下了这首《杜工部蜀中离席》：

> 人生何处不离群？世路干戈惜暂分。
> 雪岭未归天外使，松州犹驻殿前军。
> 座中醉客延醒客，江上晴云夹雨云。
> 美酒成都堪送老，当垆仍是卓文君。

诗题中的"杜工部"可能指杜甫，因其曾任工部员外郎。李商隐来到杜甫曾待过的地方，想必颇有感慨，这首诗就是模仿杜甫诗的风格所写的。后人点评说"此是拟作，气格正相肖，非但袭面貌者"。赞此诗不但得杜诗的形更得其内在气韵。饱经坎坷的李商隐，从人生何处不离别写起，直指时势不平、干戈未息。再回到眼前，世人皆醉而自己独醒，如同江上晴空中已有乌云，山雨欲来。可是清醒又有何用，老大无成、无可作为，倒是眼前的主人宾客，有成都有如此美酒可堪度晚年，何况还有卓文君当垆卖酒。后两句回到感谢筵席主人，但其中也包含着反衬世人耽于眼下、自己漂泊无依，乃至借卓文君典故表达希望受到重用以身报国的生平夙愿。

晚唐名将高骈以出色的将才屡立奇功后，为应对南诏进犯之险，移镇西川，筑成都府砖城加强防御。他又在境上驻扎重兵，迫使南诏修好，数年内蜀地初安。他的幕僚顾云作《筑城篇》歌咏其筑城的意义：

> 三十六里西川地，围绕城郭峨天横。
> 一家人率一口甓，版筑才兴城已成。
> 役夫登登无倦色，馈饱觞酬方暂息。
> 不假神龟出指踪，尽凭心匠为筹画。
> 画阁团团真铁瓮，堵阔巉岩齐石壁。
> 风吹四面旌旗动，火焰相烧满天赤。
> 散花楼晚挂残虹，濯锦秋江澄倒碧。
> 西川父老贺子孙，从兹始是中华人。

诗说过去南诏侵逼，成都人时时都有被掳的危险，如今不再担心南诏入侵，才有"始是中华人"的安定心理，诗从一个侧面歌颂高骈治蜀的政绩。诗里特意写到"濯锦秋江"的活动，晚霞映照着清澄碧绿的江水，美丽的成都姑娘在江边濯锦，这是一幅多么优美的画面。晚唐时尽管成都历尽战乱，但丝织业依然兴盛，高骈《锦城写望》云："蜀江波影碧悠悠，四望烟花匝郡楼。不会人家多少锦，春来尽挂树梢头。"诗写蜀江碧波荡漾，城中繁花似锦，春色如同处处挂锦般绚烂，颇见巧思。

晚唐诗人胡曾为人上交不谄、下交不渎，他遨游四方，颇受公卿礼待，为路岩剑南西川从事，高骈续镇西川时辟胡曾为掌书记。他的《咏史诗·成都》云："杜宇曾为蜀帝王，化禽飞去旧城荒。年年来叫桃花月，似向春风诉国亡。"诗咏蜀地早期历史，何尝不是借古喻今，感叹晚唐江河日下的局势。胡曾天分高爽，意度不凡，尤擅咏史，其《咏史诗》本旨托古讽今，通俗明快，褒贬干脆，唐末五代颇为时人传诵。

晚唐诗人温庭筠三十岁时入蜀，第二年来到成都，仅停留了一个春季，但对成都眷恋颇深。《锦城曲》写道：

> 蜀山攒黛留晴雪，簇笋蕨芽萦九折。
> 江风吹巧剪霞绡，花上千枝杜鹃血。
> 杜鹃飞入岩下丛，夜叫思归山月中。
> 巴水漾情情不尽，文君织得春机红。
> 怨魄未归芳草死，江头学种相思子。
> 树成寄与望乡人，白帝荒城五千里。

锦城即成都，这首诗咏与成都有关的景物、传说和游子心情。前四句写成都山水。在他的笔下，蜀山如黛眉，晴日山顶有残雪点缀，山势犹如竹笋蕨芽相连绵环绕成都。江面上微风吹动波光粼粼，晚霞映照在江面上，江水像美丽的丝绸；山上的杜鹃花倒映入江，江面上呈现出千枝万枝的杜鹃花，花红似血。诗又语意双关，写出蜀锦之美，蜀锦色如彩霞、纹如杜鹃花。中间的四句写蜀锦之美和织工的辛劳。那锦上的花纹图案是杜鹃鸟，形象生动，成群的杜鹃鸟在山间月夜的树林中飞翔，好像能听到它们的一声声思归的哀鸣。诗用卓文君代指成都织女，写成都丝织业兴盛，也写织女的辛苦、悲愁、哀怨。后四句写织工的思念亲人之情。杜鹃鸟的叫声好像是"不如归去"，因此引起这些从事织锦的女工对家人的思念，她的心上人远在千里之外，沿江东下到白帝城从事丝绸贸易。人不能相见，只好种相思树，寄相思子给漂泊异乡的亲人。

贯休是后世名扬海外的一代诗僧。暮年逢黄巢之乱，贯休选择了相对安稳的蜀地度过余生，得到正在筹建蜀国政权的王建礼遇。在目睹蜀中稳定富庶、人民安居乐业后，饱受战乱、居无定所的贯休写了多首进颂诗，虽是称颂蜀主功德，但笔下成都的繁荣富裕、和睦安康景象却是实写。如在《寿春节进大蜀皇帝》所写："家家锦绣香醪熟，处处笙歌乳燕飞"，一派盛世景象。他还写有《读杜工部二首》，其二道："甫也道亦丧，孤身出蜀城。彩毫终不撅，白雪更能轻。命薄相如命，名齐李白名。不知耒阳令，何以葬先生。"慨叹杜甫在安史之乱凄惶避蜀，其高超的诗艺和高洁的人格，可与李白齐名，却命薄如相如。贯休在成都度过了一生最后的十年，备受礼遇、晚景安适。

唐朝末年黄巢农民起义发生，唐僖宗避祸蜀中约五年时间，朝中百官多有随入蜀中来到成都。郑谷是其中之一，他因以一首《鹧鸪诗》出名，人称"郑鹧鸪"。郑谷除应试外，多在成都和周边游历，写下不少诗篇。如《蜀中春日》：

> 海棠风外独沾巾，襟袖无端惹蜀尘。
> 和暖又逢挑菜日，寂寥未是探花人。
> 不嫌蚁酒冲愁肺，却忆渔蓑覆病身。
> 何事晚来微雨后，锦江春学曲江春。

成都的春日繁花似锦，天气和暖，适逢农历二月二仕女们出郊拾菜，甚是热闹，唯有诗人看花落泪，倍感寂寞寥落，只有借酒浇愁，在锦江边追忆与此相似的长安曲江春色。成都春天留给诗人印象最深的就是海棠花了。他还有一首《蜀中赏海棠》：

浓淡芳春满蜀乡，半随风雨断莺肠。
浣花溪上堪惆怅，子美无心为发扬。

诗写海棠花随春风开满成都，散发着浓浓淡淡的芳香，又在风雨中伴随婉转莺啼纷纷飘落。漫步浣花溪，忆起杜甫，诗人心生惆怅，这么美的花，杜甫为什么却无意吟咏呢？这令郑谷感到遗憾。杜甫诗集中无海棠之题，但杜甫在成都写到花的诗不少，关于花的诗也不无可能是海棠花，比如著名的《江畔独步寻花七绝句》，诗中未写明是否海棠，但与郑谷所见所闻的花满枝丫、莺啼婉转一致，安知就不是海棠？郑谷还写有《蜀中三首》：

其一

马头春向鹿头关，远树平芜一望闲。
雪下文君沽酒市，云藏李白读书山。
江楼客恨黄梅后，村落人歌紫芋间。
堤月桥灯好时景，汉庭无事不征蛮。

其二

夜无多雨晓生尘，草色岚光日日新。
蒙顶茶畦千点露，浣花笺纸一溪春。
扬雄宅在唯乔木，杜甫台荒绝旧邻。
却共海棠花有约，数年留滞不归人。

其三

渚远江清碧簟纹，小桃花绕薛涛坟。
朱桥直指金门路，粉堞高连玉垒云。
窗下斫琴翘凤足，波中濯锦散鸥群。
子规夜夜啼巴树，不并吴乡楚国闻。

郑谷以成都为中心，在蜀地多有游历，这三首诗融入蜀地著名景点和文人典故，其中属于成都的占多数，有"文君沽酒市""浣花笺纸""扬雄宅""杜甫台""薛涛坟"等等，寄寓了郑谷对成都的深情眷恋。

萧遘也是黄巢之乱时随唐僖宗入蜀，被拜为宰相，担任中书侍郎、同平章事，黄巢起义平定后进拜司空，封楚国公。《全唐诗》仅留诗三首，其中之一就是写于成都的《成都》：

月晓已开花市合，江平偏见竹簰多。
好教载取芳菲树，剩照岷天瑟瑟波。

花市出现在唐代，唐前期市坊分开，市中已经出现了较有规模的花卉交易，长安及成都的花市都属于此类，唐后期市坊界线被打破，花卉交易更为常见。诗写成都风物之美，截取成都入夜景象：月亮初升月色晕开，花市已然收市；平静江面上多的是竹筏往来，江边花树宜人，倒映在岷江上。诗人突发奇想，那些竹筏把江面上倒映的花树带走吧，这样，江面上就只有天空倒影，只剩下碧绿碧绿的波浪。瑟瑟，本来是绿色的珠宝，这里形容江水。

十里花溪锦城丽

如上所述，大量诗人曾流寓成都，成都的风景、历史和文化自然进入诗人的吟咏中。而给诗人印象最深刻的还是成都丝织业的发达。成都因丝织业发达被称为"锦城""锦官城"，于是"锦城""锦官城"便成为成都最常见的意象，频频出现在诗人的歌咏中。

成都不愧南方丝绸之路的起点。西汉时成都丝织业已经非常发达，朝廷在这里设有负责丝织业的机构和官员，称"锦官"，唐代成都还保留着汉代锦官城的遗址，故成都有"锦官城"或"锦城"之称。汉代时文翁为郡守，立讲堂，作石室于南城。"后州夺郡学，移夷星桥南岸道东。道西城，故锦官也。"（《水经注·江水》）"锦城，在县南一十里，故锦官城也。"（《元和郡县图志·成都》）

蜀锦驰名中外，成为中外商贾逐利经营的畅销商货。唐代成都仍是丝织业中心之一，因此写成都自然写到其丝织业，咏锦的诗篇往往写到成都，提到成都时往往径称"锦城"。卢照邻《送郑司仓入蜀》云："离人丹水北，游客锦城东。"《还京赠别》云："一去仙桥道，还望锦城遥。"王维《送严秀才还蜀》云："别路经花县，还乡入锦城。"李白《登锦城散花楼》云："日照锦城头，朝光散花楼。"《蜀道难》云："锦城虽云乐，不如早还家。"《上皇西巡南京歌十首》其七云："锦水东流绕锦城，星桥北挂象天星。"其八云："天子一行遗圣迹，锦城长作帝王州。"杜甫《又于韦处乞大邑瓷碗》云："大邑烧瓷轻且坚，扣如哀玉锦城传。"《寄赠王十将军承俊》云："将军胆气雄，臂悬两角弓。缠结青骢马，出入锦城中。"《春夜喜雨》云："晓看红湿处，花重锦官城。"《赠花卿》云："锦城丝管日纷纷，半入江风半入云。"《送段功曹归广州》云："交趾丹砂重，韶州白葛轻。幸君因旅客，时寄锦官城。"《奉送严公入朝十韵》云："空留玉帐术，愁杀锦城人。"《送窦九归成都》云："读书云阁观，问绢锦官城。"《将赴成都草堂途中有作先寄严郑公五首》其五云："锦官城西生事微，乌皮几在还思归。"《怀锦水居止二首》其二云："雪岭界天白，锦城曛日黄。"元稹《贻蜀五首·李中丞表臣》云："十里花溪锦城丽，五年沙尾白头新。"羊士谔《酬彭州萧使君秋中言怀》云："江回玉垒下，气爽锦城西。"韩愈《和武相公〈早春闻莺〉》云："早晚飞来入锦城，谁人教解百般鸣。"张乔《送许棠下第游蜀》云："行歌风月好，莫老锦城间。"喻坦之《送友人游蜀》云："春尽离丹阙，花繁到锦城。"无可《送杜司马再游蜀中》云："勿令双鬓发，并向锦城衰。"这些来到成都的诗人，或送人到成都的诗人都想象着和陶醉于锦城之美，都以"锦城""锦官城"称呼成都，流露出对成都的热爱、向往和眷恋。

流经成都的江水称"锦江"或"锦水"。锦江发源于灌县，经成都汇入岷江，其得名源于成都的蜀锦，江边有地名曰"锦里"，"言锦工织锦，则濯之江流，而锦至鲜明。濯以他江，则锦色弱矣。遂命之为锦里也"（《水经注·江水》）。李峤《锦》云："汉使巾车远，河阳步障陈。云浮仙石日，霞满蜀江春。""霞满"句是写景，也是比喻，形容蜀锦之美。诗人写到成都都喜欢写"锦江"。李白《上皇西巡南京歌十首》其四云："谁道君王行路难，六龙西幸万人欢。地转锦江成渭水，天回玉垒作长安。"其五："万国同风共一时，锦江何谢曲江池。石镜更明天上月，后宫亲得照蛾眉。"其九云："水绿天青不起尘，风光和暖胜三秦。万国烟花随玉辇，西来添作锦江春。"杜甫《奉寄高常侍（一作寄高三十五大夫）》云："天涯春色催迟暮，别泪遥添锦水波。"《登楼》云："花近高楼伤客心，万方多难此登临。锦江春色来天地，玉垒浮云变古今。"《怀锦水居止二首》其一云："朝朝巫峡水，远逗锦江波。"张籍《送蜀客》云："蜀客南行祭碧鸡，木绵花发锦江西。"权德舆《送密秀才吏部驳放后归蜀应崔大理序》云："迢迢三千里，返驾一羸车。玉垒长路尽，锦江春物余。"

从这些诗可知，诗人们不论在什么境况下，不论心情好与不好，都称锦江、锦水，其热爱成都之情不曾稍改。

晚唐时尽管成都历尽战乱，丝织业依然兴盛。来到成都的中原人为成都发达的丝织业而惊叹。高骈《锦城写望》云："蜀江波影碧悠悠，四望烟花匝郡楼。不会人家多少锦，春来尽挂树梢头。"蜀锦乃天下之名产，通过赋贡、贩贸和赠遗流播远近。蜀锦的生产和流通在唐诗中也有描写。"濯锦"是蜀锦的重要工序。王维《送王尊师归蜀中拜扫》云："大罗天上神仙客，濯锦江头花柳春。"李白《上皇西巡南京歌十首》其六云："濯锦清江万里流，云帆龙舸下扬州。"蜀锦是地方入贡朝廷的贡物，在宫中被作为颁奖之用。王建《宫词一百首》之三十云："春池日暖少风波，花里牵船水上歌。遥索剑南新样锦，东宫先钓得鱼多。"皮日休《贱贡士》云："南越贡珠玑，西蜀进罗绮。到京未晨旦，一一见天子。"蜀锦被商贾贩运到全国各地，甚至域外。元稹《估客乐》写一位奔波南北、出入域外的商贾贩运的货物："子本频蕃息，货赂日兼并。求珠驾沧海，采玉上荆衡。北买党项马，西擒吐蕃鹦。炎洲布火浣，蜀地锦织成。"蜀锦驰名中外，昭示成都不愧为南方丝绸之路的起点。

入界先经蜀川过

以成都为起点，通过五尺道和灵关道进入云南，会于南诏的王城，而后通过永昌道可以进入缅甸和印度。五尺道从成都出发往东南行，是为东道；西道灵关道因经旄牛县，又叫"旄牛道"，此道从成都出发，在云南大理与东道会合后西行，出境入骠国（在今缅甸），再进入东南亚或南亚，这条道称"永昌道"，史料称可达"滇越乘象国"，也就是印度和孟加拉地区。

隋唐时云南错杂散居着许多部落，主要有白蛮和乌蛮。白蛮受汉文化影响较深，经济和文化都较先进。乌蛮即今彝族的祖先，受汉文化影响较少，有些部落的语言要经过三译四译才能和汉语相通。7世纪初叶起，乌蛮部落向洱海地区迁移，征服白蛮，建立起六个王国，称六诏，蒙舍诏地居最南称为"南诏"。

7世纪70年代，吐蕃势力进入洱海地区北部。南诏距吐蕃最远，依附于唐朝。在唐朝支持下先后灭其余五诏，征服洱海地区，建立南诏国。开元年间，唐朝封皮罗阁为云南王，第二年南诏建都太和城（今云南大理南）。天宝初年阁罗凤为王，声势日益浩大。南诏在南方丝绸之路上具有极其重要的地位，沟通了中国内地、成都到安南和缅甸的道路，这条道路被称为"中印缅道"。

白居易的《蛮子朝》一诗写南诏与唐朝的往来："蛮子朝，泛皮船兮渡绳桥，来自巂州道路遥。入界先经蜀川（道）过，蜀将收功先表贺。"诗中的"蛮子"即南诏，诗写南诏经蜀地入贡，蜀将乘机贪功。武元衡在成都时，曾让"南国使"把孔雀带走，南国使正是往来于南诏和唐朝首都的南诏使节。白居易和武元衡的诗反映了成都在唐朝与南诏交通中的中转地位。

南诏时期与内地联系增多，中原移民不断进入南诏，汉文化在南诏得到广泛传播，在唐文化影响下，南诏文学成就颇有可观。南诏大理时期洱海民族文学受中原地区文学影响很深。南诏王及其大臣和子孙习汉文、读儒书。唐朝西泸县令郑回被南诏俘虏，阁罗凤以郑回"有儒学"，令教其子孙。其子凤迦异、其孙异牟寻都从郑回受学，南诏"人知礼乐，本唐风化"。南诏派遣贵族子弟及大臣到成都就学，五十年间就学者上千人，他们把唐朝文化带回南诏。受唐朝文学影响，南诏文学也以诗和散文著称，涌现出不少知名诗人和文人。南诏诗文还流传到内地,有的被收录到《全唐诗》《全唐文》中。

其中著名的《南诏德化碑》是其散文代表作,长达数千言,辞藻典雅,文字流畅,颇有唐文风韵,而其铭文则以四言诗的形式对碑文内容进行了概括:

降祉自天,福流后允。瑞应匪虚,祯祥必信。
圣主分忧,遐荒声振。袭久传封,受符兼印。
兼琼秉节,贪荣构乱。开路安南,攻残面爨。
竹倩见屠,官师溃散。赖我先王,怀柔伏叛。
祚不乏贤,先猷是继。郡守诡随,贬身退裔。
祸连虔陀,乱深竖孽。殃咎匪他,途豕自燀。
仲通制节,不询长久。征兵海隅,顿营江口。
赤心不纳,白刃相守。谋用不臧,逃师夜走。
汉不务德,而以力争。兴师命将,置府层城。
三军往讨,一举而平。面缚群吏,驰献天庭。
李宓总戎,犹寻覆辙。水战陆攻,援孤粮绝。
势屈谋穷,军残身灭。祭而葬之,情繇故设。
赞普仁明,审知机变。汉德方衰,边城绝援。
挥我兵戎,攻彼郡县。越嶲有征,会同无战。
雄雄嫡嗣,高名英烈。惟孝惟忠,乃明乃哲。
性惟温良,才称人杰。邛泸一扫,军群双灭。
观兵寻传,举国来宾。巡幸东爨,怀德归仁。
碧海效祉,金穴荐珍。人无常主,惟贤是亲。
土宇克开,烟尘载寝。毂击犁坑,辑熙群品。
出入连城,光扬衣锦。
业留万代之台,仓贮九年之廪。

第七章 曾上青泥蜀道难——南方丝路行

> 明明赞普，扬天之光。赫赫我王，实赖之昌。
> 化及有土，业著无疆。河带山砺，地久天长。
> 辨称世雄，才出人右。信及豚鱼，润深琼玖。
> 德以建功，是谓不朽。石以刊铭，可长可久。

这可以看作南诏流传下来的最长的诗，歌颂南诏王阁罗凤的功业，并且讲述了对唐战争的几次重大历史事件。

南诏骠信寻阁劝乃著名诗人，"骠信"是南诏王称号，意为"君主"。唐剑南西川节度使韦皋派使节崔佐时去南诏，离开南诏时，寻阁劝赋诗为他践行。他的《星回节游避风台与清平官赋》诗颇为流传：

> 避风善阐台，极目见藤越。
> 悲哉古与今，依然烟与月。
> 自我居震旦，翊卫类夔契。
> 伊昔颈皇运，艰难仰忠烈。
> 不觉岁云暮，感极星回节。
> 元昶同一心，子孙堪贻厥。

南诏以十二月十六日为星回节，星回节，就是现代彝族、白族、纳西族等西南地区少数民族的"火把节"。这个节日有斗牛、斗羊、斗鸡、赛马、摔跤、歌舞表演等极度狂欢的活动，被称为"东方的狂欢节"。"清平官"类似中原政权的宰相。南诏有别都称善阐府，诗当作于此地。"藤越"是其邻国之名。南诏谓天子为"震旦"。夔、契是帝舜时两位贤臣，骠信诗用此典夸奖其清平官。南诏王自称为"元"，类似于"朕"；谓卿曰"昶"。"元昶"即君臣。从此诗的政治理念、写作水平和用典中可知南诏君王汉化之深。

清平官赵叔达的诗也很有名,其《星回节避风台骠信命赋》便是此次奉和之作:

> 法驾避星回,波罗毗勇猜。
> 河润冰难合,地暖梅先开。
> 下令俚柔洽,献琛弄栋来。
> 愿将不才质,千载侍游台。

作为臣下,当然要颂扬骠信的威德。前两句写其勇,"波罗"指虎,"毗勇"指野马。据说骠信昔年游此,曾射野马和老虎。五、六句写骠信的文治。"俚柔"指百姓,"弄栋"是国名。这两句诗的意思是在骠信治理下百姓和乐、君民一心、异国归附、纳贡称臣。这种君臣酬唱奉和之风和表达的政治理想,与唐朝宫廷风气十分相似。南诏官员中有不少诗人,如清平官杨奇鲲、段义宗、赵眉隆和赞卫姚岑等,他们出使唐朝时曾写诗,并流传后世,反映出南诏诗歌的高度水平。杨奇鲲的诗意境清新,有唐诗韵味,如《岩嵌绿玉》诗云:

> 天孙昔谪天下绿,雾鬓风鬟爱草木。
> 一朝骑凤上丹霄,翠翘花钿留空谷。

其《途中诗》云:

> □□□□□□,□□□□□□。
> 风里浪花吹更白,雨中山色洗还青。
> 海鸥聚处窗前见,林狖啼时枕上听。
> 此际自然无限趣,王程不敢暂留停。

这首诗收入《全唐诗》中,并记载其为南诏宰相,有词藻,德宗幸蜀时,曾至行在所朝见。布燮(清平官,相当于宰相)段义宗善诗,今存诗五首。其《听妓洞云歌》云:"嵇叔夜,鼓琴饮酒无闲暇。若使当时闻此歌,抛掷广陵都不藉。刘伯伦,虚生浪死过青春。一饮一硕犹自醉,无人为尔卜深尘。"诗非常娴熟地运用汉地历史文化典故。此外他的诗还有:

> 泸北行人绝,云南信未还。
> 庭前花不扫,门外柳谁攀。
> 坐久销银烛,愁多减玉颜。
> 悬心秋夜月,万里照关山。
> ——《思乡作》

> 此花不与众花同,为感高僧护法功。
> 繁影夜铺方丈月,异香朝散讲筵风。
> 寻真自得心源静,观色非贪眼界空。
> 好是芳馨堪供养,天教生在释门中。
> ——《题大慈寺芍药》

> 鹫岭鸡园不可俦,叨陪龙象喜登游。
> 玉排复道珊瑚殿,金错危栏翡翠楼。
> 尚欲归心求四谛,敢辞旋绕满三周。
> 羲和鞭挞金乌疾,欲网无由肯驻留?
> ——《题三学院经楼》

> 当今积善竞修崇,七宝庄严作梵宫。

> 佛日明时齐舜日，皇风清处接慈风。
> 一乘妙理应难测，万劫良缘岂易穷。
> 共恨尘劳非法侣，掉鞭归去夕阳中。
> ——《又题》

当时段义宗的诗广为流传，"悬心秋夜月，万里照乡关"；"此花不与众花同，为感高僧护法功"；"玉排复道珊瑚殿，金错危栏翡翠楼"等都是传诵的名句。

留有诗名的唐代南诏诗人还有王载玄、张明亨和无心昌道人。据明天启年间编《滇志》记载，王、张二人隐居楚雄五楼山，"志在清虚，日载酒峰巅，长啸狂吟，时人莫之识也"。有一道人名"无心昌道人"至，共饮，并相约明年再至。到第二年约定日期，王、张二人重登塞上，口占一绝："去年霜草断人魂，满江秋水白纷纷。犹记别离亭畔约，西山塞上未逢君。"吟罢清风徐来，彩云飞舞，无心昌道人至矣。道人题诗壁上："带剑飘然负不群，几回挥袖拂红尘。不图紫绶朝金阙，独爱青山锁白云。踽踽一身空盖世，茫茫四海觅知音。与君不负当年约，一榻清风到五城。"王载玄随无心昌道人腾空而去，张明亨则溘然仙逝。无心昌道人被认为是吕洞宾。

骆宾王《军中行路难（同辛常伯作）》诗反映了唐初对云南蛮族地区用兵的事实：

> 君不见封狐雄虺自成群，凭深负固结妖氛。
> 玉玺分兵征恶少，金坛授律动将军。
> 将军拥麾宣庙略，战士横戈静夷落。
> 长驱一息背铜梁，直指三巴登剑阁。
> 阁道岩峣起戍楼，剑门遥裔俯灵丘。

第七章 曾上青泥蜀道难——南方丝路行

邛关九折无平路，江水双源有急流。
征役无期返，他乡岁华晚。
杳杳丘陵出，苍苍林薄远。
途危紫盖峰，路涩青泥坂。
去去指哀牢，行行入不毛。
绝壁千里险，连山四望高。
中外分区宇，夷夏殊风土。
交趾枕南荒，昆弥临北户。
川原饶毒雾，溪谷多淫雨。
行潦四时流，崩查千岁古。
漂梗飞蓬不暂安，扪藤引葛度危峦。
昔时闻道从军乐，今日方知行路难。
沧江绿水东流驶，炎州丹徼南中地。
南中南斗映星河，秦川秦塞阻烟波。
三春边地风光少，五月泸中瘴疠多。
朝驱疲斥候，夕息倦樵歌。
向月弯繁弱，连星转太阿。
重义轻生怀一顾，东伐西征凡几度。
夜夜朝朝斑鬓新，年年岁岁戎衣故。
灞城隅，滇池水。
天涯望转积，地际行无已。
徒觉炎凉节物非，不知关山千万里。
弃置勿重陈，征行多苦辛。
且悦清笳杨柳曲，讵忆芳园桃李人。
绛节朱旗分日羽，丹心白刃酬明主。
但令一被君王知，谁惮三边征战苦。

> 行路难，行路难，歧路几千端。
> 无复归云凭短翰，空馀望日想长安。

诗中写到的地名如"铜梁""三巴""剑阁""剑门""邛关""青泥坂"等，都是从中原地区入蜀的途经之地。大军征行的目的地则是"哀牢"，作战之地为"南中""泸川""滇池"，正是云南诸蛮族之地。这首诗描写唐军一路南下，经过蜀中各地，进入南中作战，渡过泸水直至滇池，剑指哀牢。这些描写不应完全是虚写，应该反映的是唐军用兵姚州的史实。唐武德四年（621）置姚州，治所在今云南省姚安县西北旧城。《骆宾王集》中有《兵部奏姚州道破逆贼诺没弄杨虔柳露布》《兵部奏姚州破贼设蒙俭等露布》《为李总管祭赵郎将文》等，可知骆宾王曾从军征蛮，诗与文皆在军中所写。

当南诏地属唐朝势力范围之时，南蛮之地成为唐朝贬官流放之地。卢僎《初出京邑有怀旧林》云：

> 赋生期独得，素业守微班。
> 外忝文学知，鸿渐鹓鹭间。
> 内倾水木趣，筑室依近山。
> 晨趋天日晏，夕卧江海闲。
> 松风生坐隅，仙禽舞亭湾。
> 曙云林下客，霁月池上颜。
> 虽曰坐郊园，静默非人寰。
> 时步苍龙阙，宁异白云关。
> 语济岂时顾，默善忘世攀。
> 世网余何触，天涯谪南蛮。
> 回首思洛阳，喟然悲贞艰。

旧林日夜远，孤云何时还。

卢僎是玄宗时大臣，这首诗写自己以文学知名，得为朝臣，但以独善自期，性爱山水，谦默自守，却以直言获罪。"世网"二句交代自己"出京"的原因，是被贬官外放，贬放的地点是"南蛮"。被贬的原因是直言时弊、不顾忌时讳，没有想到去攀附权贵。这是他被贬出京时感怀身世、眷恋家乡写的诗，他自信为"贞"，又深感在这个世道上要做到"贞"之艰难。卢僎被贬南蛮事，不见史书记载，此诗可补史传之阙，他被贬南蛮之地也反映了唐朝与其地的关系。

关塞极天唯鸟道

从成都至南诏，"灵关道"是最重要也是最惊险的一段。灵关古道自古以来就是商贸和军事要道，很早就是巴蜀先民与南方世界交流的通道。诸葛亮南征路经此道，他的《前出师表》感慨此地荒凉云："五月渡泸，深入不毛。"为便于行军和粮秣转运，诸葛亮对古道进行了整治，故后人将灵山改为相公岭，此道又名"孔明鸟道"。杜甫《秋兴八首》其七吟咏这一道路：

> 昆明池水汉时功，武帝旌旗在眼中。
> 织女机丝虚夜月，石鲸鳞甲动秋风。
> 波漂菰米沉云黑，露冷莲房坠粉红。
> 关塞极天唯鸟道，江湖满地一渔翁。

诗中"鸟道"指自成都入南中的一段道路,《南中八志》中说:"鸟道四百里,以其险绝,兽犹无蹊,特上有飞鸟道耳。"

灵关道上有岷山,是唐朝与吐蕃的界山,从成都西行经雅州逾雪岭入吐蕃。此山为自甘南延伸至川西北的褶皱山脉,有"千里岷山"之说,因常年积雪又称"雪岭",位于成都之西又称西山或西岭。杜甫在成都的诗中多次写到"雪岭""西山"或"西岭"。如《登楼》中有"北极朝廷终不改,西山寇盗莫相侵","西山寇盗"指吐蕃。李商隐《杜工部蜀中离席》诗云"雪岭未归天外使,松州犹驻殿前军",也是以雪岭代指唐与吐蕃的分界。诗中的"松州"是军事要地,唐朝后期与吐蕃的战争在蜀地亦十分激烈,剑南西川节度使担负着西抗吐蕃的重任。诗人胡皓《奉使松府》写来到此地的所见所感:"蜀山周地险,汉水接天平。波涛去东别,林嶂隐西倾。露白蓬根断,风秋草叶鸣。孤舟忽不见,垂泪坐盈盈。"用"险"字,显出其军事地位重要。

雅州西边有著名的邛崃关,山岩阻峻,萦纡百有余里,关城当西麓垂尽处,凭高瞰远,地势险要。从成都南下赴南诏,或从南诏入唐必经此关。唐代从中原地区赴任或奉使巂州有路经邛崃关者,如陈子昂《送魏兵曹使巂州》写道:"阳山淫雾雨,之子慎攀登。……勿以王阳道,迢递畏峻嶒。""王阳道"用汉代琅琊人王阳的典故,指代邛崃关一带的地形险峻。陈子昂出生在四川射洪,自二十一岁出蜀后又多次回蜀,或守制或隐居或归田侍养,到四十二岁葬身故土,陈子昂大半生时间在四川,很有可能亲身到过邛崃关。

唐代用兵云南也路行经邛崃关。骆宾王《从军中行路难二首》其一写唐军南征,征途上有邛关,即邛崃关:"邛关九折无平路,江水双源有急流。"骆宾王亲见邛崃关的遥远而艰险,在后来于成都所写《代女道士王灵妃赠道士李荣》诗中还提到"南陌西邻咸自保,还辔归期须及早。为想三春狭斜路,莫辞九折邛关道",用邛关的险峻指代不辞困难。这条道是用兵之道，也是自成都南下进入云南的要道。敦煌文书有胡皓《夜行黄花川》诗："旳旳（昑昑）夜绵绵，斜斗历高天。露浩空山月，风秋洞壑泉。饥鼯啼远树，暗鸟宿长川。借问邛关道，遥遥复几年？"胡皓是开元年间诗人，存诗中有三首关于蜀地景物，一首是关于当时川陕交通要道的大散关。而这首诗中的黄花川，据考证是位于嘉陵江的上游，唐代时属汉中府黄花县，是由陕入川的必经之路，因此可以推测他曾出使蜀地，诗中还特别提到邛关，也很可能要经过邛崃关去往更远的南诏。

从成都往西南经峨眉山，岑参赴任嘉州刺史，路经峨眉山，其《峨眉东脚临江听猿怀二室旧庐》诗云："峨眉烟翠新，昨夜秋雨洗。分明峰头树，倒插秋江底。久别二室间，图他五斗米。哀猿不可听，北客欲流涕。"一夜秋雨之后的峨眉山烟气缭绕，山色葱茏，格外清新；山顶树木倒映水中，仿佛倒栽江底，与秋日清澈江水相映成趣。面对如此美好秋景，诗人不由得怀念起家乡旧宅和牵念的故人，耳畔的猿鸣如哀似怨，催人泪下。

唐末诗人郑谷避黄巢起义之乱入蜀，在蜀地漫游期间也到过峨眉山，写下《峨嵋山》诗云："万仞白云端，经春雪未残。夏消江峡满，晴照蜀楼寒。造境知僧熟，归林认鹤难。会须朝阙去，只有画图看。"山高万仞直入云端，皑皑积雪直到夏天才消融，江水因而潮涌，晴空下照映山上楼台。这壮美景致无法常常领略，只能在画中欣赏。

邛崃关往南有清溪关，是南方丝绸之路上的重要关隘。其地连山带谷，夹涧临溪，倚险结关。从成都南下至峨眉山，可以过大渡河南入南诏，亦可利用水路经大渡河、岷江再入长江东下。因此唐代清溪古城和清溪关也是交通枢纽。李白《峨眉山月歌》云：

峨眉山月半轮秋，影入平羌江水流。

夜发清溪向三峡，思君不见下渝州。

唐时有清溪驿，联结陆路与水道，年轻的李白离蜀去往中原，从清溪驿出发，入长江沿江东下。清溪驿得名当与水名有关，清溪是大渡河支流，清溪驿、清溪关取名皆源于此。

唐前期嶲州在唐朝管辖之下，有唐朝官员赴任或奉使至嶲州。嶲州属偏远落后地区，故唐代前期也把犯罪流放的官员发配此地。从长安到嶲州是贬官流放之路，例如唐初杜淹、王珪、韦挺、郑世翼、李义府、薛元超等人曾因受株连，蒙冤被流放到越嶲，有相关诗歌传世。杜淹在越嶲有诗寄长孙无忌，其《寄赠齐公》写自己的心情和路程：

冠盖游梁日，诗书问志年。
佩兰长坂上，攀桂小山前。
结交淡若水，履道直如弦。
此欢终未极，于兹独播迁。
赭衣登蜀道，白首别秦川。
泪随沟水逝，心逐晓旌悬。
去去逾千里，悠悠隔九天。
郊野间长薄，城阙隐凝烟。
关门共月对，山路与云连。
此时寸心里，难用尺书传。

从诗的描写可见其行程，杜淹离开长安，经蜀道过成都至越嶲，道路悠远，山高水长。他以直道自许，蒙受着冤屈到达荒凉的贬所，内心的痛苦无法言说。贞观年间郑世翼配流嶲州，并死于贬所。他以冤谤获罪，其《登北邙还望京洛》云："伊余孤且直，生平独沦丧。山幽有桂丛，何为坐惆怅。"他虽然不得志，但自甘幽独，所以自比生长于僻处的桂丛。他之被贬可能也是冤案。《巫山高》诗写其赴贬所的道路和心情："巫山凌太清，岩峣类削成。霏霏暮雨合，霭霭朝云生。危峰入鸟道，深谷写猿声。别有幽栖客，淹留攀桂情。"他的行程似乎是经长江西上，而后入成都，故有《过严君平古井》诗。严君平曾卖卜成都，古井当在此地。又从成都取"鸟道"赴巂州。

高宗时李义府被流放巂州，有《在巂州遥叙封禅》诗：

> 天齐标巨镇，日观启崇期。
> 岩峣临渤澥，隐嶙控河沂。
> 眺迥分吴乘，凌高属汉祠。
> 建岳诚为长，升功谅在兹。
> 帝猷符广运，玄范畅文思。
> 飞声总地络，腾化抚乾维。
> 瑞策开珍凤，祯图荐宝龟。
> 创封超昔夏，修禅掩前姬。
> 东后方肆觐，西都导六师。
> 肃驾移星苑，扬罕驭风司。
> 沸鼓喧平陆，凝眸静通逵。
> 汶阳驰月羽，蒙阴警电麾。
> 岩花飘曙辇，峰叶荡春旗。
> 石间环藻卫，金坛映黼帷。
> 仙阶溢秘祀，灵检耀祥芝。
> 张乐分韶濩，观礼纵华夷。
> 佳气浮丹谷，荣光泛绿坻。
> 三始贻遐贶，万岁受重厘。

> 菲质陶恩奖，趋迹奉轩墀。
> 触网沦幽裔，乘徽限明时。
> 周南昔已叹，邛西今复悲。

他称这个贬地是"幽裔"，即偏远的边地。"邛西"即邛州，邛崃关之西，亦言其荒僻。李义府借武后之势，卖官鬻爵，朝野怨愤，当其被贬，上下称庆。李义府又是一个"笑里藏刀"、善于逢迎拍马的人。这首诗也表现了他这一性格特点，在贬所不忘拍朝廷马屁。

泸水是唐朝与南诏的分界线，是南诏人往来于唐朝与南诏必经之水。南诏布燮《思乡作》云："泸北行人绝，云南信未还。庭前花不扫，门外柳谁攀。坐久销银烛，愁多减玉颜。悬心秋夜月，万里照关山。"布燮是南诏官名，即清平官，相当于内地宰相。此人可能是南诏清平官董成，他曾被派遣至成都，剑南节度使李福将其囚禁，因此有人认为《思乡作》一诗是董成所作。在他的诗里，泸水就是唐朝与南诏的分界。

唐代置安南都护府，治所在交州龙编（今越南河内附近）。从交州、南海通南诏的道路称"安南道"，其中经过巴东、贵州、广西的部分道路称牂牁道，是一条从南中、巴蜀赴安南、岭南常用的道路。从成都出发入牂牁道，首经犍为郡，有龙阁道，此道艰险。岑参《赴犍为经龙阁道》云：

> 侧径转青壁，危梁透沧波。
> 汗流出鸟道，胆碎窥龙涡。
> 骤雨暗溪谷，归云网松萝。
> 屡闻羌儿笛，厌听巴童歌。
> 江路险复永，梦魂愁更多。
> 圣朝幸典郡，不敢嫌岷峨。

岑参随杜鸿渐入蜀，途经龙阁道时所作，"侧径"形容阁道的狭窄。他于先一年永泰元年（765）十一月已被委任为嘉州刺史，因蜀中内乱未能赴任，龙阁道即龙门阁，是蜀道上最险的栈道之一。此诗主要写龙阁道的险绝。犍为郡是从成都东下连接长江三峡和岭南百蛮的要道，岑参《初至犍为作》云："山色轩槛内，滩声枕席间。草生公府静，花落讼庭闲。云雨连三峡，风尘接百蛮。到来能几日，不觉鬓毛斑。"陈羽《犍为城下夜泊闻夷歌》云："犍为城下牂牁路，空冢滩西贾客舟。此夜可怜江上月，夷歌铜鼓不胜愁。"写在犍为城外可见商客的船停泊，见证牂牁路在西南丝绸之路上是重要交通道路。而此地少数民族的歌声，以及特有的铜鼓乐器，令诗人印象深刻，引发思乡之情。

驱尽江头濯锦娘

唐代后期，南方丝绸之路上发生了一件令诗人痛心的事，也是蚕桑丝织技术传播的重大事件。

唐文宗大和三年（829）十一月，南诏出动全国军队杀奔成都，执政官嵯巅亲自挂帅。唐朝驻守成都的主帅是杜元颖，他是个文士，不懂军事，又疏忽大意不设防。因此南诏的军队顺利通过嶲州（今西昌）、戎州（今宜宾西南），过清溪关、邛崃关，都没有遇到任何抵抗，长驱直入。杜元颖派兵到邛州（邛崃）南仓促应战，寡不敌众，唐军大败，南诏兵迅速攻入成都外城，杜元颖领兵退守牙城。

史书记载，南诏军队占领成都十天后，把成都数以万计的织锦技工俘掠而去。当唐朝的救兵追来时，嵯巅亲自断后，挡住了唐军的追击。行至大渡河时，嵯巅派人告诉这些织锦技工们说："过了河，南边就是我们南诏了，你们就要远离家乡了，允许你们大哭一场。一旦进入南诏，就不许再哭了，再哭杀头。"一时哭声震天，而且许多人号叫着投河自尽，死了几千人。

这是一件极其伤心的事件，诗人们听说后莫不悲伤，因此在唐诗中引起强烈反响。唐代著名诗人徐凝《蛮入西川后》诗就是写这件事的：

守隘一夫何处在，长桥万里只堪伤。
纷纷塞外乌蛮贼，驱尽江头濯锦娘。

徐凝的事迹，因为史书记载太简略，不知道他是否到过蜀中。只从这首诗来看，他可能到过成都，而且是在南诏兵抢走成都织工的事件之后。前两句写成都沦陷，形容险要的关隘，俗话说"一夫当关，万夫莫开"。诗人首句就直接质问：这守关的"一夫"哪儿去了？直斥唐军主帅。"长桥万里"用著名的万里桥代指成都，以及发生在成都的这件事。诗用了一个"伤"字写成都人的心情，当然也是诗人的心情，想到成都的万里桥，想到这件事，除了悲伤还是悲伤，诗人为成都沦陷百姓被掳而伤心。成都本来是个美丽的城市，想到它就令人高兴，现在只能令人悲伤。三、四句写敌人把成都的织工全都驱赶到南诏。"纷纷"形容侵入成都的南诏军队数量多。"乌蛮贼"即南诏的军队。唐代时在洱海附近生活着两个蛮族，一个白蛮，一个乌蛮，南诏王出身乌蛮，所以称南诏军队为"乌蛮贼"。"濯锦"是丝织的最后一道工序，在江水中漂洗织锦。"濯锦娘"即从事蚕桑丝织业的成都姑娘。"驱尽"就是把这些女工全都俘虏而去。可见在诗人看来，这场战争最大的损失是成都技术工人被掳走。也印证了史书的记载，南诏人就是为了得到成都的技术工人。

反映这一重大事件的作品还有雍陶的诗。雍陶是晚唐诗人，他是成都人，早年生活在蜀中，后来又在四川做官，所以对这一事件特别关心。雍陶长期生活在蜀中，唐大中八年（854），出为简州刺史。晚年辞官养病，闲居雅州。因此耳闻目睹当年这场人间悲剧，写过六首诗。有一首诗是真实地反映了当时的战乱和唐人的心情，他的《答蜀中经蛮后友人马艾见寄》诗云：

> 酋马渡泸水，北来如鸟轻。
> 几年朝凤阙，一日破龟城。
> 此地有征战，谁家无死生。
> 人悲还旧里，鸟喜下空营。
> 弟侄意初定，交朋心尚惊。
> 自从经难后，吟苦似猿声。

他的朋友马艾曾亲身经历了这场战争，在南诏人退走后，他写了一首诗寄给雍陶，雍陶写了这首诗回赠给他，诗写战后大家的心情。"酋马"指南诏的骑兵，"泸水"是唐朝与南诏之间的一条河，当年诸葛亮就是"五月渡泸，深入不毛"。第二句是比喻，用飞鸟形容敌人的骑兵，形容敌人的进攻轻而易举。史载剑南节度使杜元颖不晓军事，武备废弛，因此敌人轻而易举地攻入成都。三、四句写南诏与唐朝的关系，多年以来，南诏臣服于唐朝，一直向唐朝进贡，朝见唐朝天子，现在竟然在一日之内侵入成都。"龟城"指成都，据说，成都城俯视状似乌龟，故称"龟城"。五、六句写成都人死亡之多，家家都有人死于这场战争。"人悲"四句写战后人们的心情。写"人悲"，用"鸟喜"来衬托。敌人退走后，避难的人回到家里，看到残破的景象，十分悲痛。而鸟却高兴异常，因为敌人退走后，军营空了，鸟儿可以自由自在地觅食飞翔了。意初定，心尚惊，写亲戚朋友都惶恐不安。最后两句写自己的心情，"吟苦"是写诗的心情，心情痛苦，吟诗的声音像猿猴的哀鸣。猿猴的叫声像人在哭，所以诗里常用猿的叫声形容痛苦的心情，如"巴东三峡巫峡长，猿鸣三声泪沾裳"。雍陶还有一首《蜀中战后感事》诗：

> 蜀道英灵地，山重水又回。
> 文章四子盛，道路五丁开。
> 词客题桥去，忠臣叱驭来。
> 卧龙同骇浪，跃马比浮埃。
> 已谓无妖土，那知有祸胎。
> 蕃兵依汉柳，蛮旆指江梅。
> 战后悲逢血，烧馀恨见灰。
> 空留犀厌怪，无复酒除灾。
> 岁积苌弘怨，春深杜宇哀。
> 家贫移未得，愁上望乡台。

从这首诗可知，雍陶经历了这场战乱，所以他说当时成都残破，已不堪居留，但"家贫移未得"。他还有五首诗是一组诗，即《哀蜀人为南蛮俘虏五章》，也是反映这场战乱的，也是写成都织工和技术人员被南诏人掳走的事件。这五首诗是按南诏人押送成都织工回南诏的行程来写的，从成都到南诏要路过大渡河、青溪关、巂州，所以五首诗从五个地方来写：成都→大渡河→青溪关→巂州→南诏（蛮城）。从初出成都写到南诏的王城。其一《初出成都闻哭声》云：

> 但见城池还汉将，岂知佳丽属蛮兵。
> 锦江南渡遥闻哭，尽是离家别国声。

第七章 曾上青泥蜀道难——南方丝路行

这首诗和徐凝的诗在内容上是一致的,也是以诗写史。城池,就是成都。汉将,指唐朝将军。敌人退走了,成都又回到唐朝将军的管理之下。"佳丽"即美女,就是"濯锦娘"。城市虽然收复了,敌人退走了,但"佳丽"即"濯锦娘"被敌人掳走了,还配给了南诏的士兵。这不是胜利,这是一场悲剧,是耻辱。三、四句写这些女子们走得很远了,还能听到她们的哭声,都是离别家乡的悲伤。其他四首依次是:

> 大渡河边蛮亦愁,汉人将渡尽回头。
> 此中剩寄思乡泪,南去应无水北流。
> ——《过大渡河蛮使许之泣望乡国》

> 欲出乡关行步迟,此生无复却回时。
> 千冤万恨何人见,唯有空山鸟兽知。
> ——《出青溪关有迟留之意》

> 越巂城南无汉地,伤心从此便为蛮。
> 冤声一恸悲风起,云暗青天日下山。
> ——《别巂州一时恸哭云日为之变色》

> 云南路出陷河西,毒草长青瘴色低。
> 渐近蛮城谁敢哭,一时收泪羡猿啼。
> ——《入蛮界不许有悲泣之声》

这是成都丝织业的重大损失,也是南方丝绸之路历史上丝织技术传播的一个重大事件。这些织工到了南诏以后怎样呢?南诏由于获得好几万成都织锦技工,不仅有了官营的丝织业,而且南诏几万人家都有了织工，南诏的丝织业形成了规模和集群化生产。加上引进了先进的丝织技术，丝织业发展起来了。史书上记载南诏："自是工文织，与中国埒。"（《新唐书·南蛮传》）文织就是有花纹的丝织品，即锦。埒，相等、同等的意思。从此以后，南诏人就善于织锦，赶上了中原的水平。

第八章　越岭向南风景异
——通向海上丝路

公元8世纪时，由于唐朝发生安史之乱，吐蕃人占领陇右、河西和西域，大食（阿拉伯）人的势力进入中亚，经陆路联系西方国家的丝绸之路被阻隔，中西方贸易往来的重心从陆路转向了海路。唐朝对海外贸易采取开放和鼓励政策，从广州直通阿拉伯帝国的海上丝绸之路兴盛起来，海外贸易进入鼎盛时期，奉使海外的使节和出海经商的唐人从岭南沿海出发，派遣到此地为官者以及谋求入幕者亦多至岭南。海上丝路起点所在的岭南、安南地区又是蛮荒之地，唐代有不少文人蒙冤被屈遭致流放，或在政治斗争中遭受打击和排斥被贬官，南方荒远之地往往是其贬所，因而此地多了不少失意文人的足迹。

度岭方辞国

贞观元年（627），唐朝在南海郡（今广州）建立岭南道，辖境包含今广东全部、广西大部、云南东南部和越南北部，正式开始对岭南地区进行行政管理。岭即五岭，这是地处江西、湖南与广东、广西四省边境山脉，东北西南走向，有五个山岭，虽相距较远，属同一山脉。调露元年（679）置安南都护府，治所在今宋平县（越南河内附近）。此后，唐朝陆续在岭南地区设置了岭南道等地方行政机构。

武则天建周称帝，后期耽于享乐，专宠张昌宗、张易之兄弟。二张兄弟的专权跋扈、倒行逆施，引发朝廷上下的不满。神龙元年（705），太子李显、宰相张柬之、崔玄暐等大臣以二张兄弟谋反为名，在洛阳太初宫发动兵变，逼迫女皇帝武则天退位，拥立李显为君，复国号为唐。神龙政变后，曾与二张兄弟交好或受武则天亲信重用的文士官员遭受牵连，纷纷被贬，并且多被流放至最偏远的岭南、安南地区。其中为人熟知的诗人有沈佺期、杜审言、宋之问、阎朝隐等。岭南、安南便是海上丝路的起点。

到岭南、安南要先翻越大庾岭。沈佺期有《遥同杜员外审言过岭》一诗：

> 天长地阔岭头分，去国离家见白云。
> 洛浦风光何所似，崇山瘴疠不堪闻。
> 南浮涨海人何处，北望衡阳雁几群。
> 两地江山万余里，何时重谒圣明君。

大庾岭位于江西、广东交界处，为五岭之一，过此岭即是岭南地

第八章 越岭向南风景异——通向海上丝路

界，因此诗人至此多有触动。沈佺期从长安出发，心情沮丧地翻越大庾岭，已经跋涉一千多公里。在这首诗中虽然流露出去国离家、将赴蛮荒之地的无限愁苦，以及对自己和友人命运漂泊、前途未卜的忧伤，但结语依然怀抱对明君的赤诚和期待。这首诗写得情景交融，哀而不怨，流利晓畅，真挚动人，气韵流畅，是初唐七律的佳制。沈佺期是武周长安年间人，累迁通事舍人，预修《三教珠英》，转考功郎、给事中。在文学上与宋之问齐名，并称"沈宋"，律诗创作数量多、造诣高，在当时为学诗者之宗，也被后世认为对律诗的定型做出了最重要的贡献。

从诗题来看，这首诗是沈佺期收到杜审言的过岭诗后所写的和诗。杜审言是杜甫的祖父，因曾任膳部员外郎，故又称杜员外。沈、杜两人都于公元705年流放安南。杜审言先起程过大庾岭去往峰州（今越南越池东南），写有《过庾岭》的诗。沈佺期随后也过大庾岭去往驩州（今越南义安省荣市），写了一首跟杜审言同题同韵的诗。题目中的"同"就是这个意思，因为两人相距遥远，故云"遥同"。杜审言的原诗已经失传，我们只能根据沈佺期这首诗判断，杜审言写过此诗。沈佺期这首诗的题目有的版本作《遥同杜五过庾岭》。杜五就是杜审言，庾岭就是大庾岭。沈佺期在《初达驩州》一诗中说："配远天遂穷，到迟日最后。"也可知他过大庾岭比杜审言要晚。从他的诗可知，他们到达贬所，要走一段水程，所以说"南浮涨海人何处"。他们还盼望着有朝一日被朝廷召回，回到长安，"重谒圣明君"。

宋之问被贬为泷州（今广东罗定）参军，过大庾岭时他的感触更深，先后写了三首关于大庾岭的诗：

晨跻大庾险，驿鞍驰复息。
雾露昼未开，浩途不可测。
嵯起华夷界，信为造化力。

歇鞍问徒旅,乡关在西北。
出门怨别家,登岭恨辞国。
自惟勖忠孝,斯罪懵所得。
皇明颇昭洗,廷议日纷惑。
兄弟远沦居,妻子成异域。
羽翮伤已毁,童幼怜未识。

阳月南飞雁,传闻至此回。
我行殊未已,何日复归来。
江静潮初落,林昏瘴不开。
明朝望乡处,应见陇头梅。
　　——《题大庾岭北驿》

踌躇恋北顾,亭午晞霁色。
春暖阴梅花,瘴回阳鸟翼。
含沙缘涧聚,吻草依林植。
适蛮悲疾首,怀巩泪沾臆。
感谢鹓鹭朝,勤修魑魅职。
生还倘非远,誓拟酬恩德。
　　——《早发大庾岭》

度岭方辞国,停轺一望家。
魂随南翥鸟,泪尽北枝花。
山雨初含霁,江云欲变霞。
但令归有日,不敢恨长沙。
　　——《度大庾岭》

第一首诗写经长途跋涉，来到大庾岭北的驿站，住宿在此并题诗，想象着明日登大庾岭的情景。《早发大庾岭》是第二天一早登上大庾岭，从这里出发继续南行，此时显见诗人心中占据主导地位的是惶恐、悲怨、愁闷，还有但求返朝的哀求，抒发较为直白。第三首《度大庾岭》写越过大庾岭的心情。过岭就到了岭南，诗人去国怀乡的情感陡然强烈起来，故诗以愁绪为主，婉转抒怀，托物寄情。通过描写眼前景物以及"雁不过梅岭"的传说，抒发了人生坎坷和思乡情切，一字不着"愁"字而愁情满盈，宛转低徊。宋之问与沈佺期并称，为近体律诗奠基人之一，擅作五言排律，被胡应麟誉为初唐之冠。他的山水描写对盛唐诗人王维的山水诗创作也多有影响。宋之问因不堪岭南之苦，第二年从岭南潜回洛阳时，经汉江写下的"岭外音书绝，经冬复历春。近乡情更怯，不敢问来人"颇负赞誉。

行至端州（今广东肇庆）时，宋之问在驿站见到因神龙之变同时被贬的人中4位在此留下了诗题，感慨之余写诗《至端州驿见杜五审言沈三佺期阎五朝隐王二无竞题壁慨然成咏》：

> 逐臣北地承严谴，谓到南中每相见。
> 岂意南中歧路多，千山万水分乡县。
> 云摇雨散各翻飞，海阔天长音信稀。
> 处处山川同瘴疠，自怜能得几人归。

岭南千山万水多岔道，虽贬同一地域却无缘相见且音信阻隔。在此见故人杜审言、沈佺期、阎朝隐、王无竞诗笔，诗人心中起了同类之伤以及心知回归无望的悲凉。端州是广东、广西的交通要冲，端州驿自唐初起设立，一直是南来北往的接待站。因此，被贬岭南者均需过端州驿。杜审言、沈佺期、阎朝隐、王无竞等四人端州题壁诗都没有流传下来，他们的作品所表达的情感想必和宋之问这首诗相同。

而此前的两年，即长安三年（703），张易之、张昌宗兄弟诋毁御史大夫魏元忠与司礼丞高戬谋反，致使两人被贬岭南。时任凤阁舍人的张说因正直不肯附和谗言，也被连累流放钦州。途经端州时，张说在驿站写下了《端州别高六戬》诗：

> 异壤同羁窜，途中喜共过。
> 愁多时举酒，劳罢或长歌。
> 南海风潮壮，西江瘴疠多。
> 于焉复分手，此别伤如何。

虽然同担"忠而被谤"的冤屈，但张说与高戬分别时表现出了哀伤但又无愧的心情。而就在两年后神龙元年（705年），宋之问等人因二张兄弟的倒台而被贬岭南时，张说却因此得以赦归。回京路过端州时，高戬已经与世长辞了。他在伤感之余，写下了《还至端州驿前与高六别处》，天人相隔的凄恻哀痛，掩盖了冤屈得伸的开怀：

> 旧馆分江口，凄然望落晖。
> 相逢传旅食，临别换征衣。
> 昔记山川是，今伤人代非。
> 往来皆此路，生死不同归。

在岭南期间，宋之问或经行或游历，写下诸多关于岭南山水古迹胜景的诗篇。《入泷州江》写了初入泷州对岭南独特景色、气候的观感：

> 孤舟泛盈盈，江流日纵横。
> 夜杂蛟螭寝，晨披瘴疠行。

第八章 越岭向南风景异——通向海上丝路

> 潭蒸水沫起，山热火云生。
> 猿䫢时能啸，鸢飞莫敢鸣。
> 海穷南徼尽，乡远北魂惊。
> 泣向文身国，悲看凿齿氓。
> 地偏多育蛊，风恶好相鲸。
> 余本岩栖客，悠哉慕玉京。
> 厚恩尝愿答，薄宦不祈成。
> 违隐乖求志，披荒为近名。
> 镜愁玄发改，心负紫芝荣。
> 运启中兴历，时逢外域清。
> 只应保忠信，延促付神明。

"南徼"就是南方边境地区，因为到了沿海地区，所以说这里是大海的尽头。"文身国""凿齿氓"是对南方沿海国家和地区居民形象的描写。诗人泛舟海上时看到狂风巨浪和在风浪中起伏的鲸鱼。《早发韶州》对岭南地貌地标气候特色也有深入描写：

> 炎徼行应尽，回瞻乡路遥。
> 珠厓天外郡，铜柱海南标。
> 日夜清明少，春冬雾雨饶。
> 身经大火热，颜入瘴江消。
> 触影含沙怒，逢人女草摇。
> 露浓看菌湿，风飔觉船飘。
> 直御魑将魅，宁论鸮与鸦。
> 虞翻思报国，许靖愿归朝。
> 绿树秦京道，青云洛水桥。

故园长在目，魂去不须招。

"炎徼"，南方炎热的边境地区。炎热是北方人来到岭南地区对气候的最突出的印象。"珠厓"即珠崖郡，汉武帝时征服岭南后，在今海南岛设置的一个郡，因此地海中有珍珠而得名。"铜柱"，东汉时马援率军到岭南平乱，胜利后立铜柱以作纪念。晋代顾微《广州记》记载："援到交阯，立铜柱，为汉之极界也。"对于中原政权来说，铜柱是南方边境的标志性建筑。"风飔觉船飘"说明这一切都是他在船行海上的所见所感。描写水行见闻，又如《早入清远峡》：

> 传闻峡山好，旭日棹前沂。
> 雨色摇丹嶂，泉声聒翠微。
> 两岩天作带，万壑树披衣。
> 秋菊迎霜序，春藤碍日辉。
> 翳潭花似织，缘岭竹成围。
> 寂历环沙浦，葱茏转石圻。
> 露馀江未热，风落瘴初稀。
> 猿饮排虚上，禽惊掠水飞。
> 榜童夷唱合，樵女越吟归。
> 良候斯为美，边愁自有违。
> 谁言望乡国，流涕失芳菲。

清远峡即广东清远飞来峡，以山水名胜著称。"旭日棹前沂"点明是船行所见。

佛教传播是海上丝路文化交流的重要内容，早在汉末三国时佛教便通过海上丝路从南亚、东南亚传入中国南方沿海地区，因此岭南到处可见佛教寺院。在宋之问笔下可见佛教兴盛的表现，在他的南行途中时常见到古刹名寺。如《宿清远峡山寺》：

> 香岫悬金刹，飞泉界石门。
> 空山唯习静，中夜寂无喧。
> 说法初闻鸟，看心欲定猿。
> 寥寥隔尘市，何异武陵源。

清远峡山上的寺即飞来寺，为岭南著名古刹，始建于梁武帝普通年间。据清康熙年间编修的《清远县志》记载："广庆寺，即清远峡山飞来寺，梁普通年间贞俊禅师建。"飞来寺位于距广东省清远市城北二十三公里的飞来峡，始建于梁武帝普通元年（520）。颖川贞俊和灵霭两位禅师离开舒州（今安徽）上元延祚寺来到此地主持建寺事宜，这一年十月十八日落成开光。梁武帝亲手写"至德"两字赐作寺门额匾，所以开始便称"至德寺"。为什么叫飞来寺，有两种说法。一说普通元年，轩辕黄帝的两个儿子太禹和仲阳隐居在飞来峡，遗憾这里缺少一个道场，他们来到舒州延祚寺，请住持贞俊禅师到清远峡建立道场。贞俊禅师不好拒绝。太禹与仲阳作法，把延祚寺凌空拔起搬往清远峡。贞俊禅师发现寺院已在清远峡山，口念："寺能飞来，胡不飞去？"这寺院就落地生根，被称为飞来寺。"飞来"二字最早见于北宋政和年间胡愈所撰《修飞来殿碑记》，可知"飞来"二字最早用于殿名。碑中还记载了上述轩辕黄帝二子移建佛寺的神话故事。另一种说法，南朝萧梁时代人镇江金山寺僧人李飞奉梁武帝之命，到清远峡山兴建道场。他在峡山北禺半山中创建了这座佛寺。作偈云："我名飞，向南来，寺落成，号飞来。"这两种说法都是传说，但反映了清远峡飞来寺佛教源自北方。岭南佛教有两个来源：一是经海路从南亚、东南亚传入，一是从内地传入。清远峡佛教属北来佛教。宋之问又有《游韶州广果寺》一诗：

> 影殿临丹壑，香台隐翠霞。
> 巢飞衔象鸟，砌蹋雨空花。
> 宝铎摇初霁，金池映晚沙。
> 莫愁归路远，门外有三车。

广果寺原称南华寺，是禅宗六祖慧能传法处。据《方舆胜览·韶州》记载："南华寺，梁天监元年，有天竺国僧智药自西土来，至韶州曹溪，遂开山立石（寺）宝林，今六祖南华寺是也。"又据《西溪丛话》记载："能大师传法衣处在曹溪宝林寺，……唐中宗改中兴寺，神龙中改为广果寺。"当宋之问来到此地时，此寺正称广果寺。可知广果寺的起源，与天竺国僧人智药有关。"清远峡山寺"和"广果寺"见证了海上丝路传来的佛教与内地传来的佛教在岭南的汇合。宋之问还有《登粤王台》诗：

> 江上粤王台，登高望几回。
> 南溟天外合，北户日边开。
> 地湿烟尝起，山晴雨半来。
> 冬花采卢橘，夏果摘杨梅。
> 迹类虞翻枉，人非贾谊才。
> 归心不可见，白发重相催。

粤王台即越王台，在今广东广州。据说广州越秀山有越王台遗址。史载这里是西汉时南越王赵佗接待汉朝使节，大宴群臣和举行祭祀典礼的地方。宋之问眼里所见，除了登高望远所感，还观察到当地冬采卢橘、夏摘杨梅的时令特色。"南溟"即南海，这里是南方极远之地，因此门户向北朝阳开。汉朝的南越国曾在中外文化交流中发挥了重要作用。在广州发现了南越王墓，墓里面出土了成捆的象牙，是非洲大象牙。还出土了一枚波斯银盒，异常精美。银盒里盛放着乳香，乳香产自阿拉伯半岛的阿曼地区。表明南越国与阿拉伯半岛、波斯和非洲东岸地区保持着贸易联系。这座墓是赵佗的孙子、南越国第二代国王赵眜的墓。越王台是纪念南越国的遗址，来到南海的诗人都喜欢到此游览，并赋诗歌咏。

阎朝隐被贬之地是崖州（今海南海口东南），行程也需要翻越大庾岭，他写有《度岭二首》：

其一
岭南流水岭南流，岭北游人望岭头。
感念乡园不可□，肝肠一断一回愁。

其二
千重江水万重山，毒瘴□氛道路间。
回首俯眉但下泪，不知何处是乡关。

阎朝隐其人性情滑稽，属辞奇诡，善表忠心，得武则天赏识，累迁给事中，预修《三教珠英》。传说阎朝隐的文章如同美服华妆、莺歌燕舞，能使观者忘疲。流放之中的惶惑伤感，使得他的这两首诗浅显直白，但也颇有巧思。

被誉为"岭南第一人"的张九龄，在广东韶州曲江成长，入仕后又两次得返岭南任职。在留传下来的二百余首诗中，题咏或咏及岭南的诗篇有几十首，抒写岭南山水风物和历史遗迹。登上大庾岭时，他写下《自始兴溪夜上赴岭》云："日落青岩际，溪行绿筱边。去舟乘月后,归鸟息人前。数曲迷幽嶂,连圻触暗泉。深林风绪结,遥夜客情悬。"诗歌描写了大庾岭山水的清幽曲折、如诗如画。也是在他的奏请和主持之下,大庾岭道得以成功开凿,从岭南到内地的驿道上出现了商贾如云、货物如雨、万足践履的盛况,一举解决了岭南海外贸易繁盛而与内地货物流通受阻之间的矛盾。

岭南风景对张九龄来说是熟悉而清新的,第一次南还期间,闲居曲江,他作《溪行寄王震》诗:

> 山气朝来爽,溪流日向清。
> 远心何处惬,闲棹此中行。
> 丛桂林间待,群鸥水上迎。
> 徒然适我愿,幽独为谁情。

"丛桂""群鸥"的景物和场景,独特而又亲切。作为离家久居京城和他乡之人,他也会以外人的眼光来看待岭南,如《晚霁登王六东阁》写道:

> 试上江楼望,初逢山雨晴。
> 连空青嶂合,向晚白云生。
> 彼美要殊观,萧条见远情。
> 情来不可极,日暮水流清。

《与王六履震广州津亭晓望》写道:

> 明发临前渚,寒来净远空。
> 水纹天上碧,日气海边红。

> 景物纷为异，人情赖此同。
> 乘桴自有适，非欲破长风。

两首诗都是对广州胜迹的赞美，"彼美要殊观""景物纷为异"两句特意点明岭南风光的独特之美。诗的题目中"广州津亭"说明这首诗是诗人在广州海边某一渡口写成的，所以他写出了大海浩渺无际的景象。蓝天倒映在海面上，海面上呈现出与天空一样的碧色；早晨来自东边的朝霞映照海岸，一片红艳。看到大海如此壮阔优美，诗人想起了孔子的一句话："乘桴浮于海"，他感到如果乘一叶扁舟在大海上浮游，那该是如何惬意啊。"破长风"是用南朝宗悫的典故，他的叔父问他的志向，他说："愿乘长风破万里浪。"意思说要利用叔父打下的基础，在政治上干一番远大的事业。但诗人说，一个人不能总是想着在政治上建功立业，要"乘长风破万里浪"，随遇而安才是最高境界。

盛唐诗人常衮于天宝年间进士及第，曾任太子正字、补阙、起居郎，后为翰林学士、知制诰，又迁中书舍人，加集贤院学士，迁礼部侍郎，更升任宰相，封河内郡公。常衮以选用官吏非文学之士不用而著称。唐德宗即位后，他被贬为潮州刺史，写有《逢南中使寄岭外故人》一诗：

> 见说南来处，苍梧指桂林。
> 过秋天更暖，边海日长阴。
> 巴路缘云出，蛮乡入洞深。
> 信回人自老，梦到月应沈。
> 碧水通春色，青山寄远心。
> 炎方难久客，为尔一沾襟。

潮州在今广东东部，南中在今四川西南部和云南、贵州一带。有人奉使到南中地区,常衮通过南中使写诗赠送岭南的朋友。诗歌写岭南、南中地区的地名、气候极其偏远、苦热,进而引出此地难以为客、倍加思乡之情。岭南和南中有相似之处,都是"边海日长阴",都是南方边境沿海地区,都是"炎方"。这首诗也有文献归在卢纶名下,但梳理两人行迹,仍应归为常衮名下。

刘言史为李贺同时期诗人,朝廷任命他为枣强县令,他辞疾不就,世称"刘枣强"。史书说他工于写诗,"美丽恢赡"(皮日休:《刘枣强碑》),有人甚至认为除李贺外当时没有能比肩者。刘言史无心仕进,曾广游金陵、潇湘、岭南等地,又因文才出众屡被举荐,后来做过小官,不久就因事获罪,谪居岭南,在南方逗留了很长时间。他写有《广州王园寺伏日即事寄北中亲友》一诗:

南越逢初伏,东林度一朝。
曲池煎畏景,高阁绝微飙。
竹簟移先洒,蒲葵破复摇。
地偏毛瘴近,山毒火威饶。
衷汗缔如濯,亲床枕并烧。
堕枝伤翠羽,萎叶惜红蕉。
且困流金炽,难成独酌谣。
望霖窥润础,思吹候生条。
旅恨生乌浒,乡心系洛桥。
谁怜在炎客,一夕壮容销。

王园寺即今广州市光孝寺,为岭南佛寺首刹,有"未有羊城,先有光孝"之说。光孝寺前身可追溯到南越王赵建德故宅,因此后来又称"王苑"或"王园",变成寺院之后称为"制旨寺""王园寺"。"东林",寺名,在庐山。东晋时高僧慧远驻锡东林寺,这里代指王园寺。唐代佛寺大多园林优美,绿树成荫,盛夏酷暑成为人们纳凉的好去处。俗话说"热在三伏",南方的伏天更热,所以诗人到寺里避暑,于此"度一朝"。刘言史贬官在此,感受到了南方的炎热。这首诗极力描写岭南亚热带伏天的炎热难耐,北来之人在难以适应之际,思乡之情加倍浓重。他还有《越井台望》一诗写到此地名胜古迹:

独立阳台望广州,更添羁客异乡愁。
晚潮未至早潮落,井邑暂依沙上头。

诗题和首句的"广州"明确点明所在地点,并一反先写景后寄情的常规,前两句写羁留之身的异乡愁绪,后两句才描写引发愁绪的景色:晚潮未涨早潮先落,眼前一片沙景的荒凉感。

中唐诗人杨衡于贞元年间登进士第,后入桂管观察使齐映幕府中任从事,第二年又入岭南节度使薛珏幕府。王锷代薛珏镇广州后,杨衡仍居幕府职,在广州待了多年,写有《广州石门寺重送李尚赴朝(时兼宗正卿)》一诗:

象阙趋云陛,龙宫憩石门。
清铙犹启路,黄发重攀辕。
藻变朝天服,珠怀委地言。
那令蓬蒿客,兹席未离尊。

今人提到广州石门寺,介绍其建于金代,杨衡的诗表明早在唐代广州已有石门寺。

"唐宋八大家"之一、有"文起八代之衰"美誉的韩愈,曾先后因直谏敢言而被贬为阳山（今广东阳山）令、潮州刺史。在岭南期间，他写过《送灵师》一诗：

....

灵师不挂怀，冒涉道转延。
开忠二州牧，诗赋时多传。
失职不把笔，珠玑为君编。
强留费日月，密席罗婵娟。
昨者至林邑，使君数开筵。
逐客三四公，盈怀赠兰荃。
湖游泛潇沅，溪宴驻潺湲。
别语不许出，行裾动遭牵。
邻州竞招请，书札何翩翩。
十月下桂岭，乘寒恣窥缘。
落落王员外，争迎获其先。
自从入宾馆，占客久能专。
吾徒颇携被，接宿穷欢妍。
听说两京事，分明皆眼前。
纵横杂谣俗，琐屑咸罗穿。
材调真可惜，朱丹在磨研。
方将敛之道，且欲冠其颠。
韶阳李太守，高步凌云烟。
得客辄忘食，开囊乞缯钱。
手持南曹叙，字重青瑶镌。
古气参象系，高标摧太玄。
维舟事干谒，披读头风痊。

第八章 越岭向南风景异——通向海上丝路

还如旧相识，倾壶畅幽悁。
以此复留滞，归骖几时鞭。

这首诗是韩愈贞元二十年（804）为阳山令时所作。诗中所写这位姓皇甫的僧人，先沿江东下，又弃舟南下，历尽艰险，"昨者至林邑"，受到当地官员的热情接待。林邑，在今越南境内。加上少年时因兄长贬任随之赴韶州（今广东韶关），韩愈一生曾三次到岭南，对沿海社会有亲身体验。

中唐诗人崔子向是德宗建中、贞元年间人，在诗史上留名是曾与诗僧皎然、皇甫曾等联唱，其中与皎然的《与崔子向泛舟自招橘经箬里宿天居寺联一十六韵以寄之》联唱，多为人称赏。崔子向曾任监察御史，后为岭南节度使从事。他在此地写有诗《题越王台》：

越井岗头松柏老，越王台上生秋草。
古木多年无子孙，牛羊践踏成官道。

今广东科学院北端有古井，相传为赵佗所开凿，因而得名粤王井。越井岗指古井北面山岗，即今越秀山。据历史记载，越秀山上有越王台，南越王赵佗常在此接待北方使节，大宴群臣，举行祭祀典礼。归汉之后，又在越王台西北面的固冈之上，筑了一座"朝汉台"，每年登台望汉而拜，以表臣服。唐僖宗乾符五年（878）官授翰林学士的岭南人韦昌明写有《越井记》，明确记载此为南越王赵佗所开凿。

许浑于大和六年（832）进士及第，后受岭南节度使卢钧的邀请，入南海幕府，在岭南待了三年多时间，曾来往于南海和韶州等地，对岭南风物人情多有留恋，留有诗作多首。他的《登尉佗楼》诗写岭南历史遗迹："刘项持兵鹿未穷，自乘黄屋岛夷中。南来作尉任嚣力，北向称臣陆贾功。""尉佗"即南海尉赵佗。尉佗楼在今广州市南越王庙，已废。秦末南海郡尉赵佗在岭南番禺自立为南越王，汉初高祖刘邦派遣陆贾出使南越国，游说赵佗归顺汉朝。许浑在此间也频起隐逸之思。《南海使院对菊怀丁卯别墅》诗写：

何处曾移菊，溪桥鹤岭东。
篱疏还有艳，园小亦无丛。
日晚秋烟里，星繁晓露中。
影摇金涧水，香染玉潭风。
罢酒惭陶令，题诗答谢公。
朝来数花发，身在尉佗宫。

许浑在南海使院见菊花，不由得思念润州黄鹤山东丁卯桥别墅，怀念隐逸植菊的闲适生活。许浑在此地交结的好友也多为隐士。《晚自朝台津至韦隐居郊园》诗写道：

秋来凫雁下方塘，系马朝台步夕阳。
村径绕山松叶暗，野门临水稻花香。
云连海气琴书润，风带潮声枕簟凉。
西下磻溪犹万里，可能垂白待文王。

他应邀前往韦隐士的郊园作客，夕阳西下，只见村庄景色清幽静谧，由衷赞叹韦隐士远离尘嚣，是真正的隐者。《送黄隐居归南海》写道：

瘴雾南边久寄家，海中来往信流槎。
林藏狒狒多残笋，树过猩猩少落花。

第八章 越岭向南风景异——通向海上丝路

深洞有云龙蜕骨,半岩无草象生牙。
知君爱宿层峰顶,坐到三更见日华。

这首诗描写的隐士所去之处不同于之前的韦隐士之田园,而是偏远而蛮荒,只是这位隐士直向险峰之巅,只为坐等日出,更别有一份超脱尘俗。"南海"即南海郡,今广州。"海中来往信流槎"一句写出海上来往的船只之多。唐代广州洋面上的商船往往来自东亚、东南亚、南亚和西亚各地。广州海面上停泊着许多外国船只,是来到广州的人们的共同印象。《汤处士返初后卜居曲江》诗云:

雁门归去远,垂老脱袈裟。
萧寺休为客,曹溪便寄家。
绿琪千岁叶,黄槿四时花。
别怨应无限,门前桂水斜。

"曲江"易被认为是长安曲江,但广东韶州亦有曲江,县名,盛唐名相、诗人张九龄就是韶州曲江人。这首诗也有文献归在"初唐四杰"之一的杨炯名下,但从二人的经历和诗风来说,归在许浑名下更合理。从诗的描写来看,这位杨处士是一位返俗的僧人。杨处士年老时离寺,择曲江而居。居所前绿竹繁花,优美清幽。绿琪、黄槿都是南方富有地域特色的植物。桂水,河名,湖南有三条河皆称桂水。这都证明这里的曲江不是长安曲江。诗人将与之别离之情比作门前桂水长流,颇得李白"请君试问东流水,别意与之谁短长"的意趣。

许浑在岭南饱览山水胜景,与幕主和同僚相处甚欢,也得品田园闲适。但为了前途,他还是于三年后选择离开岭南。这首《南海府罢南康阻浅行侣稍稍登陆主人燕饯至频暮宿东溪》写得颇有意趣而感人:

265

> 暗滩水落涨虚沙，滩去秦吴万里赊。
> 马上折残江北柳，舟中开尽岭南花。
> 离歌不断如留客，乡梦初惊似别家。
> 山鸟一声人未起，半床春月在天涯。

客船搁浅，也暂停了诗人奔赴家乡的急切之情。"折残江柳"形容当年离家亲友送别的眷恋，与此时的自己且在舟中看尽岭南花开相对比。友人频繁设宴招待，不得已留宿的他于梦中已归家。待于鸟叫声中醒来，半床明月提醒自己还在天涯。全诗不着一个"思"字，却全篇满溢了思乡之切。

中晚唐时期诗人李涉（约806年前后在世）工诗善文，尤工七绝，在当时名气极盛。诗句"因过竹院逢僧话，偷得浮生半日闲"为后世所称赏。李涉曾为唐文宗时太学博士（最高学府的教授），后遭宰相李逢吉迫害被流配康州（今广东德庆县）。他的《谴谪康州先寄弟渤》诗写：

> 唯将直道信苍苍，可料无名抵宪章。
> 阴鸷却应先有谓，已交鸿雁早随阳。

诗中寄寓自己笃行正直之道而被小人谗害的无限悲愤。从诗题和内容看，此时还未到康州。到达广东写下的是《鹧鸪词二首》，其二云：

> 越冈连越井，越鸟更南飞。
> 何处鹧鸪啼，夕烟东岭归。
> 岭外行人少，天涯北客稀。
> 鹧鸪啼别处，相对泪沾衣。

第八章　越岭向南风景异——通向海上丝路

"越井""越冈"是当时南海的汉代古迹,都与南越国有关,而地处中原最南边的此地,鸟儿还与诗人心之牵系的北方背向而飞,如何令人不起悲思而泪下?诗人从北方来到此地,这里不仅地广人稀,而且作为同乡的"北客"更少,给他举目无亲之感。

晚唐诗人李群玉为人、作诗以高雅著称。《唐才子传》称他"清才旷逸,不乐仕进,专以吟咏自适,诗笔遒丽,文体丰妍。好吹笙,美翰墨。如王、谢子弟,别有一种风流"。李群玉一生交游广,足迹遍及大江南北,虽无明确记载他曾到过岭南,但他有多首写于岭南的诗。《登蒲涧寺后二岩三首》其一云:"五仙骑五羊,何代降兹乡。""五仙骑五羊"是关于广州的古老神话,称五仙人皆持谷穗、一茎六出,乘五羊而至此地,故广州有五羊城、穗城别称。其三云:"赵佗丘垄灭,马援鼓鏊空。"诗把马援和赵佗作为两个典型,说他们当年都是辉煌一生、荣耀一时,但物换星移,一切繁华最终都化为云烟。李群玉《中秋寄南海梁侍御》云:"海静天高景气殊,鲸睛失彩蚌潜珠。不知今夜越台上,望见瀛洲方丈无。"又《凉公从叔春祭广利王庙》云:"龙骧伐鼓下长川,直济云涛古庙前。海客敛威惊火筛,天吴收浪避楼船。阴灵向作南滨主,祀典高齐五岳肩。从此华夷封域静,潜熏玉烛奉尧年。"南海广利王是中国神话中四海神之一。从李群玉的诗可知广州有南海神庙,岭南长官亲自主持祭祀。

晚唐诗人陈陶研究天文学,于诗歌也颇有造诣。一说其为岭南人,进士不第,于是纵情山水,曾漫游江西、福建、江苏、浙江、河南、四川、广东等地。他写有多首岭南诗歌。《番禺道中作》云:

> 博罗程远近,海塞愁先入。
> 瘴雨出虹蚨,蛮江渡山急。
> 常闻岛夷俗,犀象满城邑。

>雁至草犹春,潮回樯半湿。
>丹丘凤凰隐,水庙蛟龙集。
>何处树能言,几乡珠是泣。
>千年赵佗国,霸气委原隰。
>齷齪笑终军,长缨祸先及。

"番禺"即今广州,这是陈陶在岭南道路上写的诗,写出了他在岭南的所见所感。诗中的景物极富南方沿海地区的特色。"瘴雨""蛮江"都是岭南风物。"常闻岛夷俗,犀象满城邑"是南方沿海地区的人们对南海诸国风俗的听闻,东南亚、南亚地区国家盛产犀牛、大象。南方炎热,所以"雁至草犹春",秋天大雁南飞,飞到南方时北方已是寒冬,这里还是春天。沿海地区的人们出海谋生,打鱼或经商,潮水退却时桅杆被打湿。"水庙"是祭祀海神的庙宇。南方沿海地区的人们信仰海神,出海希望海神的保佑。"几乡珠是泣"用南海鲛鱼传说典故。赵佗国即南越国,南越国建都广州。"终军"也与南海国有关。据《汉书·终军传》记载,汉武帝时,南越割据政权尚未归附,终军自请出使南越,表示"愿受长缨,必羁南越王而致之阙下"。到南越,他说服南越王臣服汉朝,但南越丞相吕嘉反对,发兵攻杀南越王及汉朝使者,终军亦被杀。"终军请缨"之典即出于此。陈陶还有《南海送韦七使君赴象州任》一诗云:

>一鹗韦公子,新恩颁郡符。
>岛夷通荔浦,龙节过苍梧。
>地理金城近,天涯玉树孤。
>圣朝朱绂贵,从此展雄图。

提到南海、番禺诗人都会想到那里的物产风情。"岛夷"就是南海各国的人。荔浦,县名,建制于汉元鼎六年(前111),地处广西东北部、桂林市南部。来到岭南的人都知道,这一带与东南亚各国有着密切联系。陈陶《南海石门戍怀古》云:"唯有朝台月,千年照戍楼。""朝台"又称朝汉台,汉文帝时陆贾奉使至南越国,说服赵佗称臣,赵佗于是因越井冈筑朝汉台。

晚唐曹松诗作风格似贾岛,工于铸字炼句,他最有名的诗作是《己亥岁二首》,其中"一将功成万骨枯"是千年金句。在以七十一岁高龄终于得中进士之前,因屡试不第,曹松长期流落在今福建、广东一带。他在岭南写有《南海旅次》一诗:

> 忆归休上越王台,归思临高不易裁。
> 为客正当无雁处,故园谁道有书来。
> 城头早角吹霜尽,郭里残潮荡月回。
> 心似百花开未得,年年争发被春催。

这首诗是曹松连年滞留南海时的思归之作。以身在岭南天涯海南的所见所感,抒发羁留南海的万缕归思。《南游》也抒发了同样的心情:

> 直到南箕下,方谙涨海头。
> 君恩过铜柱,戎节限交州。
> 犀占花阴卧,波冲瘴色流。
> 远夷非不乐,自是北人愁。

"南箕",星斗名,指箕星。因在南方,故称为"南箕",这里代指南方。"涨海",大海。因为过去没有到过海边,这次看到了大海,所以说"方谙",意思是才知道大海是什么样子。铜柱,是东汉马援所立,表示汉朝的边界到此。"戎节"就是治理边疆民族的使节。"限交州"就是以交州为限,意即唐朝能管理的地方最南就到这里。后四句写在这里看到的景象,犀牛卧在花阴下,海浪冲刷着瘴气,这远方的夷人也自有其乐,倒是诗人这来到南方的"北人",却不免思乡之愁。在南海曹松也多有游历,写下记游之作。到罗浮山写《罗浮山下书逸人壁》,颇有隐逸之思:

> 海上亭台山下烟,买时幽邃不争钱。
> 莫言白日催华发,自有丹砂驻少年。
> 渔钓未归深竹里,琴壶犹恋落花边。
> 可中更践无人境,知是罗浮第几天。

罗浮山,雄峙于岭南中南部,坐临南海大亚湾,毗邻惠州西湖。东晋时著名道士葛洪曾在此隐居炼丹,题目中的"逸人"即指葛洪。罗浮山山势雄伟壮观,林木高大森古,超凡脱俗,有百粤群山之祖、蓬莱仙境之称。罗浮山是道教三十六洞天之一。洞天是道教用以称神仙所居的洞府,意谓洞中别有天地。其《岭南道中》描写的景色也独具幽思:

> 百花成实未成归,未必归心与志违。
> 但有壶觞资逸咏,尽交风景入清机。
> 半川阴雾藏高木,一道晴霓杂落晖。
> 游子马前芳草合,鹧鸪啼歇又南飞。

其《南海》诗通过写眼前大海,发出到此方何以深觉天地无边的哲思:

第八章 越岭向南风景异——通向海上丝路

倾腾界汉沃诸蛮，立望何如画此看。
无地不同方觉远，共天无别始知宽。
文鲀隔雾朝含碧，老蚌凌波夜吐丹。
万状千形皆得意，长鲸独自转身难。

又《南海陪郑司空游荔园》则将南海特产荔枝描写得很具吸引力：

荔枝时节出旌旆，南国名园尽兴游。
乱结罗纹照襟袖，别含琼露爽咽喉。
叶中新火欺寒食，树上丹砂胜锦州。
他日为霖不将去，也须图画取风流。

《霍山（在龙川县）》一诗尽力摹写此山的高：

七千七百七十丈，丈丈藤萝势入天。
未必展来空似翅，不妨开去也成莲。
月将河汉分岩转，僧与龙蛇共窟眠。
直是画工须阁笔，况无名画可流传。

霍山海拔高达一千九百多米，是广东省的第二高峰，也是南岭山脉的重要组成部分，从此诗可知，早在唐代已经是风景名胜之地。

晚唐诗人郑愚是番禺人，唐开成年间进士，曾任秘书省校书郎、中书门下平章事、尚书左仆射（即左丞相），平黄巢起义后又曾出镇南海。郑愚写有《泛石岐海》一诗，据说是历史上第一首用白描手法吟咏香山风物的诗歌：

此日携琴剑，飘然事远游。
台山初罢雾，岐海正分流。
渔浦飕来笛，鸿逵翼去舟。
鬓愁蒲柳早，夜怯芰荷秋。
未卜虞翻宅，休登王粲楼。
怆然怀伴侣，徒尔赋离忧。

这里的"台山"，指石岐以南的南台山，其所在地为后来的广东中山"香山八景"之一的"南台秋月"。"岐海"指石岐海，后来也成了八景中的"石岐晚渡"。石岐当时是个渔港，且是船来船往颇为繁忙的口岸。他还写过一首《醉题广州使院》："数年百姓受饥荒，太守贪残似虎狼。今日海隅鱼米贱，大须惭愧石榴黄。"广州对外贸易的兴盛为地方官员腐败提供了机会，历史上赴广州任职的官员贪腐严重，前后相继，郑愚此诗堪为明证。诗前两句表达了对贪官的愤慨，哀民生之疾苦，后两句是对年丰物足的由衷喜悦。

唐末五代时人李珣，祖籍波斯，对药学颇有研究，他曾游历岭南，饱览南国风光，认识了许多从海外传入的药物。李珣在岭南写《南乡子·相见处》词，提到了此地有刺桐花："相见处，晚晴天，刺桐花下越台前。暗里回眸深属意，遗双翠，骑象背人先过水。""越台"即越王台，在今广州。女子骑象过水，是当地独具特色的景象。刺桐是一种外来植物，原产于印度至大洋洲海岸林中，从唐诗里可知，至迟唐代已经传入中国南方沿海地区。刺桐花当时在广西、广东和福建等地种植非常普遍，闻名遐迩，泉州甚至被称为"刺桐城"。13世纪时，意大利旅行家马可·波罗在他的游记里称泉州港为"刺桐港"。

第八章　越岭向南风景异——通向海上丝路

货通师子国

唐代以前，中国商船主要航线在南海至印度南部和斯里兰卡。唐代前期，东南亚沿海各国也有经海路到中国南方沿海从事贸易的，"广州地际南海，每岁有昆仑乘舶以珍物与中国交市"（《旧唐书·王方庆传》）；"南海有蛮舶之利，珍货辐辏"（《旧唐书·卢钧传》）。"昆仑""蛮舶"是唐时对东南亚部分国家及其商舶的称呼。当大食（阿拉伯）阿拔斯王朝定都巴格达，从广州通向波斯湾的航线日益重要。中唐宰相贾耽在《广州通海夷道》中详细记录了中国商船从广州起航，西行到波斯湾的航程。由于唐朝与大食间海上交通的发展，阿拉伯人的著作也记载了从巴士拉出发，沿波斯海岸航行到东方的道路，其海上航行的路线直到中国的广州。

广州从秦代以来就是海上交通和对外贸易中心城市之一，唐初以其交通的便利逐渐取代交州在海外贸易中的地位，唐代中期以后更是国际贸易大港，不仅是东西方货物的集散中心，也是"汉蕃杂居"的要地，其交通之便优于交州。法国汉学家伯希和说："航泊渐取直接航线径赴中国，交州之地位遂终为广州所夺。"从海外国家来中国的外域人先到广州。当时生活在广州的外国人很多，广州名扬海外，为外国人所关注。曾任阿拉伯阿拔斯王朝吉巴尔邮长的阿拉伯人伊本·胡尔达兹比赫《道里邦国志》称广州为"汉府"，说它是中国最大的港口。来华通商的阿拉伯人著《中国印度见闻录》记载，广府（广州）是个港口，船只在那里停泊；广府是阿拉伯商人荟萃的城市。这本书还记载唐末黄巢的军队攻入广州，寄居城中经商的伊斯兰教徒、犹太教徒、基督教徒、拜火教徒，就总共有十二万人被他杀害了。可见广州居住的外国人数之多。唐后期由于西域和河西走廊为吐蕃所控制，波斯商人和阿拉伯商人经陆路来华不便，主要是经海路来到中国南方沿海地区。来到广州的阿拉伯人在他们聚居的蕃坊内建立清真寺便于礼拜。广州的怀圣寺建于唐代，至今犹存。

唐代广州通往波斯湾的航线已经开辟，与大食首都巴格达之间有定期往来的商船，广州与东西方许多国家经过海路进行交通往来。日本真人元开《唐大和尚东征传》记载，天宝九载（750），鉴真一行自海南岛回到广州，见"江中有婆罗门、波斯、昆仑等舶，不知其数，并载香药、珍宝，积载如山。其舶深六七丈，狮子国、大石（食）国、骨唐国、白蛮、赤蛮等往来居住，种类极多"。各国蕃舶云集广州，广州在中外交通和贸易中的重要地位引起国内外的关注。

韩愈《送郑尚书序》描述与广州来往的海外国家云："其海外杂国若耽浮罗、流求、毛人、夷、亶之州，林邑、扶南、真腊、干陀利之属，东南际天地以万数，或时候风潮朝贡，蛮胡贾人，舶交海中。若岭南帅得其人，则一边尽治，……外国之货日至，珠香、象犀、玳瑁奇物溢于中国，不可胜用。"柳宗元《岭南节度使飨军堂记》谈到与广州交通往来的国家："其外大海多蛮夷，由流求、诃陵，西抵大夏、康居，环水而国以百数，则统于押蕃舶使。"陆贽《论岭南请于安南置市舶中使状》称："广州地当要会，俗号殷繁，交易之徒，素所奔凑。"

作为沿海城市，广州独具风情，对外贸易兴盛，其在海上丝绸之路的起点地位以及对外贸易的兴盛局面在唐诗中得到展现，这类诗以唐后期的作品为多。唐诗中写到广州，常常突出其对外开放的特点。来到广州的诗人，对广州的社会生活和对外贸易自然耳濡目染，没到过广州的诗人也获得不少关于广州社会生活的丰富信息，因此广州自然进入诗人的视野和吟咏。韩愈诗《送郑尚书赴南海》云：

番禺军府盛，欲说暂停杯。

第八章 越岭向南风景异——通向海上丝路

盖海旗幢出，连天观阁开。
衙时龙户集，上日马人来。
风静鹣鹠去，官廉蚌蛤回。
货通师子国，乐奏武王台。
事事皆殊异，无嫌屈大才。

长庆三年（823），南海人郑权以尚书左仆射、岭南节度使出镇广州，韩愈写此诗送行，反映了诗人对广州风土人情、物产习俗十分熟悉。其中与海外贸易直接相关的是"风静鹣鹠去，官廉蚌蛤回""货通师子国，乐奏武王台"。"官廉蚌蛤回"借用"合浦珠还"的故事赞美郑权。合浦是古代著名的海港，海中出产珍珠。当地人以采珠为业，用珍珠换粮以度日。商人们则将粮食运到合浦，换成珍珠再运往外地出售。传说汉桓帝时期，太守贪婪，驱使百姓为他下海采珠，珠蚌跑到其他地方去了。孟尝任合浦太守，体恤民情，改变了前任太守的做法，珠蚌又渐渐回到合浦，百姓才得以安居乐业。韩愈借古喻今，希望到南海上任的郑尚书能够像孟尝一样廉洁，为广州百姓造福。"师子国"即今斯里兰卡，韩愈的诗反映了广州与师子国之间海上交通的连接和商贸关系。在诗人笔下突出了广州作为开放城市的特点，让我们看到广州海外贸易的盛况。王建《送郑权尚书南海》云：

七郡双旌贵，人皆不忆回。
戍头龙脑铺，关口象牙堆。
敕设薰炉出，蛮辞咒节开。
市喧山贼破，金贱海船来。
白氎家家织，红蕉处处栽。
已将身报国，莫起望乡台。

这首诗反映了广州对外贸易的状况,市场上摆放的是"龙脑""象牙"等来自海外的商品;因为有来自海外的香料,所以处处可见燃香的薰炉;这里人语言与中原不通,交流用语是"蛮辞",交易用的是黄金。

唐代中国的生产力远远高于周边国家,外国向中国输入的是香料、象牙等初级产品,而中国输出手工业制品,贸易顺差很大,迫使外商用硬通货来支付,国外的黄金就源源不断地输入广州,并影响到广州金价。这首诗还反映了这样的史实,唐代中国交易一般流行的是银本位,而广州却是金本位,主要原因是广州海外贸易发达,流入的黄金数量巨大,可以支撑起整个支付体系。"金贱海船来"就是说因为有海外商船的到来,造成广州市面上金价下跌。商船带来了大量的黄金,在广州购买中国商品,引发岭南金价下调。过一段时间,过量的黄金被分流到内地,广州的金价又会恢复到原来的水平,等到下一个贸易季节,又开始一个新的循环。这首诗写到的"白氎"就是棉花,棉花原产南亚,传入中国,从诗中可知唐代时在岭南用棉花织布已经非常普遍。

写到广州独特的风俗,诗人常常关注的是其"岛夷俗",即带有海洋文化异域风味的物产和习俗。此"岛夷"既指中国南方沿海附近岛屿,也包括从中国南海出海至东南亚、南亚沿途国家和地区,因为都是海洋文化,故具有许多相似之处。杜甫《送段功曹归广州》云:"南海春天外,功曹几月程。峡云笼树小,湖日落船明。交趾丹砂重,韶州白葛轻。幸君因估客,时寄锦官城。"交趾丹砂闻名于世,杜甫希望段功曹通过往来于广州与成都的商人寄送。张籍《送郑尚书出镇南海》诗写广州繁华:"蛮声喧夜市,海色浸潮台。"张籍又有《送郑尚书赴广州》诗:"圣朝选将持符节,内制宣时百辟听。海外蛮夷来舞蹈,岭南封管送图经。白鹇飞达迎官舫,红槿开当宴客亭。此处莫言多瘴疠,天边看取老人星。"陈陶《番禺道中作》云:"博罗程远近,海塞愁先入。瘴雨出虹蚋,蛮江渡山急。常闻岛夷俗,犀象满城邑。"陈陶《南海送韦七使君赴象州任》云:"一鹗韦公子,新恩颁郡符。岛夷通荔浦,龙节过苍梧。地理金城近,天涯玉树孤。圣朝朱绂贵,从此展雄图。"提到南海、番禺,他们都会想到那里的物产风情。

交州与广州之间有海路相通,起初礁石挡路,航行艰险。晚唐高骈开安南至岭南的海路,用意在于促进中外海上贸易,其《请开本州海路表》云:"人牵财利,石陷冲津。才登一去之舟,便作九泉之计。今若稍加疏凿,以导往来货殖贸迁,华戎利涉。"高骈疏通之海路被称为"天威路",造福后世。高骈自己深感天威路开辟的便利,其《南海神祠》诗云:"沧溟八千里,今古畏波涛。此日征南将,安然渡万艘。"又《过天威径》云:"豺狼坑尽却朝天,战马休嘶瘴岭烟。归路险巇今坦荡,一条千里直如弦。"高骈从事顾云《天威行》歌咏其事:

> 蛮岭高,蛮海阔,去舸回艘投此歇。
> 一夜舟人得梦间,草草相呼一时发。
> 飓风忽起云颠狂,波涛摆掣鱼龙僵。
> 海神怕急上岸走,山燕股栗入石藏。
> 金蛇飞状霍闪过,白日倒挂银绳长。
> 轰轰砢砢雷车转,霹雳一声天地战。
> 风定云开始望看,万里青山分两片。
> 车遥遥,马阗阗,平如砥,直如弦。
> 云南八国万部落,皆知此路来朝天。
> 耿恭拜出井底水,广利刺开山上泉。
> 若论终古济物意,二将之功皆小焉。

从诗的描写来看,南诏也曾利用此道入贡,其贡使当通过安南道先至交趾，从交趾经天威路至南海（今广州），再北上中原。从南中可经安南道至交州、广州，从而可以与南方海上丝路连接，这条道路成为从事海外贸易的商旅经行之路。高骈此举受到世人称颂，人们为之立碑纪念，他的另一位从事裴铏《天威径新凿海派碑》详叙其开天威路之过程和成效，感叹其造福世人："于戏！渤海公之功绩，与凿汴渠开桂岭可等肩而济其寰区耳。"其碑铭云：

  天地汗漫，人力微茫。
  渡危走食，冒险驾航。
  脱免者稀，倾沉是当。
  我公振策，励山凿石。
  功施艰难，霆助震激。
  泄海成派，泛舟不窄。
  渤海坦夷，得饷我师。
  天道开泰，神威秉持。

"海派"即海路，诗歌颂高骈此举造成航路通畅，不仅为海商从事贸易提供了便利，也为唐军用兵开辟了新的通道。从此岭南与安南，广州与交州之间的海路交通便无障碍了。

今到鬼门关

  被贬岭南的逐客们，若经今广西往南，会经过"鬼门关"。此关位于今北流、玉林两市之间，有两峰对峙，其间阔三十步，本名"桂门关"，是古代通往钦、廉、雷、琼和交趾的交通冲要，因岭南之地瘴气尤厉，往者少有生还，故有谚语云："鬼门关，十人去九不还。"唐代诗人迁谪蛮荒，被贬到海南岛时多经此关，死于炎荒者前后相继。

沈佺期被贬驩州，途中有《入鬼门关》诗：

> 昔传瘴江路，今到鬼门关。
> 土地无人老，流移几客还。
> 自从别京洛，颓鬓与衰颜。
> 夕宿含沙里，晨行茵露间。
> 马危千仞谷，舟险万重湾。
> 问我投何处，西南尽百蛮。

岭南之蛮荒、毒瘴早已在诗人心里引发惶恐，如今来到这个光听名字就胆战心惊的地方，之前的一路坎坷积累的颓丧到达了顶点，对前途的渺茫难测更是难以承受。

诗人杨炎是唐代著名宰相，因推行"两税法"而知名，后为另一位奸诈的宰相卢杞所陷害，贬为崖州（在今海南）司马。经过鬼门关时，他写有《流崖州至鬼门关作》一诗：

> 一去一万里，千知千不还。
> 崖州何处在，生度鬼门关。

在流放的诏书中，听信谗言的唐德宗定杨炎之罪为结党营私、败坏法度。杨炎踏上流放的这一路，一定对自己的命运诸多分析揣测，途经鬼门关时，他似乎已预感到时日无多，写下此诗感叹。而在距离贬谪之地崖州不到百里时，他被押送的宦官赐死，终年五十五岁。他渡过了路途上的鬼门关，却没有渡过人间的"鬼门关"。

初唐李峤与骆宾王、刘光业齐名,皆以文章著称。调露元年(679),唐高宗发兵征讨岭南邕州、岩州一带(今广西境内)的僚族叛乱。李峤时任监察御史,奉命充任监军,随军南征,亲入獠洞,宣谕朝旨,成功招降叛獠。他写有《军师凯旋自邕州顺流舟中》一诗:

> 鸣辔入嶂口,泛舸历川湄。
> 尚想江陵阵,犹疑下濑师。
> 岸回帆影疾,风逆鼓声迟。
> 萍叶沾兰桨,林花拂桂旗。
> 弓鸣苍隼落,剑动白猿悲。
> 芳树吟羌管,幽篁入楚词。
> 全军多胜策,无战在明时。
> 寄谢山东妙,长缨徒自欺。

不战而屈人之兵的智勇得逞,诗人心情愉悦,与此间山水胜景相得益彰。

宋之问在神龙之变后被贬为泷州(今广东罗定)参军,第二年即回到洛阳并重新进入朝堂。景云元年(710),宋之问又为朝廷朋党争利所连累,被流放钦州(今广西钦州市东北),后以赦改桂州(今桂林),并于两年后被赐死于桂林任所。宋之问前期所写多为应制之作,为人为诗也多拘泥于个人荣宠。自贬谪泷州回京又经历了多次宫廷权争、宠辱无常之后,他的心境和视野都有很大变化。再次贬谪岭南,他写了诸多情真意切的诗篇,为时人所传诵。《经梧州》诗云:

> 南国无霜霰,连年见物华。
> 青林暗换叶,红蕊续开花。

> 春去闻山鸟，秋来见海槎。
> 流芳虽可悦，会自泣长沙。

"海槎"就是海舶，往来于大海之上的中外商船。宋之问在第二年春天先到达桂林，同年秋天启程继续前往流放地钦州，中间经过梧州，写下此诗，对岭南秋天的摹写很是细腻。《发藤州》一诗也是在桂中往来时所写：

> 朝夕苦遄征，孤魂长自惊。
> 泛舟依雁渚，投馆听猿鸣。
> 石发缘溪蔓，林衣扫地轻。
> 云峰刻不似，苔藓画难成。
> 露裛千花气，泉和万籁声。
> 攀幽红处歇，跻险绿中行。
> 恋切芝兰砌，悲缠松柏茔。
> 丹心江北死，白发岭南生。
> 魑魅天边国，穷愁海上城。
> 劳歌意无限，今日为谁明？

写行旅中山水清幽，一景一物都触人心怀，引人愁思。宋之问在桂林待的时间最长，并且直到生命的终点。他笔下的桂林景致也是最多的。《登逍遥楼》诗云：

> 逍遥楼上望乡关，绿水泓澄云雾间。
> 北去衡阳二千里，无因雁足系书还。

此诗只着眼登高望远怀乡，而《桂州陪王都督晦日宴逍遥楼》则为登高所见桂林景色而深深陶醉：

> 晦节高楼望，山川一半春。
> 意随蓂叶尽，愁共柳条新。
> 投刺登龙日，开怀纳鸟晨。
> 兀然心似醉，不觉有吾身。

"晦日"是每月的最后一天。正月晦日是一年的第一个晦日，古人很重视，称为"初晦"。唐朝把这一天作为节日，即"晦节"。德宗贞元四年（788）九月下诏说："今方隅无事，烝庶小康，其正月晦日、三月三日、九月九日三节日，宜任文武官僚选胜地追赏为乐。"（《旧唐书·德宗纪下》）把正月晦日作春游的节日提倡，朝廷甚至向官员赐钱，作为春游之用，并"永为常式"。正月时分北方仍是冰天雪地，而此地山水已有春色，为此他的心情也疏朗起来。逍遥楼始建于唐武德四年（621），由桂州大总管李靖最早修建，因庄子《逍遥游》而得名，登楼可鸟瞰漓水诸峰。《和赵员外桂阳桥遇佳人》一诗还写到桂阳桥：

> 江雨朝飞浥细尘，阳桥花柳不胜春。
> 金鞍白马来从赵，玉面红妆本姓秦。
> 妒女犹怜镜中发，侍儿堪感路傍人。
> 荡舟为乐非吾事，自叹空闺梦寐频。

诗题可知赵员外路遇一位美女，便一时兴起写了一首《桂阳桥遇佳人》的诗，并赠予宋之问。宋之问不免写诗唱和，但却勾起他对家中闺妇的思念。桂阳桥位于桂阳县城西北部，是一座古老的桥梁，桥上有许多古老的石刻。《始安秋日》一诗写道：

> 桂林风景异，秋似洛阳春。
> 晚霁江天好，分明愁杀人。
> 卷云山巇巇，碎石水磷磷。
> 世业事黄老，妙年孤隐沦。
> 归欤卧沧海，何物贵吾身。

始安是桂林古称，诗歌起句开门见山，直言桂林风景之独特，并用洛阳春来形容此地秋天之景，引人遐想：洛阳春日，无非杨柳新绿，繁花似锦，莺歌燕语，三个字就道尽了桂林秋色佳景，颇有巧思。《下桂江龙目滩》《下桂江县黎壁》等诗中"巨石潜山怪，深篁隐洞仙""放溜觑前湫，连山分上干。江回云壁转，天小雾峰攒。吼沫跳急浪，合流环峻滩"等诗句，描写了广西怪石、多竹、洞深和千山矗立、水流湍急的特色。此地最令诗人印象深刻的还是当地民风民俗。《桂州黄潭舜祠》写道：

> 虞世巡百越，相传葬九嶷。
> 精灵游此地，祠树日光辉。
> 禋祭忽群望，丹青图二妃。
> 神来兽率舞，仙去凤还飞。
> 日暝山气落，江空潭霭微。
> 帝乡三万里，乘彼白云归。

虽然舜是葬在湖南的九嶷山，但这里的人们也以舜为先祖而建祠祭祀。《桂州三月三日（一作桂阳三日述怀）》一诗前半段先回忆了往昔京城岁月，接着写来到南越之地的所见所闻：

> 载笔儒林多岁月，襆被文昌佐吴越。
> 越中山海高且深，兴来无处不登临。
> 永和九年刺海郡，暮春三月醉山阴。
> 愚谓嬉游长似昔，不言流寓欸成今。
> 始安繁华旧风俗，帐饮倾城沸江曲。
> 主人丝管清且悲，客子肝肠断还续。
> 荔浦蘅皋万里馀，洛阳音信绝能疏。
> 故园今日应愁思，曲水何能更祓除。
> 逐伴谁怜合浦叶，思归岂食桂江鱼。
> 不求汉使金囊赠，愿得佳人锦字书。

农历三月三亦称"上巳节"，是中华民族的传统节日，在西南地区的汉族、壮族、苗族、瑶族中更是隆重而盛大的节日。壮族三月三有踏青扫墓习俗，诗中提到此日登山、桂林宴吟、荔浦香草、合浦香叶、桂江之鱼，都在描述这一节日的氛围和习俗。《过蛮洞》一诗写道：

> 越岭千重合，蛮溪十里斜。
> 竹迷樵子径，萍匝钓人家。
> 林暗交枫叶，园香覆橘花。
> 谁怜在荒外，孤赏足云霞。

蛮洞是西江一带瑶族居住地，诗写岭南广西一带瑶族聚居地的风景优美，生活恬静，如同世外桃源。

开元十八年（730），名相张九龄转任桂州（治所今广西桂林）刺史、岭南道按察使、御史中丞。他在桂林没有诗歌流传,不过,第二年春天,他从桂林乘船顺流巡行按察来到广州,写下关于漓江的诗《巡按自漓水南行》,诗中写道:"理棹虽云远,饮冰宁有惜。况乃佳山川,怡然傲潭石。奇峰岌前转,茂树隈中积。猿鸟声自呼,风泉气相激。目因诡容逆,心与清晖涤。"经漓江所见山川、深潭、怪石、奇峰,层峦叠嶂、山川秀美,令人目不暇接而心境为之一清。

中唐诗人戎昱曾宦游桂州,任桂管防御观察使李昌巙的幕宾。他的羁旅游宦、感伤身世的作品中,较为有名的是到了桂州第二年岁暮所写的《桂州腊夜》:

坐到三更尽,归仍万里赊。
雪声偏傍竹,寒梦不离家。
晓角分残漏,孤灯落碎花。
二年随骠骑,辛苦向天涯。

诗写除夕守岁坐到三更,听雪落竹林沙沙作响,在这本应阖家团聚的寒夜,倍加思念万里之外的家。破晓的号角昭示了黎明的到来,替代了残夜漏声,孤灯将要燃尽,芯花尽碎,似乎呼应着诗人两年离家,漂泊辛劳而依然人在天涯的心酸。

中晚唐诗人杨衡早先与符载、王简言、李元象同隐蜀中青城山,后又同隐庐山,号"山中四友"。贞元年间登进士第,后入桂管观察使齐映幕府中任从事。他在桂林有《送公孙器自桂林归蜀》一诗:

桂林浅复碧,潺湲半露石。
将乘触物舟,暂驻飞空锡。
蜀乡异青眼,蓬户高朱戟。

> 风度杳难寻,云飘讵留迹。
> 旧户闲花草,驯鸽傍檐隙。
> 挥手共忘怀,日堕千山夕。

起句即写桂林的水清浅而碧绿,并由此生发友人离开桂林去往蜀中的想象,寄寓别情。

刘言史在仕进之前曾广游金陵、潇湘、岭南等地,做官不久就因事获罪,谪居岭南,或是游历或是贬谪期间,他到过广西,并写下《桂江中题香顶台》一诗:

> 岩岩香积凌空翠,天上名花落幽地。
> 老僧相对竟无言,山鸟却呼诸佛字。

诗用夸张的手法,夸张此地山水碧绿直将半空都染绿了,而遍地美丽的花朵如同自天上而来。桂江是漓江的下游段,山水风光不输桂林,刘言史这首可为明证。"香顶台"显然是一座佛寺建筑,上有老僧,虽对客人亦默然无语。但这里的一切似乎都充满佛性,连山鸟的鸣叫也是呼喊各佛的名号。

李涉的弟弟李渤年轻时隐居庐山和嵩山,后经韩愈举荐为官。因得罪宦官被贬桂州刺史、桂管观察使,因爱南溪山迤逦如画,李渤亲捐俸资将其开辟为山水胜地。李涉赴贬所康州途经桂州时,兄弟二人得以同游桂林南溪,李渤写下《南溪诗》刻于南溪山玄岩,李涉作了《唐玄岩铭》同刻于此。《南溪诗》云:

> 玄岩丽南溪,新泉发幽色。
> 岩泉孕灵秀,云烟纷崖壁。

第八章 越岭向南风景异——通向海上丝路

> 斜峰信天插，奇洞固神辟。
> 窈窕去未穷，环回势难极。
> 玉池似无水，玄井昏不测。
> 仙户掩复开，乳膏凝更滴。
> 丹砂有遗址，石径无留迹。
> 南眺苍梧云，北望洞庭客。
> 萧条风烟外，爽朗形神寂。
> 若值浮丘翁，从此谢尘役。

在李渤的笔下，南溪的风光秀丽、清幽、灵动、奇险，令诗人留恋不已。离开桂州时，李渤又作了《留别南溪二首》，其一云："常叹春泉去不回，我今此去更难来。欲知别后留情处，手种岩花次第开。"其二云："如云不厌苍梧远，似雁逢春又北归。惟有隐山溪上月，年年相望两依依。"这两首诗分别刻于南溪和隐山的摩崖之上。

李涉离开桂林去往康州，途经梧州，写有《与梧州刘中丞》一诗：

> 三代卢龙将相家，五分符竹到天涯。
> 瘴山江上重相见，醉里同看荳蔻花。

昔日京中好友今远在岭南重逢，天涯感慨之意相通，一醉方休。豆蔻花原产东南亚，至今也只有广东、云南一带有引种栽培，而在当时已引入岭南地区。用豆蔻花这一特产作为意象，寄托了人在边地的忧思。

福建也有唐代诗人的足迹。唐史记载，福州东冶港一直是福建最大的对外口岸。唐代东冶改称福州，福州港跻身为中国三大外贸口岸之一。唐大和年间（827—835）专门设置市舶机构，其地位更加重要。在唐代中期至五代期间，福州是海上丝绸之路的重要港口城市，与广州、扬州并列为唐代三大贸易港口。薛能《送福建李大夫》诗云："秋来海有幽都雁，船到城添外国人。"可知当时这里已有很多外国人在此居住或经商。

晚唐诗人陈陶因仕进受阻，纵情山水，漫游之地包括福建。在福建他写有《投赠福建路罗中丞》一诗：

越艳新谣不厌听，楼船高卧静南溟。
未闻建水窥龙剑，应喜家山接女星。
三捷楷模光典策，一生封爵笑丹青。
皇恩几日西归去，玉树扶疏正满庭。

诗中写了南海边楼船听曲景象。陈陶还到过泉州，对岭南刺桐花情有独钟，写有《泉州刺桐花咏兼呈赵使君》七绝六首：

一

仿佛三株植世间，风光满地赤城闲。
无因秉烛看奇树，长伴刘公醉玉山。

二

海曲春深满郡霞，越人多种刺桐花。
可怜虎竹西楼色，锦帐三千阿母家。

三

石氏金园无此艳，南都旧赋乏灵材。
只因赤帝宫中树，丹凤新衔出世来。

四

猗猗小艳夹通衢，晴日熏风笑越姝。
只是红芳移不得，刺桐屏障满中都。

五

不胜攀折怅年华，红树南看见海涯。
故国春风归去尽，何人堪寄一枝花。

六

赤帝常闻海上游，三千幢盖拥炎州。
今来树似离宫色，红翠斜敧十二楼。

诗中对刺桐花的独特美丽作了种种奇妙的比喻和想象，这种域外传入的植物在南方已经普遍种植。"越人多种刺桐花"点明了南方沿海一带刺桐树种植普遍。唐代灭亡后，相传五代十国时期的清源军节度使、晋江王留从效为了扩建泉州的城廓，曾经环城遍植刺桐，成为泉州一大特征。到元代时，泉州作为海外贸易港口的位置更为重要，意大利旅行家马可波罗在游记中称"泉州港"为"刺桐港"，这个别称一直沿用至今。陈陶对泉州刺桐花的喜爱咏叹，以及诗中对泉州"赤城"的称呼，在几百年后与泉州的别称不期而遇。

陈陶在福建还有《旅次铜山途中先寄温州韩使君》一诗：

乱山沧海曲，中有横阳道。
束马过铜梁，苕华坐堪老。
鸠鸣高崖裂，熊斗深树倒。

> 绝壑无坤维，重林失苍昊。
> 跻攀寡俦侣，扶接念舆皂。
> 俯仰栗嵌空，无因掇灵草。
> 梯穷闻戍鼓，魂续赖丘祷。
> 敞豁天地归，萦纡村落好。
> 悠悠思蒋径，扰扰愧商皓。
> 驰想永嘉侯，应伤此怀抱。

诗写从铜山至横阳路"跻攀""扶接"的艰险跋涉。一路上山道狭隘陡峭、重岩叠嶂、绝壑难测、林莽蔽日、鸠鸣熊斗，奇险层出不穷。因为陈陶的诗，人们知道了这条无比艰险横阳古道，至迟在唐时已经存在。

陈陶北上过横阳还留有一首《蒲门戍观海作》诗：

> 廓落溟涨晓，蒲门郁苍苍。
> 登楼礼东君，旭日生扶桑。
> 毫厘见蓬瀛，含吐金银光。
> 草木露未晞，蜃楼气若藏。
> 欲游蟠桃国，虑涉魑魅乡。
> 徐市惑秦朝，何人在岩廊。
> 惜哉千童子，葬骨于眇茫。
> 恭闻槎客言，东池接天潢。
> 即此聘牛女，日祈长寿方。
> 灵津水清浅，余亦慕修航。

在唐代，蒲门仅是古代横阳古道通往福建的一个小驿站，而陈陶的诗记载了当时的蒲城三面临海、北靠龙山的海防重地形势特点。

第八章 越岭向南风景异——通向海上丝路

安南千万里

沈佺期从南海渡海至今海南岛，又从海南岛渡海至交州龙编时，写下《度安海入龙编》一诗：

尝闻交趾郡，南与贯胸连。
四气分寒少，三光置日偏。
尉佗曾驭国，翁仲久游泉。
邑屋遗氓在，鱼盐旧产传。
越人遥捧翟，汉将下看鸢。
北斗崇山挂，南风涨海牵。
别离频破月，容鬓骤催年。
昆弟推由命，妻孥割付缘。
梦来魂尚扰，愁委疾空缠。
虚道崩城泪，明心不应天。

首句点明已来到了交趾郡，即交州。交州是东汉到唐初在南方沿海地区的行政区划名称。唐初在广州、桂州、容州、邕州和交州置五总管府，合称"岭南五管"。交州总管府辖今越南北部之地，在唐代地方行政区划不断易名的过程中，交州有时又称交趾郡。因为龙编为安南都护府治所，故称其海为"安海"。唐德宗之前，外国商舶多至广州，唐德宗时入华外国商舶更多转移至交州。安南都护府设在交州龙编，为唐朝六大都护府之一，是唐朝管理南部边疆地区的主要机构。在阿拉伯人的地理学著作中提到龙编，他们说"至中国的第一个港口"是鲁金（Luqin），即龙编，说这里有中国丝绸和优质陶瓷。

与沈佺期同时被贬、先于他越过大庾岭到达贬地峰州的杜审言，写有《旅寓安南》诗：

> 交趾殊风候，寒迟暖复催。
> 仲冬山果熟，正月野花开。
> 积雨生昏雾，轻霜下震雷。
> 故乡逾万里，客思倍从来。

首句也提到了到达交趾即交州所见所感。杜审言是"文章四友"之一，为高宗咸亨进士，官至修文馆直学士，这首诗颇为流传，甚见功力。

安南都护也兼任交州刺史。晚唐时名将兼诗人高骈，咸通年间拜安南都护，以安南都护府为静海军，他为静海军节度使，兼诸道行营招讨使，以抵御南诏对安南的侵扰。他的《南征叙怀》一诗写道："万里驱兵过海门，此生今日报君恩。回期直待烽烟静，不遣征衣有泪痕。"这是高骈赴任安南都护时写给朝廷官员的诗，表达了安定一方的雄心壮志。

咸通六年（865），高骈率军破峰州蛮。第二年，收复交趾，以安南都护府为静海军，授高骈为节度使。司空图《复安南碑》纪念高骈的战功，序言详述高骈收复安南的过程。从碑文可知，安南曾是域外文明输入的窗口，各种珠宝由此传入，域外各族来此入贡："钧山就日，截海来庭。琛罗翠羽，赆委香琼。旁魄万有，骏奔百灵。"那些跨山越海来朝贡的外国使节进贡了各种珍宝、香料。但南蛮荒夷叛服无常，大军必事征讨。高骈率大军进击，终于"克剪违命，乃恢旧疆"。高骈的胜利只是一时的成功。自晚唐开始中原内乱，无力经营南方沿海地区，导致安南蛮族不断发动起义和叛乱。五代时立国岭南的南汉政权最终丧失对交州之地的管控，使其日益脱离中原政权而走向独立。

第八章 越岭向南风景异——通向海上丝路

高骈在交州还写有《安南送曹别敕归朝》诗：

> 云水苍茫日欲收，野烟深处鹧鸪愁。
> 知君万里朝天去，为说征南已五秋。

"别敕使"是朝廷临时差遣执行特定任务的官员，有时是由宦官充任。这位姓曹的别敕使自长安奉使到安南，从安南返朝，高骈赋诗送行。诗从眼前景色写起，后两句拜托曹别敕转告朝廷，我在南方征战已五年之久。

从交州到驩州（在今越南义静省荣市）还颇有距离。中唐时人裴夷直曾被贬驩州，当他赴贬所行至今湖南张家界地面时，曾写下《崇山郡》诗：

> 地尽炎荒瘴海头，圣朝今又放驩兜。
> 交州已在南天外，更过交州四五州。

驩兜是古代传说中的三苗族首领，因与共工、鲧一起作乱，被舜流放至崇山。当裴夷直走到这里时，细数前路，要先到交州已然很远，而到驩州还要过四五州，简直远在天涯。在贬期已满，有幸活着返回中原时，他的《发交州日留题解炼师房》诗写："明朝回首处，此地是天涯。"再一次强调了驩州之远。

沈佺期到达驩州后，有多首诗写其生活和心情，《初达驩州二首》其一云："自昔闻铜柱，行来向一年。不知林邑地，犹隔道明天。雨露何时及，京华若个边。思君无限泪，堪作日南泉。"此林邑指林州之林邑县。唐初以隋林邑郡置林州，后改林邑、景州、林州等。道明，又称堂明，即今老挝。其二云："流子一十八，命予偏不偶。配远天遂穷，到迟日最后。水行儋耳国，陆行雕题薮。魂魄游鬼门，骸骨遗鲸口。夜则忍饥卧,朝则抱病走。搔首向南荒,拭泪看北斗。何年赦书来,重饮洛阳酒。"当他到达贬所之时,回忆一路上的行程和艰辛,颇有不堪回首之感。

　　武周时,洛阳是首都,武则天常住洛阳。沈佺期在诗歌中,常把神都洛阳与遥远的南方沿海地区联系起来,在这里他日夜思念洛阳,并形之于诗。《从驩州廨宅移住山间水亭赠苏使郡》云:"忆昨京华子,伤今边地囚。"《赦到不得归题江上石》云:"家住东京里,身投南海西。风烟万里隔,朝夕几行啼。"《驩州南亭夜梦》云:"昨夜南亭里,分明梦洛中。……肝肠余几寸,拭泪坐春风。"《三日独坐驩州思忆旧游》云:"两京多节物,三日最邀游。……谁念招魂节,翻为御魅囚。朋从天外尽,心赏日中求。"当朝廷大赦消息传来,他立刻想到返回洛阳,《喜赦》云:"去岁投荒客,今春肆眚归。律通幽谷暖,盆举太阳辉。喜气迎冤气,青衣报白衣。还将合浦叶,俱向洛城飞。"

　　沈佺期也吟咏驩州的物产。《题椰子树》云:"日南椰子树,杳裊出风尘。丛生雕木首,圆实槟榔身。玉房九霄露,碧叶四时春。不及涂林果,移根随汉臣。"涂林果即石榴树,适应各地自然环境生长,因此从西域移植中原。椰子树却不适于北方生长,故诗人批评它不如石榴。

　　唐驩州日南郡置有林邑县,传说中的越裳国在此地。越裳有时写作"越常"。沈佺期《从崇山向越常》诗序云:"按《九真图》,崇山至越常四十里。杉谷起古崇山,竹溪从道明国来,于崇山北二十五里合。水㰿缺,藤竹明昧。有三十峰,夹水直上千余仞,诸仙窟宅在焉。"诗云:"朝发崇山下,暮坐越常阴。西从杉谷度,北上竹溪深。竹溪道明水,杉谷古崇岑。"道明国又叫堂明国,一般认为,堂明国是老挝历史上最早出现的国家,位于今老挝中北部地区。

第九章　西看佛树几千秋
——法宝之路求法行

"法宝"是佛教用语,指教义和佛典。"西天取经"是中国佛教史上最为耀眼的壮举,通往佛教发源地印度的陆上、海上之路,名之以"法宝之路"也最是贴切。在这条过于遥远且加倍艰难险阻的路上,将士、文人的踪迹再未曾见,而舍生取经的僧人玄奘、义净、慧超,以及使节王玄策,是确实行经法宝之路并留下诗作的诗人。

唐僧题诗尼莲河

【史地小知识】

雪山道是从中国赴印度途经兴都库什山的道路,兴都库什山古称雪山、大雪山。唐代前期印度佛教发展达到顶峰,由于经济繁荣发展和中印交通畅达,从中国到印度取经的僧人前后相继。唐代后期印度佛教衰落,大规模的求法运动渐趋衰微。据《大唐西域求法高僧传》记载,自贞观十五年(641)到武则天天授二年(691),西行求法僧人多达五十余人。雪山道是传统的求法之路,唐代仍是取经僧们经行的道路之一。在唐初西行求法的众多僧人中,仍有不少人经此路至印度,其中为中印文化交流做出最杰出贡献的是玄奘。

玄奘法师作为一代高僧,西行取经的壮举以及在佛学方面的成就青史留名;作为《西游记》主角唐僧的原型,千年以来更是家喻户晓。而他作为诗人的身份,直到近代才得以确认。《全唐诗》及其他史料中都未见玄奘诗,20世纪时,敦煌石窟被发现,包括玄奘法师五首诗作在内大量珍贵文献陆续出土被盗运至国外,这些诗又经过了近一个世纪才终于得以为世人重见。人们从玄奘的佚诗中确认他不但是一位诗人,而且堪称才华横溢。这五首诗中有三首是他前往印度取经时所写。

出于对佛教各宗派所传之理终有所惑,玄奘决心效法法显、智俨等先辈,"誓游西方以问所惑",主要目的就是探究大乘佛教瑜珈宗经义。玄奘的西行之路的艰难,《西游记》中有九九八十一难的夸张渲染。先不论艰难险阻,单从行迹来说就已经很惊人了。贞观元年(627)八月,玄奘从长安出发,经秦州、兰州渡黄河至凉州。当时西域处于西突厥统治之下,唐朝与西突厥处于军事对峙状态,边防严查,他偷渡边防重镇瓜州(今甘肃安西),躲过烽燧,在玉门关附近的瓠芦河上游搭桥过河,经莫贺延碛,到达伊吾(今新疆哈密)。第二年到达高昌(今新疆吐鲁番),在高昌王资助下继续西行。经焉耆、龟兹、姑墨,越凌山(今木苏尔岭天山隘口)到达中亚,再经热海(今伊塞克湖)、碎叶城(今吉尔吉斯斯坦托克马克附近)至飒秣建(今乌兹别克斯坦撒马尔罕),南出铁门,渡阿姆河,又越大雪山(兴都库什山),经梵衍那(今阿富汗巴米扬）、迦毕试（今阿富汗喀布尔），进入犍陀罗（今巴基斯坦白沙瓦一带），到达北印度。接着，经羯若鞠阇国曲女城，在跋达罗毗诃罗寺研习佛学，而后巡礼中印度。

终于到达心中圣地后，玄奘怀着顶礼膜拜释迦牟尼佛之心，先后巡访佛教六大圣地：室罗伐悉底国（即舍卫国，其城南五六里有逝多林给孤独园，是释迦常住说法之地）；迦毗罗卫国（今尼泊尔境内塔雷，是释迦诞生地）；拘尸那揭国（释迦涅槃处）；婆罗奈斯国（有鹿野苑，是释迦初转法轮处）；摩揭陀国（先到首都华氏城即今巴特那，渡恒河到比哈尔省伽耶城，这里有释迦成道的菩提树）；王舍城（释迦常住说法之地）。之后五年，玄奘在那烂陀寺学习大乘、小乘并吠陀、因明、声明、医方等。在这里，玄奘师从戒贤法师，请戒贤开讲《瑜珈论》，遍览佛教经典，兼习婆罗门教和梵书。后来，玄奘还曾周游五天竺。

当时的印度在戒日王朝统治之下，这是印度历史上一个光辉的时代，国王励精图治，是印度文化的集大成者。戒日王鼓励宗教学术交流，对到访的玄奘颇为礼遇。642年，为了宣扬大乘佛教，戒日王特为玄奘举行第六次无遮大会。所谓无遮大会是指每五年举行一次的僧俗大会，广宣佛法，布施财物。玄奘在无遮大会上以精辟的议论折服各派信徒，他宣讲的《制恶见论》无人驳难，大乘徒众称他为"摩诃耶那提婆"（大乘天），小乘徒众称他为"木叉提婆"（解脱天），名扬五天竺。

无遮大会之后，玄奘力辞戒日王的挽留和国师之位，踏上回国的旅程，再次历经长途跋涉、艰难险阻回到长安，带回佛学经典六百余部。在极度恶劣的自然环境和落后的交通条件下，玄奘往返十七年，行程五万余里，历经百千劫难、九死一生，取回真经，堪称人类史上的伟大奇迹。回国后他将西行所见所闻撰写成《大唐西域记》十二卷，对于佛教、史地、中西交通史、中外文化交流史而言，都是弥足珍贵的史料巨著。

玄奘在印度写的诗有三首传世，都是他瞻仰佛教圣迹时有感而发，表达对佛祖的倾仰之情。《题西天舍眼塔》诗云：

帝释倾心崇二塔，为怜舍眼满千生。
不因行苦过人表，岂得光流法界明。

诗题注云："在西天"，说明诗作于天竺。据佛经记载，当释迦牟尼前世为快目王的时候，有一位盲眼婆罗门到大殿前求快目王把眼睛施舍给他，快目王把双眼挖出施舍给了这位盲婆罗门，他唯一的愿望是将来成佛，超度众生。后人建塔纪念他的善行。从这首诗可知，玄奘大师曾到了传说中快目王舍眼处，并写下这首诗颂扬他的高尚品德。《题半偈舍身山》诗云：

忽闻八字超诗境，不惜丹躯舍此山。
偈句篇留方石上，乐音时奏半空间。

这首诗的题注云："在西天"，说明也是玄奘在天竺国写的诗。此诗咏舍身饲虎故事，出自《贤愚经》。当年释迦牟尼前世为宝典国国王的三太子萨埵，一日见一只母虎饥饿难忍，欲将小虎吃掉。三太子见状，跳下山崖，让母虎啖血。母虎啖血恢复气力后与小虎们一起食尽萨埵身上的肉。故事表现了释迦牟尼前生累世舍己救人的伟大精神。玄奘显然到了传说中萨埵太子舍身饲虎的地方，并写诗颂扬释迦牟尼佛。以上两首诗都与佛经中的佛本生故事有关，诗赞美了佛"舍眼救盲""舍身饲虎"的施身助人之壮举。《题尼莲河七言》诗云：

尼莲河水正东流，曾浴金人体得柔。

第九章　西看佛树几千秋——法宝之路求法行

自此更谁登彼岸，西看佛树几千秋。

这首诗大约写于访学那烂陀寺时。根据《大唐西域记》记载："戒贤伽蓝西南行四五十里，渡尼连禅河，至伽耶城。"戒贤即那烂陀寺住持，玄奘曾求学于那烂陀寺。尼连禅河是佛苦行求道无果后放弃苦行，接受牧羊女施舍之处，佛曾于此河中洗浴。玄奘肯定到此瞻仰，深为佛祖的精神所感动。玄奘这三首诗不离佛本生故事，却又能择其精要、去其枯燥，用富于诗意而又明白晓畅的语言表述出来，使佛境沾染了诗意。

回国后玄奘也有诗作传世。《题童子寺五言》题注："在太原□□北京。"诗云：

西登童子寺，东望晋阳城。
金川千点渌，汾水一条清。

《题中岳山七言》诗题注"在京南"，云：

孤峰绝顶万余嶒，策杖攀萝渐渐登。
行到目边天上寺，白云相伴两三僧。

唐代称长安为西京，称太原为北京，称洛阳为东京。中岳是嵩山，第二首诗题"京南"的"京"指东京洛阳。这两首诗透露出玄奘归国后的一些行踪，表达的是游赏山水的闲适之情，是其生活安定和译经活动取得成就时的心态，"白云相伴两三僧"一句，颇得闲适诗超然之境。

玄奘回国后专注译经传教，取得卓越成就，创造了新的翻译方法，并创立了重要宗派法相宗，在当时和后世都深受敬仰。唐高宗写有两

首与玄奘有关的诗,一首是《谒慈恩寺题奘法师房》:

> 停轩观福殿,游目眺皇畿。
> 法轮含日转,花盖接云飞。
> 翠烟香绮阁,丹霞光宝衣。
> 幡虹遥合彩,定水迥分晖。
> 萧然登十地,自得会三归。

《全唐诗》中,此诗题注云:"时帝为太子,题诗帖之于户,见《奘法师传》。旧作太宗诗,误。"另有一首诗《谒大慈恩寺》:

> 日宫开万仞,月殿耸千寻。
> 花盖飞团影,幡虹曳曲阴。
> 绮霞遥笼帐,丛珠细网林。
> 寥廓烟云表,超然物外心。

这可能是唐高宗即位后的作品。与帝王即景赋诗题目常用"临""幸"不同,这两首诗题用的都是"谒",以太子和皇帝之尊贵而拜谒佛寺和玄奘,足见玄奘在其心目中的地位,也足见玄奘享誉之高。

身毒诸国道归诚

【史地小知识】

"吐蕃—泥婆罗道"是中国通印度的三条主要道路之一。文成公主入藏后,赴印僧侣和使节更多利用了这条道路。唐朝建立,五

第九章 西看佛树几千秋——法宝之路求法行

天竺都与唐互通使节。戒日王统一北印度后，多次遣使入唐通好。唐太宗贞观十五年（641），中天竺摩揭陀国国王尸罗逸多的使节来到长安；唐高宗总章元年（668），五天竺遣使节与唐朝通好；武周天授二年（691），五天竺又遣使至唐。而位于勃律（巴尔提斯坦）和罽宾（迦毕试）之间交通要冲的乌苌国，地处今新疆和五河流域交通要道之个失蜜（克什米尔），则长期和唐保持友好关系。王玄策等人就是在这样的背景下，奉朝廷之命通过这条道路四次出使天竺的。

关于王玄策其人，史料记载几近全无，只知道他是洛阳人，从极其偏远的融州黄水（今广西罗城仫佬族自治县）县令位置上被任命为出使印度的使节。融州在今广西融水县，属柳州市，当时他可以直接从任所向西进入中印藏道。从中或可窥见王玄策其人经历、能力都颇为不凡。第一次出使印度是在贞观十七年（643）三月，李义表为正使，王玄策为副使，使命是护送中天竺的使团回国。使团经吐蕃、尼婆罗，于同年十二月到达摩揭陀国，受到国王尸罗逸多的隆重接待，还曾到王舍城东北耆阇崛山瞻仰佛袈裟，凿石为铭，并于摩伽陀国摩诃菩提寺立碑刻铭。

第二次出使印度，王玄策为正使，与第一次的顺遂相比，经历堪称惊心动魄。到达印度时，尸罗逸多已死，国内大乱，挑起争端的新国王洗劫使团，使团与之交战，不敌被俘。王玄策乘夜逃出后，在狼狈回国或为大唐国威拼死一战中选择了后者。他凭借出色的外交和军事才能，从吐蕃、尼婆罗等借来精骑兵和后援，连战三日，活捉其国王阿罗那顺和王妃、王子并押送回国，印度各王国和城邦也纷纷归顺大唐。这是一次能载入史册的战争，被称为"一人灭一国"的奇功，给他带来连升三级、获封朝散大夫的荣耀。

唐高宗显庆二年（657），王玄策第三次出使印度，仍取道吐蕃、尼婆罗，三年后完成护送佛袈裟到摩诃菩提寺的使命，立碑刻铭。前三次出使都见于史书，第四次出使是学者依据在西藏发现的碑铭和义净《大唐西域求法高僧传》的记载推断出来的。关于这四次出使印度的珍贵见闻和纪行，王玄策写成了《中天竺国》十卷，可能还有图三卷，但都已失传，只留下些许残文在其他文献中，殊为可惜。

王玄策没有专门的诗作传世，他出使天竺时写诗送行的风气还不盛行，所以未见当时送行的诗作，但他可以归入诗人行列，是因为他在天竺留下了六篇铭文。"铭"是中国文学传统中的一种文体，语言形式和用韵规则类似于诗。铭文写作上有三个特点：一是客观真实，"铭诔尚实"，这是一个基本要求，不能虚夸；二是因为是纪念性质，要表达称颂的情感，文字优美，因此具有文学性；三是铭文是押韵的，这一点更类似诗。这六篇铭文，一是《登耆阇崛山铭》五首，二是《摩诃菩提寺碑铭》，都写于第一次出使天竺期间。《登耆阇崛山铭》五首属于记事类铭文，刻于佛教圣地耆阇崛山。《全唐文》系于李义表名下，据考证实出于王玄策手笔：

其一

大唐出震，膺图龙飞。
光泽率土，恩覃四夷。
化高三五，德迈轩羲。
高悬玉镜，垂拱无为。

其二

道法自然，儒宗随世。
安上作礼，移风乐制。

第九章　西看佛树几千秋——法宝之路求法行

发于中土，不同叶裔。

释教移山，运于无际。

其三

神力自在，应化无边，

或涌于地，或降于天。

百亿日月，三千大千。

法云共扇，妙理俱宣。

其四

郁乎此山，奇状增多，

上飞香云，下临澄波。

灵圣之所降集，贤懿之所经过。

存圣迹于危峰，伫遗趾于岩阿。

其五

参差岭嶂，重叠岩廊。

铿锵宝铎，氤氲异香。

览华山之神踪，勒贞碑于崇冈。

驰大唐之淳化，齐天地之久长。

　　这五首铭文主要记录大唐使节到此圣地拜谒这一重大历史事件，歌颂释迦牟尼的伟大和灵异，表达对佛祖的崇仰之情。这篇铭文颇得海外汉学家关注。法国汉学家沙畹曾将这篇铭文译为法文，发表于1860年刊《宗教史杂志》上。英国汉学家列维甚至曾赴印度寻觅原铭，可惜没有找到，他在著作《王玄策使印度记》中转录了《登耆阇崛山铭》，还将铭刻时间转为公立纪年，标记为"阳历645年2月22日立"。

铭文的另一种形式是碑铭，有韵的碑文叫"铭"，有的附于碑文之后。碑有墓碑和纪念碑，铭文内容上多是称颂之辞，风格上追求质朴凝重，条理清晰，用语典雅。《摩诃菩提寺碑铭》属于这一类。关于《摩诃菩提寺碑铭》，《法苑珠林·感通篇》这样记载："依《王玄策传》云：'比汉使奉敕往摩伽陀国摩诃菩提寺立碑，至贞观十九年二月十一日，于菩提树下塔西建立，使典司门令史魏才书。"碑文交代立碑缘由：

> 昔汉魏君临，穷兵用武，兴师十万，日费千金，犹尚北勒阗颜，东封不到。大唐牢笼六合，道冠百王，文德所加，溥天同附。是故身毒诸国，道俗归诚，皇帝愍其忠款，遐轸圣虑。乃命使人朝散大夫行卫尉寺丞上护军李义表、副使前融州黄水县令王玄策等二十二人，巡抚其国。遂至摩诃菩提寺。其寺所菩提树下金刚之座，贤劫千佛并于中成道。观严饰相好，具若真容；灵塔净地，巧穷天外。此乃旷代所未见，史籍所未详。皇帝远振鸿风，光华道树，爰命使人届斯瞻仰。此绝代之盛事，不朽之神功，如何寝默咏歌，不传金石者也！其铭曰：

> 大唐抚运，膺图寿昌。
> 化行六合，威棱八荒。
> 身毒稽颡，道俗来王。
> 爰发明使，瞻斯道场。
> 金刚之座，千佛代居。
> 尊容相好，弥勒规摹。
> 灵塔壮丽，道树扶疏。

第九章　西看佛树几千秋——法宝之路求法行

历劫不朽，神力焉如。

这一碑文和铭文意在记事和称颂大唐的功德，他们称此次赴天竺立碑为"绝代之盛事"，而金刚之座、灵塔净地皆为"不朽之神功"，值得大书特书，须以"咏歌"的形式加以颂扬，并刻石纪念，以垂不朽。王玄策及其使团四赴天竺，扬大唐神威，又以"铭"这样的形式，作为自己行经法宝之路的生动记载。

浩浩鲸波起滔浪

【史地小知识】

自广州至波斯湾的航线，是著名的"广州入海夷道"，在这条海路上，印度海岸是必经之地。所以经行去往印度取经的僧人，先经东南亚诸国至师子国（今斯里兰卡），"其北海岸距南天丛大岸百里。又西四日行，经没来国，南天然之最南境。又西北经十余小国，至婆罗门西境"。这条海上航线至贞观时日益兴盛，东晋南朝与扶南、天竺间的佛教交流已经盛行，南亚、东南亚高僧入华者不少，但中土僧人经海路赴印度者人数很少。到了唐代，由于航海水平的提高，西行求法的僧人经海路赴天竺者人数不少。义净《大唐西行求法高僧传》记载往天竺取经的东土僧人中，取道海路的人数最多。

陆路险阻艰辛，而海路波涛莫测，西行求法之不易并未稍减。经茫茫海路西行求法的唐代高僧中，义净的名字最为人所知，他与法显、玄奘并称为"中国三大求法僧"。促使义净立志西行求法的动力，正是"仰法显之雅操，慕玄奘之高风"，可能他并没有想到，自己的名字会在后世与两位偶像并称。

义净的海路西行并不顺利，一路走走停停、诸多坎坷。他从广州出发，搭乘波斯商人的船到达室利佛逝。这是位于巽他群岛的一个信奉大乘佛教的海上强国。它起源于苏门答腊岛东南部的巨港，鼎盛时包括马来半岛和巽他群岛的大部分地区，控制海上丝路之要冲，经济上主要依靠过境贸易。因同伴病疾，义净在此盘桓半年，学习梵语。之后继续西行过末罗瑜（今苏门答腊占碑一带）、马六甲海峡、羯荼国（今属马来西亚半岛吉打州），又经风俗奇异的裸人国（今印度安达曼海尼科巴群岛），才终于抵达东天竺耽摩立底国（今印度加尔各答）。在这里，义净遇到了曾在长安师从玄奘的越南僧人大乘灯禅师，并被告知，去往中天竺的路途盗匪出没，极度艰险，万难前往。义净便跟随大乘灯禅师学习梵文和巴利文，一边等待合适的机会。一年后，才等来跟随大队商旅一同前往的时机，义净这一路经历了染疾濒死掉队、山贼洗劫羞辱、多次险些丧命的千辛万苦，终于到达心中圣地中天竺。他周游瞻仰各处佛教圣址之后，在著名的那烂陀寺开始长达十年的学习。

学成之后，义净带着求得的梵文经典约四百部踏上归程。此时距他从广州出发已经过去了十四年。沿来路回到室利佛逝，义净又在这个佛教昌盛的国家抄补梵本，译经撰书，停留了接近十年的时间后才回到了中国。武则天率百官亲迎，盛况荣耀无极，而敕封"三藏"之号，与玄奘同享尊称，对义净来说才是最大荣光。

义净所撰著作中最著名的是《大唐西域求法高僧传》，以传记体裁，记载了从贞观十五年（641）至武后天授二年（691）五十多年间，包括他本人在内的57位赴印度取经求法僧人的事迹。义净才学并茂，他的这本高僧传记写得文采斐然，声情俱美。书的序言情感浓烈，词采华茂，千年来脍炙人口：

第九章　西看佛树几千秋——法宝之路求法行

观夫自古神州之地，轻生殉法之宾，显法师则创辟荒途，奘法师乃中开王路。其间或西越紫塞而孤征，或南渡沧溟以单逝。莫不咸思圣迹，馨五体而归礼；俱怀旋踵，报四恩以流望。然而胜途多难，宝处弥长，苗秀盈十而盖多，结实罕一而全少。实由茫茫象碛，长川吐赫日之光；浩浩鲸波，巨壑起滔天之浪。独步铁门之外，亘万岭而投身；孤漂铜柱之前，跨千江而遗命（跛南国有千江口）。或亡餐几日，辍饮数晨，可谓思虑销精神，忧劳排正色。致使去者数盈半百，留者仅有几人。设令得到西国者，以大唐无寺，飘寄栖然，为客遑遑，停托无所，遂使流离萍转，罕居一处。身既不安，道宁隆矣！呜呼！实可嘉其美诚，冀传芳于来叶。

这段文字是一篇西行求法高僧群体的颂歌，也是一篇优美的散文诗。他的传记文用当时流行的骈文形式来写，句式整饬，辞藻华美，抑扬顿挫，音韵铿锵。在一些高僧的传记后面，他还附诗表达悼伤、惋惜或称颂之情，表现了杰出的诗歌才能。如《伤玄照法师》：

卓矣壮志，颖秀生田。频经细柳，几步祁连。
祥河濯流，竹苑摇芊。翘心念念，渴想玄玄。
专希演法，志托提生。呜呼不遂，怆矣无成。
两河沉骨，八水扬名。善乎守死，哲人利贞。

玄照法师，太州仙掌（今陕西华阴）人，曾两次赴印度。大约贞观二十一年（647）前后，他从西域入吐蕃，在这里得到文成公主资助，从吐蕃进入中印度。后又经吐蕃，再次得到文成公主资助，回到唐朝。

307

第二次去印度是为唐高宗取长生药，义净曾在那烂陀寺见到他。他到中印度庵摩罗跋国，欲回唐朝，逢唐朝与吐蕃交恶、大食东进中亚，难以成行，病死于庵摩罗跋国，六十余岁。故义净写诗悼念。

又如《道希法师传》篇末，写自己亲睹希公住房，伤其不达，赋七绝一首：

百苦忘劳独进影，四恩在念契流通。
如何未尽传灯志，溘然于此遇途穷！

道希法师，齐州历城（今山东济南）人，经吐蕃到印度，在庵摩罗跋国病逝。义净生于齐州山茌县（今济南长清张夏镇），因此两人也可以说是老乡。当义净巡游至庵摩罗跋国（其地在西印度）时，曾去拜访道希法师的故居，并为道希立传，还写下这首诗以表达悲悼之情。又有《伤大乘灯禅师诗》写道：

嗟矣死王，其力弥强。
传灯之士，奄尔云亡。
神州望断，圣境魂扬。
眷余怅而流涕，慨布素而情伤。

大乘灯禅师，爱州（在今越南清化）人。幼随父母泛舶往杜和罗钵底国，在这里出家。后随唐使入长安，在慈恩寺三藏法师玄奘处进受具戒。数年后越南溟到师子国（斯里兰卡）观礼佛牙。后又从南印度到东印度，往耽摩立底国。又与义净相随至中印度。先到那烂陀寺，后在俱尸国般涅槃寺去世。义净为这位同行者立传，并写诗追悼。

这些诗形式多样，有四言，有五言，有杂言，诗中对那些不辞艰

第九章 西看佛树几千秋——法宝之路求法行

辛远赴异域忘身求法者表达了由衷的赞叹，同时又为他们其志不遂丧身外国深表哀伤。

义净也有写自己经历和感受的诗。他亲历艰险赴印度取经，至天竺时只有晋州小僧善行同行，颇有孤独之感，写有《戏拟四愁诗聊题两绝》：

> 我行之数万，愁绪百重思。
> 那教六尺影，独步五天陲。

又赋《五言重自解忧》：

> 上将可陵师，匹士志难移。
> 如论惜短命，何得满长祇。

诗中透露出的思乡惆怅和低落情绪是人所共有，而从惆怅低落里振作起来，以取经宏愿激励自己，又令人生出敬佩之情。义净还作有一首颇有意趣的诗《在西国怀王舍城》（一三五七九言），按字数分行排列，呈塔形：

> 游，愁。
> 赤县远，丹思抽。
> 鹫岭寒风驶，龙河激水流。
> 既喜朝闻日复日，不觉颓年秋更秋。
> 已毕耆山本愿城难遇，终望持经振锡往神州。

这首塔形诗格式非常特别，既表达了行旅之苦，也表达了持经归国的宏愿和决心，对自己"已毕耆山本愿"感到欣慰。义净最有名的诗当属《题取经诗》："晋宋齐梁唐代间，高僧求法离长安。去人成百归无十，后者安知前者难。路远碧天唯冷结，沙河遮日力疲殚。后贤如未谙斯旨，往往将经容易看。"诗里对于历代远赴异域取经求法之人深表敬佩，表达了对这些舍身求法的高僧的同情和赞美，强调了东传佛经的珍贵和得之不易。

能渡万里波涛求经，能以诗笔赞人纪行，义净是法宝之路更是海上丝绸之路上当之无愧的杰出诗人。

求法他邦地角西

严格来说，慧超并非唐朝人，他是新罗僧人，十几岁时方入唐求法。此后的一生，除去西行天竺的四年，他都是在唐朝度过的，时间长达六十余年。他先后师从密教大师印度高僧金刚智和中国高僧不空学习佛法。不空去世，遗嘱中指定慧超定为六大弟子之一，排第三位。可以说他是中国密宗的第二代传人，也算是唐朝人了。新罗国臣属于唐朝，慧超也是以唐朝人自居的。

慧超西行可能是从广州取海路赴天竺，而后从陆路回到长安，兼得义净和玄奘的海陆两种西行体验。这难得的经历和见闻，在慧超的纪行著作《往五天竺国传》中一定有很多弥足珍贵的记载，可惜的是这本著作久已失传，令人扼腕。不过，与玄奘的诗歌一样，20世纪初它迎来了命运的转折：法国汉学家伯希和在敦煌藏经洞发现了这部著作，虽然只是首尾残缺的残本，但也值得惊喜。慧超的赴印旅程，也是从这个残本里推断出来的。

《往五天竺国传》虽然没有过多的文辞上的修饰，但颇能传情达意，

第九章 西看佛树几千秋——法宝之路求法行

异域风俗、趣味盎然。书中录有慧超自己写的五首五言律诗,诗写得颇具情韵,可见慧超的汉语水平不一般。慧超擅长格律诗写作,途中睹景起兴,观物感事,因人生情,往往形诸吟咏,并记录在自己的游记中,颇能传情达意,意深句工。

游览四大灵塔后,至摩诃菩提寺时,慧超深感"称其本愿,非常欢喜",作五言诗述志:

> 不虑菩提远,焉将鹿苑遥。
> 只愁悬路险,非意业风飘。
> 八塔难诚见,参者经劫烧。
> 何其人愿满,目睹在今朝。

求法远游的旅程非常艰难危险,但当目睹佛教圣迹时,满心欢喜,故吟诗述志,其精神上获得的满足感跃然纸上。在南天竺,慧超曾产生强烈的思乡之情,写下此诗:

> 月夜瞻乡路,浮云飒飒归。
> 减书忝去便,风急不听回。
> 我国天岸北,他邦地角西。
> 日南无有雁,谁为向林飞。

该诗作于南天竺路上,天涯孤旅,慧超的惆怅之情跃然纸上。这首诗印证了学界认为"慧超从海路去印度从陆路归国"的说法。慧超可能是在日南(今越南中部)向西航行,穿过南中国海、马六甲海峡、孟加拉湾登上印度东海岸,然后自东向西横贯整个南亚次大陆,经过今天的克什米尔、巴基斯坦、阿富汗抵达唐朝直接管辖的今天新疆地区。

311

"我国天岸北",从方位上指的就是唐朝,说明他也是把唐朝看作自己的祖国的。新罗国是唐朝的属国,慧超以唐人自居有其依据。

在北天竺,慧超在那伽罗驮那寺遇见一位中国和尚,学业已成,即将归国。慧超拟与其同行,可在即将动身时,和尚不幸去世。慧超十分感伤,写下这首五律:

> 故里灯无主,他方宝树摧。
> 神灵去何处,玉貌已成灰。
> 忆想哀情切,悲君愿不随。
> 孰知乡国路,空见白云归。

"他方宝树"借用释迦牟尼坐化的典故指代和尚丧身异域。"白云"意象令人想到李白悼念日本友人晁衡的诗,也是以"白云"代指逝者,象征着逝者的品格高洁。这首诗刻画出作者矛盾的心态,揭示出追求信仰的代价,佛教徒的虔诚和毅力以及献身精神,令人感动和震撼。

在胡蜜国,慧超遇到了唐朝使节,赠诗一首:

> 君恨西蕃远,余嗟东路长。
> 道荒宏雪岭,险涧贼途倡。
> 鸟飞惊峭嶷,人去偏梁□。
> 平生不扪泪,今日洒千行。

胡蜜国位于今阿富汗东北部,高宗显庆年间内附于唐,肃宗时赐其王姓李。其国人眼多碧绿,异于地处今新疆地区的西域诸国,崇信佛教。慧超和唐朝使臣在此相遇后,唐使西行,慧超东返,彼此都是旅途艰辛,前路漫漫,因此感慨尤深,"恨""嗟""泪洒千行"的直抒胸臆,以鸟

第九章 西看佛树几千秋——法宝之路求法行

儿为峭壁惊疑的衬托手法，都颇得唐代送别诗的精髓。慧超在吐火罗国还写过一首《冬日在吐火罗逢雪述怀》，写其地环境之恶劣：

> 冷雪牵冰合，寒风擘地烈。
> 巨海冻墁坛，江河凌崖啮。
> 龙门绝瀑布，井口盘蛇结。
> 伴火上胲歌，焉能度播蜜。

这些诗穿插于《往五天竺国传》字里行间，为其朴素的文字平添了几分情韵和感情色彩。唐初以来，文坛上盛行五言律诗，传世佳作众多，并出现了历史上著名的诗僧群体。作为新罗入华诗僧的代表，慧超诗歌思维敏捷，独树一帜。《皇唐嵩岳少林寺碑》中称赞慧超："妙思奇拔，远契玄踪；文翰焕然，宗途易晓。"可见他的诗歌作品具有很高的文学水平，并受到当时人的赞赏。慧超的这五首诗文学价值和史学价值兼备，诗中的佛教意象为唐朝诗歌增添了新的内容。从地角到天岸，从海角到天涯，慧超以他无所畏惧的巨大勇气，行过九千余里的海上以及万余里的陆上法宝之路，又用他的动人诗笔丰富了弥足珍贵的西行游记。

结　语

唐代诗人遍布社会各个阶层，他们因各种各样的因缘，奔波于丝绸之路上，有的奉命出使周边民族或异域国家，有的为求取真经舍命求法，有的在沿途各地任官鞍马劳顿，有的为谋求出路漫游干谒，有的投身边塞从事征战，有的蒙冤被贬……在唐代开放的社会里，我们处处看到他们的身影。长安，作为丝绸之路起点城市，吸引着众多诗人的目光和向往。域外人来到长安，学会了中国古典诗歌创作，带回了优美的唐诗；唐朝人从这里出发，一路歌吟走向四方。从长安通往世界各地的道路上，无论是首途关陇、河西走廊、茫茫西域、辽阔草原，还是唐蕃古道、南方丝路、海上丝路等，都有诗人们的踪迹。丝路风情激发了他们的豪情和灵感，他们为我们留下了大量优美的诗篇，于是丝绸之路与唐诗便产生了千丝万缕的联系。唐代丝绸之路和诗歌发展同时进入黄金时代，这两个令人瞩目的文化现象交融互摄，发出夺目的光彩。丝绸之路为唐诗提供了素材和灵感，唐诗则不负使命地歌咏和赞美了伟大的丝绸之路，两者相得益彰。因此，丝绸之路也是唐诗之路，它不仅推动了国际贸易的发展，也推动了人类文明的交流与互鉴。